Creo en una  cosa llamada Amor

‣ **Título original:** *I Believe in a Thing Called Love*
‣ **Dirección editorial:** Marcela Luza
‣ **Edición:** Melisa Corbetto con Dalma Kuljis Barbeito
‣ **Coordinación de diseño:** Marianela Acuña
‣ **Diseño de interior:** Leda Rensin
‣ **Diseño de portada:** Carolina Marando
‣ **Fotografía de portada:** miya227/Shuterstock.com

un sello de
V&R Editoras

Publicada en virtud de un acuerdo con Farrar Straus and Giroux, e impreso
en Macmillan Publishing Group, LLC a través de Sandra Bruna Agencia Literaria SL.
Todos los derechos reservados.

MÉXICO:
Dakota 274, Colonia Nápoles, C. P. 03810,
Del. Benito Juárez, Ciudad de México
Tel./Fax: (5255) 5220–6620/6621 • 01800-543-4995
e-mail: editoras@vergarariba.com.mx

ARGENTINA:
San Martín 969 piso 10 (C1004AAS) Buenos Aires
Tel./Fax: (54-11) 5352-9444 y rotativas
e-mail: editorial@vreditoras.com

Primera edición: enero de 2019

ISBN: 978-987-747-482-4

Impreso en México en Litográfica Ingramex, S. A. de C. V.
Centeno 162-1, Col. Granjas Esmeralda, C.P. 09810
Delegación Iztapalapa, Ciudad de México.

Creo en una cosa llamada Amor ♡

cosa llamada

Amor

MAURENE ♡ GOO ♡

Traducción:
Ana María Perez

*Para todo aquel que se haya
enamorado del amor por medio
de los dramas coreanos.*

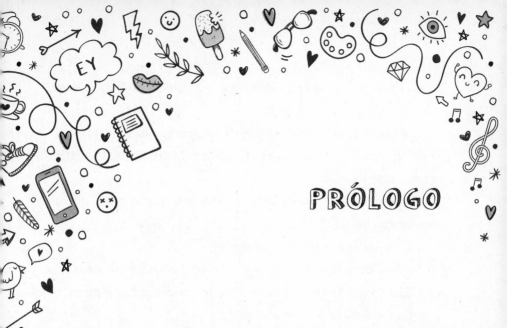

PRÓLOGO

Cuando tenía siete años, creí mover un lápiz con la mente.

Había oído la historia de un hombre que había aprendido por su cuenta a ver a través de los objetos, para así poder hacer trampa en los juegos de cartas. El punto era que, si alcanzaba un estado de completa concentración, podría hacer cosas con su mente que un ser humano normal sería incapaz de realizar. Aprendió a levitar, caminar sobre brasas y mover objetos, entre otras cosas. Sin embargo, lo primero que intentó fue observar algo durante horas para hacer que se moviera.

Así que una tarde limpié mi escritorio y coloqué en la superficie, plana e impoluta, un lápiz mecánico rosado con motivos de conejitos.

Cerré la puerta de mi habitación y corrí todas las cortinas, envolviendo todo en la oscuridad en cuanto el sol comenzó a ponerse.

Me senté frente al escritorio y miré fijamente el lápiz. Rogándole que se moviera.

Lo miré sin parpadear por lo que me parecieron horas. Hasta que mi papá golpeó la puerta.

–¡Necesito privacidad! –chillé, sin quitar la vista del lápiz.

Mi padre refunfuñó desde el otro lado, pero al final se retiró arrastrando los pies.

Cuando llegó la hora de la cena, golpeó de nuevo y me dijo que necesitaba comer.

–¡Una pausa a la privacidad! –gritó.

Tenía la boca reseca y me moría de hambre, pero mantuve mis ojos fijos en los motivos de conejitos de aquel lápiz y le dije a mi papá que dejara la comida afuera.

En lugar de eso, abrió la puerta y asomó su cabeza adentro.

–¿Desi? –me llamó.

–Appa, estoy intentando hacer algo muy importante –repuse.

Un papá normal probablemente habría exigido una explicación de su hija de siete años. Habría mostrado curiosidad porque se hubiera encerrado en su habitación mirando un lápiz durante horas.

Pero este era *mi* papá. Y resultaba que yo era *su* hija. Así que se encogió de hombros y fue a preparar una bandeja de pescado, arroz y sopa de carne de res con rábano, la cual llevó con cuidado hasta mi escritorio para no mover el lápiz.

Olí la comida y me sentí mareada. Pero no podía permitirme mover los ojos fuera del lápiz.

–Esto… ¿Appa?

Sin mediar palabra, mi padre tomó un poco de arroz con la cuchara, lo mojó en la sopa, y lo acercó a mi boca. Lo comí de un solo bocado. Luego, tomó los palillos y me dio un poco del pescado. Lo mordisqueé. Acercó un vaso con agua a mis labios, la cual bebí con gratitud.

Una vez que terminé con casi toda la comida, mi padre me dio una palmada en la espalda y se retiró con la bandeja en sus manos.

–No te quedes hasta muy tarde –me dijo antes de cerrar la puerta.

Ya recargada y con mi cerebro más fuerte que nunca, continué clavando la vista en ese lápiz.

Entonces, ¿qué? Bien, juro por mi vida, y hasta este mismo día, que esto fue lo que sucedió: el lápiz se movió. Fue el movimiento más mínimo de todos, probablemente invisible para todos excepto para mí, pero en el segundo en que vi a ese lápiz rosado rodar ligeramente hacia mí y luego detenerse, chillé. Salté de mi asiento y me jalé el cabello con incredulidad. Corrí en círculos e hice una pequeña danza. Luego me zambullí de cara dentro de mi cama y me quedé dormida.

Intenté el mismo truco con algunos otros objetos: una goma que olía a fresas, una figura para pasteles de bailarina, un piñón. Pero no hubo suerte. A pesar de ello, durante años me creí capaz de mover objetos con la mente. En el fondo, supe que yo existía en esa pequeña esfera especial en donde las cosas mágicas suceden. Cosas que jamás le ocurren a la gente normal, pero sí a un grupo selecto de personas extraordinarias.

Esta creencia infantil en mi poderoso cerebro se fue desvaneciendo al pasar el tiempo. No estaba necesariamente perturbada por ello, o desanimada con la frialdad de la cruda verdad sobre cuán desprovista de magia estaba la vida real. Solo quité con cuidado esa etapa de mi vida.

Sin embargo, nunca dejé de creer en que uno puede lograr algo tan solo con enfocarse en ello. Siendo firme. Siempre con la mirada sobre el premio. Y de esa manera, no hay nada que no puedas controlar en tu propia vida.

Esta era una loca y poderosa herramienta para tener a disposición cuando tenías siete años y habías perdido a tu madre. Los recuerdos que tenía del tiempo posterior a su muerte se habían vueltos vagos, pero siempre implicaban una versión de mi padre que solo existía en aquellos meses. Una sombra de sí mismo, alguien que me acostaba en la cama, preparaba la cena y me daba la misma cantidad de atención. Pero cuando él creía que yo no lo observaba, era alguien que se sentaba en una silla por horas en la oscuridad. Alguien que regaba los geranios de mi madre a las tres de la mañana, quien configuraba la alarma de ella a las seis en punto, incluso cuando él no debía despertarse hasta una hora después. Alguien que se quedaba mirando un cuenco vacío durante cinco minutos cada mañana, aguardando a que ella le sirviera los cereales y la leche con su técnica simultánea patentada. Ella siempre cronometraba todo de manera correcta para que los copos y la leche completaran el tazón exactamente al mismo tiempo.

Entonces un día escuché a mi tía hablándole en tono silencioso a mi tío en la cocina.

"El tiempo cura las heridas".

Y así fue que decidí acelerar el proceso.

Rompí el reloj despertador de mi padre y, con lágrimas en los ojos, le mostré las piezas. Le tomó semanas cambiarlas, y cuando lo hizo, lo configuró solamente para las siete en punto. Cada mañana le preparé su cereal antes de que pudiera sentarse y observar el recipiente vacío. Y mientras él comía, yo regaba los geranios.

Entonces mi antiguo padre regresó. Colocó la sortija de casamiento de mi madre en un pequeño plato de porcelana y quitó, con cariño, el polvo de todas las fotos de ella que había por toda la casa. Y seguimos adelante. Las sombras debajo de sus ojos desaparecieron y los geranios florecieron, trepando sobre la puerta del garaje.

El tiempo no tiene sentido. Desi Lee cura las heridas.

Solo era necesario un plan para ponerte en acción. Así fue como convencí a mi padre para dejarme criar gansos en nuestro patio trasero, como rescaté del cierre a nuestra mal financiada biblioteca de la escuela secundaria, como vencí el miedo a las alturas por medio del salto en bungee en mi decimosexto cumpleaños (y solo se me escapó un poco de pis), y como me convertí en la primera de la clase luego de un año. Creí, y aún sigo creyendo, que puedes construir tus sueños, ladrillo por ladrillo. Que puedes lograr lo que sea con perseverancia.

Incluso enamorarte.

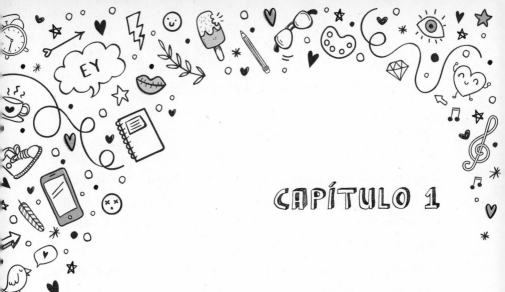

CAPÍTULO 1

Si piensas en la vida como una serie de imágenes nostálgicas dispuestas en un montaje que va en cámara lenta, te perderás muchos de los fragmentos aburridos. En medio de las imágenes borrosas de ti soplando las velitas de tu pastel de cumpleaños y de las imágenes de tus primeros besos, habría una gran cantidad de imágenes en el sofá mientras ves televisión, mientras haces la tarea, o aprendes cómo crear la onda perfecta en tu cabello con una plancha caliente.

O, en mi caso, mientras supervisas otro evento escolar, como el carnaval de otoño.

Agreguen a eso un poco de vómito.

Di una palmadita con cuidado en la espalda de Andy Mason mientras se inclinaba dentro de un contenedor de reciclaje. Esta era, sin dudas, una de esas escenas patéticas que *no* entrarían en el montaje de mi vida.

–¿Todo bien? –pregunté al capitán del equipo de tenis de un metro noventa de alto mientras se enderezaba.

–Gracias, Des –asintió avergonzado mientras limpiaba su boca.

–No hay de qué, pero ¿tal vez no deberías subir al Fundidor de Cerebros tres veces seguidas?

Era un sábado por la noche a finales de noviembre y el carnaval de otoño de la Preparatoria Monte Vista estaba en plena actividad en nuestro campus: una maravilla arquitectónica de última generación en expansión, construida sobre un acantilado costero del condado de Orange.

Andy se tambaleó al pasar junto a mi mejor amiga, Fiona Mendoza, quien se apartó de él.

–¿Un vomitón? –preguntó mientras arrugaba la nariz.

Fiona llevaba un pantalón holgado, una camisa de hombre, calzado de senderismo y una bufanda con patrones de rayos. Sus ojos de color ámbar, fuertemente delineados, me estaban mirando, parpadeando lenta y deliberadamente. Fiona podría verse como una princesa estadounidense con ascendencia mexicana de Disney, si no fuera porque se vestía como una indigente con una colección miserable de maquillaje.

–Los chicos *enormes* son los que siempre tienen estómagos pequeños y delicados –dije.

–Suertuda –repuso, guiñándome un ojo.

–Sí, tu *adoras* a los chicos enormes –le dije con una risotada.

De hecho, a Fiona le encantaban las chicas bajitas.

Mi risa mutó a una tos seca y me incliné por la misma fuerza. Cuando me acomodé, Fiona sostenía un termo.

–Tu papá me pidió que te trajera esto –me dijo.

Había dos píldoras para el resfriado y la gripe pegadas con cinta al tapón. Sonreí cuando vi el post-it. La caligrafía con garabatos de mi padre decía: *"¡Come todo igual aunque te sientas muy mal!"*. Había manchones negros por todos lados, el sello personal de un mecánico de autos.

Abrí el termo y el aroma a sopa de algas salada flotó en el aire.

–Mmm, gracias, Fi –exclamé.

–Por nada, pero… ¿por qué demonios estás aquí? ¿No que tenías la enfermedad del pulmón negro? –indagó mientras caminábamos hacia una banca para sentarnos.

–Porque, hola, estoy a cargo de esto. Además, "la enfermedad del pulmón negro" es comúnmente conocida como neumonía, y yo no tengo eso –repuse.

–Tú estás a cargo de todo. Sin ánimos de ofender, Desi, pero esto no es más que un estúpido carnaval escolar. ¿No podría algún subordinado del gobierno estudiantil haberse hecho cargo de todo?

Fiona se recostó sobre la banca.

–¿Quién? ¿Mi desafortunado vice, Jordan? –repliqué. Jordan era mi vicepresidente y fue votado principalmente por su cabello–. Se hubiera presentado mañana. Ni de broma. No me pasé semanas planificando todo esto para que alguien venga a arruinar el carnaval de Monte Vista –concluí.

Fiona se quedó mirándome, dejando que la idiotez de esa afirmación se asentara entre las dos. Una vez que el castigo se ejecutó de forma debida, habló:

–Des, necesitas relajarte. Es el último año, ya puedes calmarte.

Su cuerpo entero enfatizó sus palabras, estaba sentada de piernas cruzadas sobre la banca, un brazo en el apoyabrazos y su barbilla descansando sobre él.

–¿He sido aceptada en Stanford? –respondí luego de darle un sorbo a la sopa.

Fiona se enderezó mientras me apuntaba con su uña larga y brillante.

–¡No! No. Una vez que entregues esa solicitud, no quiero escuchar esa palabra por el resto del año –hizo una pausa dramática–. En realidad, nunca más por el resto de mi vida.

–¡Pues mala suerte! –exclamé antes de poner las píldoras en mi boca y tragarlas con un poco de agua.

Se me quedó viendo otra vez, su mirada era inquietante y daba un poco de miedo.

–Des, es un hecho. Si una adolescente Madre-Teresa-Miss-Teen-America nerd como tú no puede ingresar a esa universidad, ¿quién más podría hacerlo?

Tosí de nuevo, un sonido flemoso que rememoraba el final de los tiempos. Fiona retrocedió con asco visible.

–¿Sabes cuántos jóvenes se ven como yo por escrito? Promedio general sobresaliente, presidente del cuerpo estudiantil, miembro de equipos de la preparatoria, puntuación perfecta en el examen de admisión, mil millones de horas de servicio a la comunidad.

La expresión de Fiona se suavizó ante la familiar cantinela de siempre.

–Bueno, ¿no es por eso que pediste la entrevista?

Su voz se escuchaba al borde del hastío mientras miraba a un grupo de chicas que pasaba caminando. Mi mejor amiga desde el segundo año, Fiona, se sabía de memoria la balada del sueño de Stanford de Desi Lee desde que la había cantado a viva voz a la edad de diez años.

–Sí, pero la entrevista es en febrero, un mes después de que entregue mi solicitud. Me pone nerviosa que la fecha límite se haya pasado –murmuré.

–Des, hemos hablado de esto un millar de veces. ¿No *querías* tomar la decisión correcta, tener las mejores probabilidades y todo eso? –preguntó.

–Sí, lo sé –respondí mientras jugueteaba con desgano con mi sopa.

–Entonces no lo arruines, ¿de acuerdo? –dijo Fiona dándome una palmada en el brazo.

Luego de terminar mi sopa, Fiona se largó para buscar a nuestro amigo, Wes Mansour. Vagué por el carnaval de nuevo, asegurándome de que los chicos del equipo de baseball no estuvieran regalando los premios de felpa a las chicas lindas, y procurando que la gente no se desordenara en la fila sin fin para el camión de los helados. Me dirigía a los sanitarios cuando me topé con algunos estudiantes de primer año a quienes reconocí: un manojo de chicos bien peinados con playeras impecables y calzado costoso.

–¡Ey! Jefa, ¿cómo va? –me preguntó uno de ellos.

Todo encanto y ojos brillantes. El tipo de chico nacido con un sombrero tirolés posado informalmente en su cabeza.

Sentí sus ojos en mí y mis mejillas se sonrojaron.

–Esto, bien. ¡Diviértanse! –exclamé, mientras los saludaba con la mano de manera exaltada e incómoda antes de alejarme.

Por el amor de Dios. *¡Diviértanse!* ¿Quién era? ¿Su *madre*? Me estaba pateando mentalmente cuando alguien me tomó por detrás.

–Sí, ¿qué hay de nuevo, *jefa*?

La voz burlona sonaba a centímetros de mis oídos. Wes. Cabello negro espeso recogido en una especie de jopo moderno perfectamente revuelto, la más suave e inmaculada piel morena, y unos ojos somnolientos bajo el peso de sus intolerables pestañas. Las chicas lo amaban.

Sí, mis dos mejores amigos eran estas personas sexis que a diario me recordaban mi falta de sensualidad.

Me giré y abofeteé su brazo.

Wes se agarró donde lo golpeé e hizo un gesto de dolor.

—¡Usa tus palabras! —me ladró.

Fiona estaba detrás de él, sosteniendo una bolsa repleta de algodón de azúcar rosado. Los miré a ambos con el ceño fruncido, pero antes de que pudiera hablar, otro ataque de tos arremetió contra mí.

—*Puaj*, Des —exclamó Wes mientras cubría su nariz con el cuello de su playera—. Tengo un juego importante la semana próxima y, si me enfermo, te mataré.

Al igual que yo, Wes era un nerd deportista. Su deporte preferido era el básquetbol, su ciencia elegida era la física, su freakismo favorito eran los comics y *Los colonos de Catán*. Una vez se mantuvo en el primer puesto en línea durante tres meses hasta que fue derrotado por una niña de ocho años de Brasil.

—Es bueno exponerse a los gérmenes, ¿sabes? —dije mientras aclaraba mi garganta de manera violenta.

Los dos, Wes y Fiona, hicieron muecas.

—¡Perdónanos, doctora Desi! —gruñó Wes.

—¡Uh! Pero recién estaba empezando, ¿debería comenzar con mi lección de los futuros trasplantes fecales?

–Me gustaría estar una semana sin escuchar acerca de los malditos beneficios de las bacterias de los intestinos –dijo cerrando los ojos con dramatismo.

–Bien. Pero luego me agradecerán cuando sea una doctora que trate las alergias estacionales con trasplantes fecales –dije con un encogimiento de hombros.

–¡Dios! –Fiona arrojó el resto de su algodón de azúcar en un cesto de basura.

Esperé por más quejas pero, al contrario, recibí silencio. Y expresiones extrañas. Fiona y Wes miraban a mis espaldas. Me di la vuelta y me encontré con un pecho ancho.

–¿Qué son los trasplantes fecales? –preguntó una voz baja.

Miré hacia arriba. Ay, Dios mío.

Max Peralta. Un metro ochenta y ocho de candente, candente… estudiante de primer año. Luego oí risitas detrás de mí. Cuando Fi y Wes descubrieron que mi enamoramiento-de-primera-semana-de-clases resultó ser un chico de primer año… Bueno, ese fue el mejor día *de todos*.

–Oh, eh, nada. ¡Ey, hola! –respondí con un tono de voz que solo los perros escucharían. *Desi, NO hables hasta que puedas controlar tu maldita voz.*

Sonrió. Dientes blancos en contraste con una piel bronceada y besada por el sol. ¿Cómo es que, en el nombre del Señor, él podía ser un estudiante de primer año?

–¡Ey! Buen trabajo con el carnaval, Desi.

–Gracias, Max –repuse mientras me sonrojaba por completo. *De acuerdo, tienes el control. ¡Solo mantén tu expresión fresca, relaja tus hombros, mantén tu instinto natural de chica diligente bajo control!*

Max bajó la mirada por un momento, hacia sus pies, y luego la ladeó hacia arriba con una sonrisa. *Maldición.*

–Eh, me preguntaba... ¿Estarás ocupada luego de esto? –indagó.

Mi voz quedó atrapada en mi garganta. La aclaré. *¡Atrás voz chillona!*

–¿Luego del... carnaval? –pregunté.

–Sí, ¿tienes que, no sé, limpiar o algo?

Mis orejas comenzaron a incendiarse, y pude sentir sus ojos en mí.

–Nop, nada de limpiar, estoy libre.

Un momento, ¿estaba acaso motivando esto? Él era lindo, no había dudas al respecto... pero seguía siendo un estudiante de primer año.

Fue como si me leyera la mente.

–Lo sé, probablemente no tengas citas con chicos menores que tú –dijo manteniendo sus ojos sobre mí.

Ja-ja-ja: *citas.*

Pero estaba en lo cierto. Él era un estudiante de primero. Yo estaba en mi último año. Así que intenté armarme de valor para poder rechazar su invitación. Pero en su lugar, sentí como la tos venía. Coloqué la mano sobre mi pecho y cerré la boca apretando fuerte. *No, este NO era el momento.*

Pero existen algunas cosas que tienen poder en sí mismas.

Así que tosí. Muy fuerte. Y esa flema que había estado resonando en mi pecho durante todo el día, aterrizó justo en el frente de su camisa a rayas recién planchada.

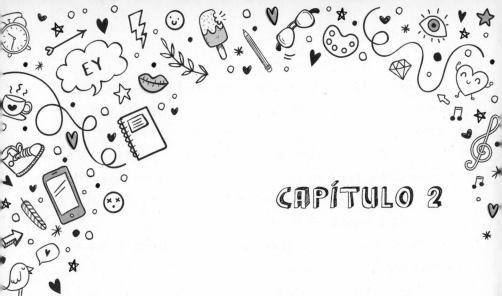

CAPÍTULO 2

QUERER SUICIDARME ERA UNA DESCRIPCIÓN UNA TANTO SUAVE.

Sentí una parálisis familiar y me cubrí la boca con las manos, mientras miraba el pegote sobre las rayas azul marino y rojas. Aquellas rayas se grabarían a fuego en mi memoria. Rayas gruesas azules y otras más finas rojas, una camisa bastante linda.

–*Puaj*, ¿eso es…? –escuché decir a Max.

No podía mirarlo a la cara. Solo vi cuando acomodaba su camisa mientras hacía un sonido de disgusto.

–Lo siento, estoy enferma –repuse débilmente.

–Está… bien. Emm, okey, solo voy a… –y luego se escabulló apresuradamente entre la multitud. Tiré la capucha de mi chaqueta sobre mi cabeza y me volví hacia Fiona, mientras ahogaba un grito sobre su hombro.

–Guau, eso fue un flirchazo épico, aun para ti. Quiero decir, ¡guau! –dijo mientras acariciaba mi cabeza de manera incómoda.

Wes estaba demasiado ocupado llorando de la risa como para decir algo.

Flirchazo. La ingeniosa palabra que se le había ocurrido a Wes cuando fracasaba en mis coqueteos. ¿Lo entienden? Flirteo + rechazo = *flirchazo.* Acuñado durante el segundo año de la preparatoria, cuando el tímido y dulce Harry Chen, a quien había dado clases de Inglés rigurosamente por un año porque estaba enamorada de él, me confesó que estaba interesado en alguien más.

Nuestro profesor de Inglés.

Pero aún antes de aquel incidente, siempre había fracasado en mis cortejos. Cada vez que intentaba hablar con un chico, cada vez que un chico hablaba conmigo o mostraba algún indicio de interés: *siempre terminaba mal.* No tenía sentido; en todas las demás áreas de mi vida era la Chica Equilibrada. La chica destinada a Stanford. Al parecer, el romance era lo único en mi vida a lo que no podía encontrarle el truco.

Que completo cliché: sobresaliente en todos los aspectos de mi vida, excepto en el amor. *Wha-wha.*

—Gracias. Siempre un ejemplo del consuelo. Amiga del alma. Camarada. Amiga verdadera. Chica amiga. Amiga… chica —le dije con ojos empañados. Fiona sacudió su cabeza sombríamente. Si alguien buscaba consuelo y un abrazo acogedor por parte de un amigo, Fiona Mendoza no era la indicada. Ella era más del tipo *te abofeteo para devolverte a la realidad.*

—Solo es de primer año —replicó encogiéndose de hombros.

Las palabras "de primer año" me hicieron lloriquear aún más en su hombro. Había dejado que mi enamoramiento con Max tuviera una muerte rápida cuando descubrí que estaba en primero, pero aun así él era sexy. Un chico sexy que había estado a punto de invitarme a salir.

Mis dos mejores amigos, con todas sus buenas intenciones, jamás podrían entender por qué el estar en una relación era casi mítico para mí. Ambos salieron del vientre con clubs de fans incorporados.

Wes levantó el móvil y me tomó una foto.

—¡Dame eso! —chillé, mientras se lo arrebataba de las manos y borraba la fotografía.

—Vamos, solo la quería para agregarla a mi famosa colección de coqueteos fallidos de Desi —se quejó.

—¿Quieres morir? —amenazaba a Wes con la muerte a diario.

Mis conquistas fallidas se habían vuelto tan anticipadas, tan constantes, que incluso hacía una broma sobre ellas en mi ensayo para solicitar un lugar en Stanford. Ya saben, mostrar los defectos humanos reales. Porque también las fallas podrían convertirse en algo positivo. Esperaba que mi encantadora combinación de humildad y humillación me hiciera ingresar. Eso, o mi nota en el examen de admisión.

Y, la mayoría de las veces, podría reírme de ello. Tenía tanto entre manos que probablemente era para mejor que los chicos no ocuparan mi tiempo, en suma a todo lo demás. Había demasiadas cosas en las que necesitaba enfocar mi atención.

Además, la idea de permitir que otra persona vea tus poros tan de cerca era algo aterrador para mí.

La semana siguiente en la escuela, me encontraba en el campo de juego batallando contra la Academia Eastridge.

Amaba el fútbol; era como el ajedrez y una carrera de más de noventa metros todo en uno. En los días buenos era como si pudiera ver el futuro: cada pase como parte de un plan maestro que terminaba con un balón en el fondo de la red.

Hoy era uno de esos buenos días.

Estábamos entrados los minutos adicionales y empatábamos 1 a 1. *Ahora o nunca, Des.* Hice contacto visual por un instante con mi compañera de equipo, Leah Hill, antes de que me pasara el balón. Di un salto por encima de las defensoras de Eastridge y sus resplandecientes trenzas a juego, y lancé el balón, que impactó dentro de la esquina de la red.

El silbato pitó y di la vuelta para celebrar nuestra victoria mientras que las jugadoras de Eastridge colapsaban en una confusión de lágrimas y recriminaciones.

Luego de una ronda de "choca los cinco" me despedí de mis compañeras y me dirigí al estacionamiento.

–¡Descansa, Lee! –gritó la entrenadora Singh mientras llegaba al auto de mi padre. Saludé agitando mi mano en dirección a su voz porque aún seguía luchando contra ese estúpido resfriado. Ahora que la adrenalina del juego había bajado, me sentía agotada.

Una pesada obra maestra automotriz norteamericana de color azul claro me esperaba. A pesar de que mi papá era un mecánico que podría arreglar cualquier auto clásico a la perfección, él manejaba un muy poco sexy Buick LeSabre de los ochenta del tamaño de una casa flotante. Juro que las excentricidades de mi padre crecían de manera exponencial cada año.

Y sí, *mi padre* me recogía de la escuela. El año pasado había estrellado mi regalo de cumpleaños –un Saab convertible color verde oscuro restaurado, que había tenido durante unos veinte minutos– contra una farola a unos tres metros de casa. Un conejo había saltado de la nada en frente de mí y, en vez de frenar, mi reacción más inmediata fue virar el automóvil descontroladamente lejos del animalito.

Luego de ello, mi padre se convenció de que no podía tener mi propio auto. Sin embargo, me permitía manejar su bote a prueba de choques si se trataba de distancias cortas, y yo jamás le pedí que reemplazara el Saab. No preocupar a mi padre estaba en lo alto de mis objetivos de vida.

Él estaba leyendo un periódico en el asiento del conductor cuando me acerqué y jalé de la puerta para abrirla.

–¡Oh, aquí está! –exclamó con una sonrisa amplia, mientras doblaba el periódico y lo lanzaba sobre el tablero del auto. Su sonrisa iluminaba su cara ancha y redonda. Las líneas causadas por la risa arrugaban los bordes de sus ojos y su piel bronceada. Aún conservaba un pelo grueso y negro, su única vanidad. Mi padre se pasaba cada mañana peinando de manera cuidadosa y esponjando esa porción de pelo, solo para luego ponerse una camisa con manchas de grasa y un pantalón cargo corto.

–Hola, Appa.

Aventé mi mochila y mi abrigo en el asiento trasero con un gemido de alivio, me dolía cada rincón del cuerpo.

La mano áspera de mi padre se posó inmediatamente sobre mi frente.

–Oh, mi gran. ¡Tienes fiebre! –exclamó mientras chasqueaba la lengua.

"Oh, mi gran", moría cada vez que lo oía.

–Estoy bien, solo necesito un poco de *juk* y una ducha súper caliente –repuse luego de recostarme en el asiento y cerrar los ojos.

El *juk* era una especie de cazuela de gachas y mi papá hacía una simple con hongos y trozos de algas marinas saladas.

–¿A quién crees que engañas? No deberías ir a la escuela mañana, nada de tarea esta noche, solo diversión –dijo mi padre mientras conducíamos a casa.

–No, ¡nada de diversión! –reí, medio en broma. Tenía que entregar algunos productos enlatados donados por los alumnos del último año a una iglesia cercana, y terminar mi ensayo de literatura.

–¡Oye! Si Appa dice diversión, entonces ¡eso será!

Mi papá siempre se refería a sí mismo en tercera persona, y siempre como *Appa*, el equivalente en coreano a papá. Hubiera sido vergonzoso si no fuera porque, ya saben, era adorable. El español malo de mi papá tenía uno de los más perfectos toques cómicos. A veces me preguntaba si no lo fingiría para hacerme descostillar de la risa. En casa, hablábamos tanto en coreano como en español, y con bastante frecuencia una fusión sin forma de mi coreano pobre y su español malo.

Cuando llegamos a casa tomé una ducha rápida, saturé de loción mi cara bronceada ("Piel de campesina, ¡como yo!", mi padre exclamaba siempre con orgullo), luego bajé corriendo las escaleras y me dirigí a la alacena. Estaba contando las latas en la pila de productos cuando oí el familiar sonido de gente gritando en coreano desde la habitación contigua.

–¡*APPA*! En nombre de todo lo que es sagrado, ¡baja un poco el volumen! –le grité.

El volumen disminuyó un poco. Arrastré la caja de enlatados hasta la sala, donde mi padre estaba sentado en su sillón reclinable favorito, mirando sus amados dramas coreanos. Solo podía ver la punta de su cabeza por encima de la gastada tapicería color verde bosque del sofá.

Puso pausa al programa en un momento típico de los dramas coreanos: el galán impetuoso llevaba a cuestas a una apocada chica ebria sobre su espalda, hacia su casa.

–¿No habías visto este ya? –bromeé, esperando su respuesta.

–*Este es otro*. ¡No son todos iguales! –rugió mientras se enderezaba.

Solté una risotada. Amaba burlarme de mi papá y su obsesión con los dramas. Se pasaba cada tarde viéndolos, con lluvia o con sol. (El otro amor de su vida de la TV era *Yo amo a Lucy*. Sep, me dieron mi nombre por Desi Arnaz. No pregunten). Nada podía meterse entre mi padre y sus dramas.

En una ocasión, los llamé telenovelas coreanas y mi cara casi se derritió por su ira: "¡*No* se parecen en nada a esa basura!". Debía concederle eso. En primer lugar, tenían el formato de una miniserie, por lo que tenían un número predeterminado de episodios en lugar de décadas sin fin de las mismas parejas lidiando con gemelos malvados y tal. Además, a diferencia de las telenovelas, variaban extremadamente de género, como las películas: comedia romántica, fantasía, suspenso o tu clásico romance melodramático. Mi papá amaba cada uno de ellos. Yo había visto un poco y partes con él en alguna ocasión, pero jamás fueron lo mío.

–Déjame adivinar. Esa chica ebria es una huérfana –dije mientras apuntaba a la pantalla.

Mi padre pausó la televisión otra vez.

–Huérfana no. Sí muy pobre –repuso con una expresión altiva.

–Y ese tipo es el hijo del CEO de algún gran mercado.

–*Eyy*.

–Ey, tú. Diviértete. ¿Puedo tomar prestado tu auto para dejar estas latas?

–¿Estás segura de que no quieres que Appa te lleve? Estás enferma –contestó con una mirada preocupada.

–Estoy bien, la iglesia está a unos cinco minutos de aquí. Gracias igual.

–Okey, pero vuelve pronto. El *juk* estará listo y tú necesitas descansar –concluyó mientras me acompañaba hacia la puerta y me entregaba sus llaves.

–Okey, Appa, nos vemos en un rato.

Me estaba poniendo los zapatos y cargaba la caja de enlatados en el auto cuando oí a mi padre gritarme desde el umbral de la puerta:

–*¡Ey! ¡Desi! ¡Ponte calcetines! ¡Siempre te enfermas porque jamás los usas!*

Oh, mi Dios, mi papá y los calcetines. En serio.

–Es un mito muy común decir que la gente se enferma por no estar abrigada. *¡Vuelve a tus dramas!* –le grité.

Aun así corrí adentro y me puse un par de calcetines antes de volver a salir.

CAPÍTULO 3

–Discutan por qué *Los Cuentos de Canterbury* de Geoffrey Chaucer fue una crítica social de su tiempo. Y no fastidien con las bromas sobre los gases. Ya sabemos que era un grosero el idiota.

Ah, la señora Lyman, una verdadera profesora de Literatura forzada a enseñar Chaucer a un manojo de mocosos californianos. Era viernes y estaba en mi clase de Literatura Avanzada cuando comenzamos a mover los pupitres para reunirnos en nuestros grupos de debate. El mío estaba formado por los cerebritos de siempre: Shelly Wang, Michael Diaz y Wes.

–Okey, entonces podríamos comenzar discutiendo qué problemas aquejaban a la sociedad durante la época de Chaucer –dijo Michael mientras escribía impetuosamente en su anotador. Siempre tenía que ser el primero.

–Bueno, ¿qué tal si empezamos con la opresión por parte de la Iglesia Católica? –agregó Shelly, para no ser menos.

–Sí, el tipo estaba adelantado a su época con esa observación –asintió Wes.

Arrugué la frente y atormenté mi cerebro con los males de la sociedad inglesa del siglo catorce. Absorta en mis pensamientos, garabateé los márgenes de mi cuaderno. Estaba haciendo un bosquejo de un vestido que había estado visitando con frecuencia en Internet por las últimas semanas: corto, sin tiras, color gris claro con escote de corazón y un bordado floral en la parte inferior. Quizás para el baile de fin de curso, que parecía ser dentro millones de años.

—¡Maldición!

Levanté la vista hacia Shelly, horrorizada. La señorita cardigans y plumas con brillos jamás maldecía. Luego seguí la dirección de su mirada. A decir verdad, la dirección de la mirada de la mitad de la clase.

Había un chico parado en el umbral de la puerta. Tachen chico, era un espécimen de chico increíblemente perfecto. Alto pero sin ser larguirucho, pelo negro alborotado parcialmente metido dentro de un gorro de lana gris. Vestía unos jeans oscuros y una camiseta de mangas largas bajo un chaleco inflado azul marino. Y, Dios misericordioso, su rostro: piel aceitunada, una mandíbula angular que podría cortar el cristal, ojos oscuros enmarcados por un par de cejas serias, y una boca ancha que sonreía con indecisión mientras miraba dentro del salón de clases.

Se me cayó el lápiz de la mano y resonó al caer sobre el suelo.

—¿Y usted es? —preguntó la señora Lyman.

—Luca Drakos. Soy nuevo.

Luca. ¿Quién demonios se llamaba Luca? Hubo un cotilleo audible de la porción femenina de la clase en respuesta al sonido de esa voz baja y suave.

—Bien, Luca, estamos en medio de un debate de grupos sobre *Los Cuentos de Canterbury*. ¿Por qué no te sumas a ese grupo de allí? —dijo mientras nos apuntaba—. ¿Chicos? Por favor, pónganlo al corriente.

Me apresuré para recoger mi lápiz del suelo y cuando levanté la cabeza, todo comenzó a rodar en cámara lenta. Luca se dirigía hacia nosotros. Les juro que una brisa se metió en el salón solo para levantar un poco la mata de pelo que tapaba sus ojos para que miraran directo a los míos. *Santooo cieeelooo.*

—¡Ey! —dijo cuando llegó a nuestro banco.

Sentí a Shelly agitarse a mi lado.

—¡Hola! —chilló, y luego se levantó rápidamente para acercar un escritorio—. ¡Toma asiento!

—Gracias —dijo Luca sonriendo.

Luca se sentó a menos de un metro de mí. Todos se presentaron con amabilidad y yo perdí la habilidad del habla. Finalmente me miró expectante.

—Soy Desi —dije, pero mi voz salió áspera y baja. Aclaré mi garganta—. Desi —repetí de forma estúpida. ¿Por qué? ¡Oh! ¿Por qué de entre todos los días elegí llevar mis pantalones deportivos *a la moda*?

—¡Ey! —respondió con su voz atractiva. Tenía una voz apuesta.

—¿De dónde vienes? —preguntó Shelly.

—De Ojai. Está a una hora al este de Santa Bárbara —respondió.

—Oh, sí, sé en dónde es. Mi mamá va a sus retiros de yoga —dijo mientras asentía enérgicamente—. Bueno, eh, estábamos analizando la crítica social en *Los Cuentos de Canterbury*. ¿Lo has leído? —preguntó levantando el libro.

–Nop –Luca negó con la cabeza. Su desinterés era palpable.

Fruncí el ceño. Vaya manera de causar impresión, chico nuevo. Sin embargo, Shelly no parecía desalentada mientras batía sus pestañas y lo miraba abiertamente. Puse los ojos en blanco. Buena suerte con eso, Shells. Continué con mis garabatos, a sabiendas de que debía permanecer lejos, muy lejos, de cualquiera así de ridículamente apuesto. No se me antojaba repetir mi grafiti de flema. La pintura aún estaba fresca.

Sin embargo, le eché un vistazo.

Alguien pateó mi asiento y miré para ver a Wes negando con su cabeza. Lo miré fijo y gesticulé un *muere*. Se rio y movió sugestivamente sus cejas hacia Luca. Pateé su silla y bajó la cabeza mientras ocultaba su risa.

Luego, de repente, mientras todos estaban enredados en el debate sobre el desprecio de Chaucer hacia la caballerosidad, Luca comenzó a acercar su escritorio al mío. ¿Por qué se estaba acercando? Noooooo.

Una lista mental de todo lo que lo podría ser asqueroso sobre mí apareció como un holograma de película de Tom Cruise: labios secos y agrietados: chequeado, pelo raro y largo de la ceja que siempre olvido de quitar: chequeado, potencial rastro de lagañas de esta mañana: chequeado, vello nuevo y jubiloso creciendo en el labio superior: chequeado, un puñado de espinillas pequeñas, pero aún visibles en mi frente: chequeado. Y sin mencionar mis *pantalones deportivos*. Definitivamente este no era el día para hablarle al chico nuevo lindo.

Miré a Wes con pánico, y apretó sus labios con tristeza, con la certeza de que me dirigía directo a Fracasolandia.

Luca miró mi anotador de costado, a escasos centímetros de distancia.

–Lindo dibujo –dijo volviéndose hacia adelante. Su voz fue tan baja que me pregunté si realmente había escuchado lo que creía haber oído.

–Eh, gracias, es solo… un garabato –dije mientras mis ojos iban hacia el bosquejo pobre de mi vestido; lo cubrí con mi brazo disimuladamente.

–¿Estás en las cases de Arte Avanzado? –preguntó.

–Eh, no –dije luego de que un ronquido se me escapara y me sonrojara. *Compórtate*–. ¿Y tú? –logré responder.

Asintió.

–Oye, dime la verdad, de alguna forma he aterrizado en un subgrupo de nerds en donde ustedes son los alfas de la manada, ¿correcto? –preguntó susurrando.

Resistí el impulso de reír para que ningún ronquido se me escapara, y en su lugar reprimí una sonrisa.

–¿Qué fue lo que nos delató? ¿Nuestro fervor por la literatura Medieval?

Sonrió. Guau, acababa de hacer sonreír a un chico lindo. Okey, necesitaba detenerme mientras podía. Aun así…

–Nos va bien con las bromas de gases del siglo catorce –dije antes de poder detenerme. OH, MI DIOS, por quéééé.

Sin embargo, Luca volvió a reír. Y eso me hizo reír a mí también, sin ronquido.

Podía sentir el calor de los globos oculares de Wes sobre mí. Ahora estaba enviándome mensajes telepáticos desesperados para que dejara de hablar.

Estaba a punto de inclinarme y hacer una broma sobre la predilección de Chaucer por las lecheras vigorosas, cuando noté que la mano de Luca estaba en mi pupitre. Acercándose a la mía. ¡Qué demo…!

Todas las alertas en mi cuerpo estaban enloquecidas: luces rojas, bocinazos, sirenas aullando. Creí que tal vez estuviera muriendo. Mi corazón saltó de mi pecho con un último y triunfante *¡Adiós, muchachos!*

Pero no morí. En cambio, vi como Luca tomaba cuidadosamente el lápiz de entre mis dedos. Estaba tan sobresaltada que mi mano se quedó en esa incómoda posición de estar sosteniendo el lápiz, vacía y agarrada a nada. Luego, muy ligeramente, Luca ladeó mi cuaderno hacia él y lo deslizó sobre mi escritorio para que estuviera a su alcance.

Sin mirarme, comenzó a dibujar sobre mi bosquejo con trazos suaves y seguros. Sus líneas se movían por encima y alrededor del dibujo, hasta que el vestido pasó de su forma infantil a capas y más capas de encaje negro, ceñido a un cuerpo esbelto pero curvilíneo. El frente del vestido era corto pero había una falda larga superpuesta cubierta de plumas que caían en cascada por detrás, juntándose al final. Después hizo un par de tacones asesinos para la chica imaginaria, con tiras y empinados. Ella vestía guantes de encaje negro que terminaban en sus muñecas, y su cabello era una masa enredada puesta a un lado. La otra parte ponía al descubierto una oreja delicada perforada con pendientes de botón geométricos y cadenas largas y joyas que pasaban sus hombros.

El análisis sobre la obra de Chaucer pasó a ser un ruido blanco en el fondo mientras veía como su dibujo cobraba vida. Luca se detuvo por un momento y lo miré con impaciencia, deseando saber qué venía después. Su rostro estaba inclinado muy cerca del papel, el ceño fruncido por la concentración, y podía haber jurado que estaba sonriendo.

Completó el rosto de la chica: cejas tupidas y rectas, ojos oscuros separados con pestañas largas, pómulos amplios y una boca pequeña con el labio superior más grueso que el inferior. Indicando una sobremordida.

Era yo.

Me quedé viendo el dibujo, físicamente incapaz de mirar a Luca. Las mejillas me ardían y mi corazón resonaba en mis oídos, tan alto que no podía creer que no se escuchara en todo el planeta Tierra.

Cuando lo miré, me dirigí directo a sus ojos y un golpe de electricidad se disparó entre los dos.

La campana del final de hora sonó antes de que pudiera reaccionar o decir algo

Todos movieron sus pupitres a sus lugares de origen, arrastrando el metal contra el suelo. Luca dejó mi lápiz y mi cuaderno sobre mi escritorio antes de mover el suyo. Tomó sus cosas sin decir una sola palabra.

Abrí la boca y la volví a cerrar. Levanté mi lápiz con cuidado. Juraría que aún estaba cálido por su tacto.

–Si necesitas ayuda para encontrar tus clases y demás, puedo acompañarte –ronroneó Shelly.

–Eh, gracias, pero creo que puedo solo –dijo con una pequeña sonrisa en los labios. Balanceó su mochila alrededor de su pecho y fingió que buscaba algo.

–¡Oye! ¿Estás lista? –dijo Wes mientras golpeaba mi brazo con su mochila.

–Ah, sí –respondí mientras parpadeaba.

Nos dirigimos juntos fuera de la clase y volteé para ver a Luca una vez más. ¿Iba a decirme algo? Aparentemente, no. Se lo veía demasiado ensimismado hurgando en su mochila.

–¿De qué se reían con el John Stamos de ahí? –preguntó Wes mientras salíamos.

–Ja, ja. No estaba riéndome –comencé a reír mientras lo decía.

–Mieeeerda –dijo mientras levantaba las cejas.

–Cierra la boca –respondí con otra risita involuntaria.

Cuando me volteé, Luca caminaba hacia mí con la mochila colgada correctamente. Me paralicé. Aparentemente cada vez que Luca caminaba hacia mí el mundo se movía en cámara lenta. Sacó el gorro de lana de sus ojos con una velocidad congelada. Para el momento en que me alcanzó, ya habíamos tenido una cita, nos habíamos casado y enviado a nuestras hijas a la universidad con lágrimas en los ojos. Las risitas se disiparon inmediatamente.

–Sé que dijiste que no estabas en la clase de Arte Avanzado, pero ¿estás en el Club de Arte? –me preguntó. El tono coqueto de hace un momento se había ido, y no podía saber si era porque Wes estaba a mi lado. Sin embargo, había sido lo bastante amigable, así que…

–Ja, ¡ni hablar! –respondí intentando mantener la compostura.

Luca rio, una risa que sonó como un graznido que me provocó una sonrisa de lado a lado. Qué risa tan poco digna de un espécimen como este. *Oh, Dios mío, deja de sentirte emocionada. Sabes a dónde te lleva todo esto, Desi. ¡Detente!* Pero jamás había hecho reír a los chicos. A esta altura, a juzgar por cualquiera de mis interacciones

34

con los hombres, ya habría hecho algo estúpido. Por primera vez en mi vida, sentí un destello de esperanza.

Wes se nos adelantó sutilmente.

–¡Qué mal! –respondió con una expresión indescifrable. Mi corazón latió.

Luego lo sentí: una pérdida de control familiar, toda competencia controlada por una inseguridad nerviosa. *No, no, no.*

–¿Qué mal que no estoy en el Club de Arte? –pregunté con un tono extraño.

–Sí.

–Nunca gastaría mi tiempo persiguiendo algo en lo que soy mediocre –dije mientras negaba con la cabeza.

Oh, Dios, estaba dando la extraña charla de lo-sé-todo de la era colonial. *Detente, detente ahora y solo sé cool y distante. COOL Y DISTANTE. Controla tu postura.*

Vi cómo su sonrisa se desvanecía. El brillo de sus ojos se apagó. *Okey, el momento cool y distante se ha ido oficialmente.* Sabía que debía detenerme en ese instante, pero tal vez podría salvar la escena. Una oleada de valentía me atravesó. Solo explícate. *La clave es la comunicación.*

–Es que estoy muy ocupada –su cara se congeló. Se paralizó, si lo prefieren. Tomé impulso–. Tengo mucho sobre mis hombros. Soy la presidenta de la escuela, estoy en los equipos de deportes universitarios de tenis y fútbol, además en cinco clubes diferentes, y estoy casi programada para graduarme con las mejores calificaciones.

–Guau, abeja trabajadora. De acuerdo, nos vemos entonces –respondió. Una expresión familiar de buena educación disfrazada de pánico se apoderó del rostro de Luca.

Parpadeé y sacudí la cabeza, mientras sentía como mis sentidos volvían a mí en cuanto él se marchaba.

–¡Luca, espera!

Se volteó a regañadientes, si uno tuviera que juzgar la renuencia por el arrastre literal de los pies.

¿Y ahora qué? ¿Por qué diablos hice eso?

Tiré de los lazos de mis pantalones con nerviosismo.

–Emm, ¿cuándo se reúnen con el Club de Arte? –pregunté.

No todo está perdido. Intenta coquetear. Sé linda. JUEGA LA CARTA DE ADORABLE. Mordí mi labio inferior para añadir efecto.

Los ojos de Luca recorrieron el lugar con si buscara una vía de escape.

–Eh, no estoy seguro aún, pero creo que debe de estar en el portal web… –respondió con un dejo de voz.

Y entonces… mis pantalones deportivos cayeron a mis pies. Miré hacia abajo. Luca miró hacia abajo. Levanté la vista. Luca seguía viendo hacia abajo.

–¿Estás *bromeando*? –aulló Wes.

Levanté mis pantalones y corrí como el viento.

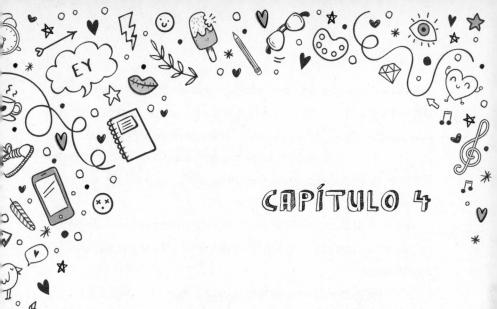

CAPÍTULO 4

Mi teléfono vibró toda esa tarde, Wes y Fiona intentaban animarme luego del incidente de los pantalones, pero los ignoré. Mi último mensaje de texto había sido:

> Considérenme muerta. Adiós.

Cuando mi papá regresó del trabajo, me encontró en el modo completa-autocompasión: usando mis piyamas. Estaba viendo un *reality show* sobre una mujer joven que competía para obtener su propia tienda de *cupcakes*, mientras me daba un atracón de mis snacks a elección: pepinillos. Mi papá se paró en la entrada y chasqueó la lengua:

—¿Todos esos pepinillos? ¿Ahora? Appa no preparará la cena —refunfuñó todo el camino a la cocina, donde descargó los comestibles.

Normalmente, ese era mi trabajo, pero hoy me permití disfrutar de mi humor espantoso. Con mi amplio historial de coqueteos fallidos, pensarían que este último sería un grano de arena en el desierto. En el pasado, luego de unas horas me habría distraído con alguna actividad urgente de Desi Lee (feria de ciencias, partido de fútbol…), pero hoy no podía quitármelo de encima. Y algo sobre el flirchazo con Luca me enviaba a un espiral de recuerdos vergonzosos.

Jefferson Mahoney. Primer curso. Pateé a mi primer crush, Jerfferson, en sus bolas durante una clase de taekwondo y tuvo que ser llevado a emergencias.

Metí mi mano dentro del jarro para tomar otro pepinillo.

—Okey, ¿qué tá pasando? —dijo mi papá mientras negaba con la cabeza al entrar a la sala.

Generalmente, el *qué tá pasando* siempre me robaba una risita.

—Nada —sonreí con poco entusiasmo.

Diego Valdez. Cuarto curso. Me preguntó si quería ver sus libros "especiales" y le dije que no me permitían ver pornografía. Resultó ser que hablaba de novelas gráficas e incluso aún ni sabía cómo se hacían los bebés. Era una pervertida de cuarto curso.

—Esos eran pepinillos especiales que compré en el mercado persa. Devuélvelos, son los favoritos de Appa.

—¡No! —exclamé mientras abrazaba el jarro contra mí y le daba la espalda.

Oliver Sprague. Séptimo curso. Estábamos en el baile de Halloween cuando se inclinó para darme mi primer beso, pero comencé a reír, hasta que acabé llorando.

—Okey, ya basta. Esto no es divertido. Appa quiere ver su programa y tú estás comportándote de forma fastidiosa —dijo mi papá y frunció los labios.

–Grosero.

Se dejó caer sobre el sillón a mi lado con tanta energía que di un salto y parte del líquido de los pepinillos me salpicó. Luego forcejeamos por el jarro.

–Nada de cena para los dos, entonces –dio un mordisco antes de tomar el control remoto.

–Veamos otra cosa.

Nunca había sido capaz sentarme para ver un drama completo y estaba con humor de algo mucho más siniestro y triste.

Mi padre me ignoró mientras navegaba con destreza en las opciones del televisor y llegaba al sitio de transmisión de sus dramas coreanos. Apenas sabía enviar un correo electrónico, pero podía abrir ese sitio web hasta en sueños. Intenté arrancarle el control remoto, pero me lo dio en la cabeza.

–¿Qué hay de malo contigo? Trabajo todo el día, ¿qué haces monstruo de los pepinillos? No, vas a ver lo que Appa ve.

–No quiero –froté mi cabeza y le lancé una mirada asesina.

Nyma Amiri. Segundo año de preparatoria. Le envié a Nyma mensajes de admiradora secreta durante semanas, solo para descubrir que él sabía que yo los enviaba desde el comienzo. Porque había firmado la primera accidentalmente.

–Ey, deja de quejarte. Además. Vamos a ver esto porque es el último episodio y Appa ha estado muuuuy entusiasmado por verlo.

A medida que los créditos pasaban por la pantalla acompañados del tema musical que había escuchado como fondo durante toda la semana, sentí que algo se rompía.

–¿Cómo puedes estar siquiera emocionado por esto? Todos terminan igual. Estas personas –apunté a la pantalla, a la ninfa de ojos separados y al granuja peinado a lo Bieber–, de ninguna maldita manera deberían estar juntos. Pero milagro de milagros, terminan felices por siempre. Es una total mentira.

Max Peralta: Cohete de flema.

Luca Drakos: pantalones abajo.

–Cuida tu lenguaje, *Señorita Queja de Norteamérica.* ¿No sabías que si se trata de amor verdadero, incluso los malos comienzos terminan felizmente? –dijo y dio un empujoncito a mi cabeza.

Amor verdadero. Quería reírme de aquello, pero el sacudón en mi pecho al ver el dibujo de Luca fue algo que no había sentido antes. La ligera agitación ante su proximidad era algo nuevo. Me había enganchado en el pasado, pero tenía el presentimiento inquietante de que se trataba de algo diferente.

Me recosté por mera pereza y miré el comienzo del episodio. Mi papá activó amablemente los subtítulos en español para que pueda seguir el drama compensando mis habilidades con el coreano.

La escena comenzó en una intersección concurrida de una ciudad, dos personajes principales estaban en lados opuestos de la calle, mirándose fijamente bajo la lluvia. La música se incrementaba mientras los autos pasaban cerca de ellos.

–¡Uh, por fin! –dijo papá mientras aplaudía con júbilo–. ¡Por fin se ven luego de tantas cosas malas que pasaron! ¡Aquí es donde se besan! –me echó una mirada–. Tal vez esto sea para adultos.

–Appa, ¿en serio? Vimos *Secreto en la Montaña* juntos –me burlé.

Justo cuando la luz estaba por ponerse en verde para que los dos amantes se encontraran, apareció una escena retrospectiva: la chica está sentada en una estantería en el trabajo, su falda levantada, remendando sus pantis con barniz de uñas claro. El tipo la sorprende y ella se sobresalta y extiende sus brazos en el aire, aventando el barniz de uñas en los ojos del tipo. Él da un aullido y cuando la chica se acerca gateando para ayudarlo, él le grita y le da un empujón para alejarla. El humor de la chica cambia de repente y le da una patada. Él cae de cara dentro de una cubeta.

—Sí, es muy creíble que pasen de algo como esto a un beso apasionado bajo la lluvia —me reí por la nariz.

—Cállate, Desi. Solo mira, ellos mostrarán *todo* lo que sucedió en los demás episodios —me dijo dándome un empujón.

En la siguiente escena retrospectiva, la chica se topa con una cabaña en medio de una tormenta de nieve. El tipo se aproxima hacia ella rápidamente, gritándole; está furioso porque se puso en peligro. Luego el tipo se da cuenta de que la chica cojea y está herida. La sienta en un taburete y le envuelve el tobillo con cuidado con una venda. Sus ojos se mueven de su tobillo desnudo a su rostro, se miran fijo de forma incómoda. Él le da un empujón y ella se cae del taburete.

Sonreí. Okey, debía admitir que eso fue bastante adorable a pesar del factor violento.

La siguiente imagen en retrospectiva: la chica está cenando con un tipo insulso, y el protagonista entra enfurecido, dando grandes zancadas a través del lujoso restaurante para tomarla por la muñeca y llevarla a rastras de allí. Ella le grita y comienza a golpear furiosa su pecho con sus pequeños puños, él la besa bruscamente y ella termina derritiéndose contra él.

Mmm… eso fue algo… caliente. Me enderecé e incliné hacia adelante. El último recuerdo: los dos están en el trabajo. El jefe de la chica le grita y le avienta un archivador, los papeles vuelan por todos lados. El protagonista la está viendo, su expresión retorcida por las emociones. Ella hace contacto visual significativo con él y sale de la habitación con la cabeza en alto.

—Ahí es cuando ella asumió la culpa por algo que él hizo mal —dijo mi padre con un codazo.

Volvimos al presente, la pareja mirándose fijamente el uno al otro luego de tantos malos entendidos y sufrimiento. La luz se pone verde y los dos caminan a su encuentro con lentitud. Justo antes de que se encontraran a mitad de camino, tomé el control remoto y le puse pausa.

—¡Desi! —gritó mi papá.

Lo miré, y aunque generalmente no sientes cuando tus ojos brillan, sentí que mis ojos brillaban. Siempre había dado por sentado que cuando las relaciones no iban bien, ese era el final. Pero la totalidad de la premisa de los dramas coreanos era la de *y siempre terminan felices*. Y si mirabas con más atención, había una receta para hacer que un chico se enamorara de ti. Una que comenzaba con una dosis pesada de humillación para la chica. Entonces, ¿por qué todos mis coqueteos fallidos y humillaciones habían quedado en la nada? Fue porque nunca había tenido un *plan*. Nunca había habido ningún *paso* a seguir.

Pero los pasos estuvieron justo delante de mis ojos todo este tiempo. Solo bloqueados un poco por la enorme cabeza de mi padre.

Salté fuera del sofá.

—¡Es como una condenada ecuación! ¿Cómo no lo había visto antes? —di un grito—. ¡Empezaremos desde el primer episodio!

Mi padre se quedó boquiabierto y lanzó sus brazos a la pantalla, en donde los dos se estaban por besar, ojos cerrados, inclinándose. Habría cerca de treinta segundos intensos más de ellos dos entrecerrando los ojos para inclinarse hacia el beso, mientras se movían un milímetro por segundo.

Como todo lo demás, podría conquistar a Luca con algo de buena planificación a la antigua. Esta sensación renovada de organización me impulsó a través de las escaleras para tomar mi cuaderno. Podría ser un fracaso en el amor, pero era la *puta ama* del estudio. Y hasta antes de Luca, la motivación para estudiar y planear mi salida de la humillación nunca había venido a mí.

Dos días después, por la mañana del lunes, estaba todo listo.

Apagué el televisor y me recosté sobre el sofá de cuero arrugado. Tenía la boca seca. Las lentillas eran stickers sobre mis globos oculares. Eché un vistazo a mi papá, que se unía a mi maratón de fin de semana cuando no estaba trabajando. La noche anterior se había quedado frito a mi lado mientras que yo me quedé despierta. Dormía con la boca abierta, sus pies con sus calcetines blancos estaban enredados en el edredón que había traído para él.

Miré mi cuaderno. Lo había logrado, había visto tres dramas completos en el transcurso del fin de semana, incluyendo el que habíamos comenzado el viernes por la noche. Cuando mi padre había preguntado el porqué de mi repentino interés por los dramas coreanos, le dije que era para un proyecto de investigación de la escuela. En parte era cierto.

Todos los dramas que vi fueron comedias románticas, dado que ese era el género que más se ajustaba al escenario de mi vida. No había salido de mi casa, no me había dado un baño, ni tampoco había visto a otros seres humanos además de mi padre en todo ese tiempo. Había ignorado los mensajes de texto de Wes y Fiona.

Era gracioso: los dramas habían sido el ruido blanco en mi vida. Siempre estuvieron de fondo mientras lavaba los platos, hacía mis tareas, o pasaba el rato con amigos, arriba en mi habitación. Nunca antes me había sentado allí con mi padre, ni me había entregado por completo a la droga de los dramas.

En el transcurso del fin de semana me había vuelto una adepta. Me había graduado de la Escuela de Comedia Romántica Coreana.

Había reído, había llorado, y había sentido el amplio espectro de las emociones de los dramas. Cuando comencé con el primer episodio, necesité un momento para tomar en serio la estética general del programa. Primero y principal, los peinados de los actores masculinos: ¡DIOS MÍO! Escandalosos y capaces de desconcertarte. Pero luego, evolucionaban de ridículos a lindos y de ensueño. Y mientras los grupos de "gente rica" me hacían poner los ojos en blanco, eran compensados por las imágenes acogedoras y románticas de Seúl: tragos en la madrugada y snacks calientes en *pojangmachas* (tiendas desplegables), cafeterías adorables con la mejor música norteamericana de los 40, avenidas surcadas por cerezos en flor, el icónico río Han por la noche. Seúl se veía tan *agradable* y *vivo*.

Y aun siendo coreana-americana, sentía un poco el shock cultural. Por ejemplo: cómo un abrazo era un indicador crucial de una relación (en los programas estadounidenses los principales apenas parpadearían dos veces antes de saltar directo a la cama). O cómo las diferentes clases sociales eran presentadas como un *gran* obstáculo, y cómo estaba aceptado que una madre adinerada comenzara a golpear a una mujer *adulta* por atreverse a salir con su hijo, a pesar de ser pobre. Y la mujer se limitaría a quedarse allí sentada y aceptaría el maltrato solo porque la madre adinerada era mayor que ella.

Luego estaban las *emociones.* Dios mío, nunca antes había sido testigo de este nivel de emociones por parte de seres humanos, dentro o fuera de escena. Tantas. Lágrimas. Muchísimos *gritos.* Ahora comprendía por qué mi papá hablaba en mayúsculas, por qué todo se mezclaba con incredulidad. Sin mencionar los abrazos violentos, las zancadas a través de las habitaciones para tomar a las chicas del brazo, y los planos cortos de labios temblorosos y mandíbulas apretadas. Hola, ¿directores de reparto de Hollywood que creen que no hay ningún asiático con las facultades de una estrella? Necesitan ir a Corea.

Sí, las historias podían ser poco originales y extremadamente estereotipadas, por momentos. Pero con los personajes fuertes, todo funcionaba. Personajes por los que alentabas, aquellos a los que odiabas con las fuerza de mil soles, los que te enamoraban por completo, los que envidiabas y los que lograban que te preocuparas. Eran más reales que todo aquello que los Oscars nos habían dado.

Los dramas coreanos reprimían el verdadero amor desvergonzado en paquetes de diez a veinte horas. Mis reacciones a los primeros besos castos eran semejantes a un ataque cardíaco. Lloraba a gritos desamparados cuando las parejas tenían que separarse, o cuando alguno de ellos sufría. Suspiraba con felicidad y con brillo en los ojos cuando mis personajes conseguían, al fin, sus finales felices.

Y ahora tenía que ir a la aburrida escuela. En Estados Unidos. Pero estaba provista con algo que realmente creía que funcionaría.

–¡*Appa*…! ¡*Appa*! ¡Despierta! –le dije dándole un codazo hasta que se movió.

Era como despertar a un gigante de cuatro años de edad, pero logré que subiera las escaleras para que se duchara. Cuando cerró la puerta de su baño, eché un vistazo a mi teléfono. Me quedaban unos buenos veinte minutos antes de que Fiona apareciera.

~~CAPÍTULO~~ PASO 5:

Ten un sueño secreto que te acerque más al chico

FIONA LLEGABA TARDE Y HACÍA FRÍO. ABRACÉ MI TERMO DE CAFÉ, que apenas me ayudaba a soportar mis cero horas de sueño, mientras la esperaba en la entrada de la cochera. Di un vistazo a mi teléfono móvil y la aplicación del clima me mostró que hacía once grados. Eso era jodidamente glacial para el Condado de Orange, incluso si estábamos en diciembre. Estaba a punto de enviar mi cólera por mensajes a Fiona cuando escuché un fuerte ruido metálico justo que su muerte-sobre-ruedas color cobre, apodada cariñosamente Penny, doblaba la esquina. Pude sentir cómo todos mis vecinos estirados corrían sus ventanas venecianas a un lado para quedarse viendo el violento y ruidoso automóvil.

La música de Fiona estaba a todo volumen, pero el traqueteo no me permitió notarlo hasta que se estacionó justo frente a mí. Subí al auto e inmediatamente le bajé el volumen al reggae sueco.

–Dios, vas a quedarte sorda. Ya sea por la música horrible o por tu chatarra de coche. ¿Te das cuenta de que Penny tiene una fuga de escape?

La hija del mecánico: podía identificar un auto por el sonido de su tubo de escape aun en mis sueños.

–Arrollé la patineta del vecino el otro día, tal vez haya sido eso –Fiona lo consideró por un momento antes de mirarme–. ¿Estuviste hibernando por el incidente del pantalón?

–Parcialmente.

–Bueno, me alegra comprobar que no estás muerta. Si no fuera por tu publicación misteriosa ayer a la noche en Instagram, ya habría enviado a la policía para chequear –dijo mientras golpeteaba el volante con sus largas uñas de color lavanda.

–Lo sé, lo siento. Solo estuve supermetida en algo este fin de semana.

–Mírate hoy, toda elegante –dijo mientras me echaba otro vistazo.

Llevaba unos pantalones oscuros, calzado bajo de color negro y un chaquetón gris sobre un suéter con patrón de corazones.

–Fi, solo es ropa normal.

Por otro lado, Fiona vestía un mono corto sobre unas pantis de lana ajustadas, una camiseta térmica de mangas largas y un abrigo de tweed de hombre por encima del conjunto. Sus labios en un tono carmesí, el cabello rojo sintético sujeto en un nudo alto y desprolijo. Mis reverencias.

Espié a hurtadillas para verme en el espejo lateral del auto. Había logrado ejecutar mi peinado favorito: desgastado con suaves ondas enmarcando mi rostro. Vi una imagen repentina del dibujo que Luca había hecho de mí, con el cabello largo hacia un costado.

–Tengo algo que decirte.

–Okeeey, te escucho –replicó luego de un silencio.

–Bien, siempre ha sido algo tonto que a pesar de lo bien que me va en tantas otras cosas, no pueda conseguir novio debido a mis flirchazos, ¿verdad? Evidentemente, hay cierta magia que me estaría haciendo falta, esa que todos ustedes, amantes extremadamente desarrollados, parecen poseer.

–Gracias.

–De nada. Entonces… ¿sabes lo mucho que mi papá ve esos dramas coreanos?

–Sí, adorable –respondió.

Mi padre derretía al más frío de los corazones.

–Bueno, luego de que un chico viera mi ropa interior a rayas verdes el viernes, miré un montón de dramas. Como tres.

–¿Tres episodios?

–No, programas. Toda la serie –respondí.

–¿Viste *tres series* completas en *un fin de semana*? ¿No tienen como cien capítulos cada una? –me preguntó incrédula mientras doblaba en la calle principal.

–¡No! Estas son diferentes: van desde, más o menos, diez a veinte capítulos.

–¡Qué! ¿Estás tomando *drogas*?

–Fui empujada por el coqueteo fallido épico, Fi. Y llámame loca, pero creo que Luca y yo tuvimos un momento serio.

–¿Hablas de cuando tus pantalones se cayeron?

–¡Fi!

Llegamos a la escuela.

–Okey, ¿un *momento serio*? ¿No que lo conociste por un total de treinta minutos antes de… lo que ya sabes? –Fiona apagó el motor y se me quedó viendo.

Un destello de Luca mirando al suelo en donde yacía el montón gris que eran mis pantalones atravesó mi mente. Sacudí la cabeza para borrarlo como en esas pizarras mágicas.

–Sí, pero… no puedo explicarlo.

–Yo sí. Está bueno –dijo Fiona sacudiendo la cabeza.

–¡No se trata solo de eso! Quiero decir, sí, Dios mío. Él es sexy. Pero además… –retiré la vista de Fiona y fijé mis ojos en mi regazo, donde estaba enredando mis manos de forma nerviosa, avergonzada por entrar en detalles–. Él hizo esto... Luca tomó mi lápiz e hizo un maldito *dibujo de mí*. Fue… muy… *romántico*. Fue la cosa más especial que algún chico haya hecho por mí.

–Eres una idiota –replicó luego de un silencio.

–No te burles, ¡lo digo en serio! –le dije atizándole un golpe en el brazo–. Lo lamento. No soy una seductora experimentada que tiene a los hombres bebiendo champagne de sus tacones.

–¡Qué! Eso, Des, hace que me preocupe en verdad por ti. Lo que sabes del romance no es más que basura trillada y rara de comerciales de champagne de los ochenta.

Nos quedamos sentadas en el auto, mientras el aire se enfriaba sin el calentador encendido.

–Bueno, eso es todo, ¿verdad? Algo anda claramente mal *conmigo*. Estoy fallada o… solo me falta algo cuando se trata de... relaciones. No es natural para mí. Pero ¿cuándo sobresalgo en algo?

–No sé, tú te destacas en la mayoría de las cosas –respondió levantando las manos.

–¡Exacto! ¿Y sabes por qué? La mayoría de las cosas tienen *reglas*, pasos y métodos para mejorar en ellas.

–¿A qué intentas llegar? –Fiona me miró con dureza.

Saqué mi cuaderno y lo levanté con una sonrisa de oreja a oreja.

–Descubrí los pasos para dominar mis coqueteos fallidos.

Le di el cuaderno a Fiona. Su expresión se mantuvo impasiva mientras leía.

PASOS PARA CONQUISTAR AL AMOR DE TU VIDA
(SEGÚN LOS DRAMAS COREANOS)

1. Sé la viva imagen de todo lo que es puro y bueno.

2. Carga con una historia familiar desgarradora.

3. Conoce al chico más inalcanzable del mundo.

4. Permite que el chico sepa de ti, ya sea por irritación u obsesión.

5. Ten un sueño secreto que te acerque más al chico.

6. Persigue con insistencia tu sueño, no importa tu bienestar.

7. Aunque el misterio rodee al chico, investiga más.

8. Queda atrapada en un típico triángulo amoroso.

51

9. Mételos en un problema que los obligue a tener un momento de conexión íntima.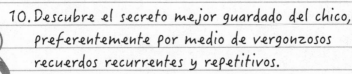

10. Descubre el secreto mejor guardado del chico, preferentemente por medio de vergonzosos recuerdos recurrentes y repetitivos.

11. Demuestra que eres diferente a todas las otras mujeres EN EL MUNDO ENTERO.

12. Descubran qué tan real es su amor por medio de un suceso que atente contra su vida.

13. Pon al descubierto tus debilidades en una forma desgarradora.

14. ¡Calla de una vez a ese chico con un beso!

15. Enamórense tan tierna y profundamente que dé vergüenza ajena.

16. Elige tu balada romántica para ponerla al máximo, ¡una y otra vez!

17. Que los mundos colisionen para que haya un poco de distensión cómica.

18. Conoce a su familia y gánatela.

19. Realiza un <u>sacrificio</u> extremo para
demostrar <u>tu amor.</u>

20. No tienes permitido ser feliz hasta el último
minuto posible.

21. Tiempo de traiciones: que parezca que uno
de los dos ha traicionado al otro (¡pero no!).

22. En tu punto más bajo, tu vida se compone
solo de recuerdos de los buenos tiempos.

23. Toma medidas drásticas para obtener
tu final feliz.

24. CONSIGUE TU FINAL FELIZ.

Cuando terminó de leer, esperé expectante por su respuesta. Sus ojos delineados de un azul eléctrico se deslizaron hasta los míos:

–Maldición, ¿acaso estás… loca?

–Escúchame –dije largando un suspiro tortuoso.

–De ninguna manera, Des. Esto es la cosa más demente que he visto en mi vida, incluso para *ti*. Algunas de estas cosas… Quiero decir… Quién demonios…

–Fi, no voy a tomar todo literalmente. Algunas de las cosas chifladas que leíste forman parte de esta receta, pero no debo hacerlas necesariamente. Es un bosquejo… Un plan de acción inspirador, si así lo prefieres. Pero esencialmente ordena, paso a paso, todas las formas de meterme en aprietos que me harán ganarme el cariño de Luca y finalmente nos acercarán.

–¡Ay, Dios! Estás teniendo esa mirada irritante.

–Sí, la mirada que siempre consigue que las cosas se hagan –dije asintiendo. Pasé la página hasta las que estaban en blanco, luego de la lista–. Entonces aquí escribiré las pequeñas notas de mis progresos y las tácticas a seguir.

Las arrugas profundas en la frente de Fiona se alisaron ligeramente, mientras que su expresión aún era dubitativa.

–Okey, ¿cuál dijiste que era el primer paso? –tomó el cuaderno y pasó las páginas hasta llegar a la lista–. *Sé la viva imagen de todo lo que es puro y bueno* –me miró y se descostilló de la risa.

–Esa… bueno, algunas las tendré que pasar por alto –dije mientras me cruzaba de brazos.

–Por favor. Desi, tú recolectas alimentos para los necesitados, abrazas árboles y das clases de apoyo a idiotas. Ya tienes la parte de la santa ganada.

A veces la línea que separaba los cumplidos de los insultos era realmente muy fina.

–Gracias, amiga. Siguiendo… veamos, el número dos, ¿*Carga con una historia familiar desgarradora*? Hecho.

–Bueno, para ser franca, como que esto se aplica *un poco* a ti –dijo y me echó una mirada rápida y cautelosa.

–No soy un saco de lamentos, obviamente. Pero superficialmente, para los extraños, el tema de la madre muerta siempre es como lo *peor*. La tragedia nivel princesa de cuentos de hadas.

–Okey, bien. Y el número tres. *Conoce al chico más inalcanzable del mundo.* Mmm. No sé si él sea el *más inalcanzable del mundo*, pero bueno, ya lo has conocido. Cuarto paso: *Permite que el chico sepa de ti, ya sea por irritación u obsesión.*

Nos quedamos en silencio por un momento y luego Fiona me abofeteó en la cabeza con el cuaderno.

–Estás *más allá* de la obsesión –concluyó.

–¡Ay! –me quejé mientras me frotaba la cabeza–. Bueno, sí, sería: *sepa de ti por tu alto nivel de obsesión alcanzado.* ¿En dónde nos deja eso? Quinto paso.

–*Ten un sueño secreto que te acerque más al chico.* ¿Cuál es tu sueño secreto? ¿Tienes alguno?

–Bueno, mi verdadero sueño no es un secreto: Stanford, y luego la Facultad de Medicina. Pero para que esto funcione, debe ser un sueño que me acerque a Luca.

–Este plan está poniendo de punta a cada uno de mis pelos feministas –dijo mientras bajaba la ventana del auto para dejar entrar una ráfaga fresca de viento. Respiró hondo.

–Lo que sea, Fi. El feminismo no es tan lineal. Que yo tome el control de mi vida amorosa es algo completamente feminista.

–Si tú lo dices. ¿Ya pensaste sobre el sueño secreto?

Levanté el cuello de mi abrigo y metí la cara dentro para protegerme del aire fresco.

–Sip –dije con la voz amortiguada.

–Tengo miedo de escucharlo.

–Arte –respondí, y luego golpeé la espalda de Fiona cuando se atragantó.

PASO 6:

Persigue con insistencia tu sueño, sin importar el precio de tu bienestar

MI ATUENDO FUE UN TOTAL DESPERDICIO PORQUE NO VI A LUCA por ningún lado.

–¿Dónde está Luca? –preguntó Sherry en cuanto sonó la campana para el comienzo de Literatura Avanzada.

–Lo siento, señoritas. Fue un error administrativo. No debía estar en Literatura Avanzada –respondió la señora Lyman.

Lo sabía. Había sido demasiado bueno como para ser cierto. Lo busqué por los corredores, entre las diferentes clases, pero no pude encontrarlo por ningún lado. Me sentía un tanto desilusionada pero, en parte, aliviada. Ahora contaría con un poco más de tiempo para decidir cómo salvar mi dignidad cuando lo volviera a ver, luego del incidente de los pantalones. Lo cual sucedería en mi primer encuentro con el Club de Arte. Mañana.

Esa tarde, engullí un par de tazas de café para mantenerme despierta hasta la cena. También tenía que inspirarme para las travesuras de los dramas a futuro. Así que, mientras cocinaba, comencé otro drama con mi padre.

—Appa, ¿qué haría un personaje de estos dramas para salvar las apariencias luego de hacer algo muy vergonzoso? —quise saber mientras revolvía una porción enorme de salsa para spaghetti.

La cocina y la sala de estar eran parte de una sola planta, por lo que podía ver sin problemas *Eun y sus tres chicos* mientras cocinaba la cena. Y digo *cocinar* siendo generosa, ya que el spaghetti era una de las únicas tres comidas que podía preparar con seguridad y sin que mi padre, amablemente, agregara guarniciones coreanas para compensar.

—Bueno, generalmente ellos solo deben ser valientes y no sentirse tan avergonzados. Muchas de las chicas de los dramas son muy fuertes y es por eso que los chicos gustan de ellas incluso si no son las más bonitas —respondió desde su lugar en el sillón reclinable, luego de dar un sorbo a su cerveza.

Bien, eso sí que era reconfortante. Agregué un poco de ajo en polvo a la salsa burbujeante.

—Entonces, ¿ellas solo intentan lidiar con ello?

—*Sí*. Lidia con ello.

Más tarde, aún activa por la cafeína, busqué en Google los dramas coreanos que había visto e investigué información divertida sobre los integrantes del reparto. Y *luego* descubrí el maravilloso mundo de los desternillantes blogs de doramas y los gifs de Tumblr; el fandom que había de este tipo de shows era *gigante*.

Me quedé dormida con el teléfono aún reproduciendo *Flower Boy Ramen Shop* a centímetros de mi rostro.

AL DÍA SIGUIENTE, ME DIRIGÍ A MI PRIMERA REUNIÓN CON EL CLUB de Arte, siguiendo el paso número seis de mi lista: *perseguir insistentemente mi sueño*. Había hablado el día anterior con el señor Rosso, el consejero del Club de Arte, y me dijo que solo debía traer un bloc de dibujo y lápices, porque la clase de hoy se trataba de una excursión al zoológico. Al estilo del primer curso. Llevaba el cuaderno con los pasos de los dramas coreanos anidado junto a mis nuevos útiles de arte en la mochila, para reforzar mi decisión.

Pero al segundo de estar arriba del autobús, quise dar un giro como el Correcaminos y largarme de allí. *¡Meep-meep!* Condenada heroína valiente de los dramas. Me relacionaba más o menos con la mayoría del cuerpo estudiantil, pero este era el sector "bohemio", un grupo de hipsters que me hacían sentir de cinco centímetros por escuchar a todo volumen Taylor Swift y leer *Crepúsculo*. No es que alguna vez lo haya hecho. Al mismo tiempo.

Era completamente consciente de que esta jugada era algo estúpida, dado que Luca sabía que no participaba del club y sospecharía que me había unido por él.

–¿Desi? –preguntó dubitativa una chica de cabello rubio teñido con corte pixie.

Era Cassidy, de mi equipo de fútbol. Me apresuré hasta llegar a ella, aliviada de ver una cara conocida.

–¡Ey! –exclamé sentándome a su lado e intentado formar una sonrisa, como si mi presencia allí fuera completamente normal.

–¿Qué haces aquí? –me preguntó con una sonrisa inquisidora.

–Em, bueno, ¿me uní al Club de Arte? –mis ojos recorrieron todo el interior del autobús en busca de Luca, pero aún no había señales de él.

–¡Guau! ¿En serio? Nunca lo hubiera adivinado… –la voz de Cassidy se fue apagando.

Antes de que pudiera responder con alguna excusa pobre para explicar mi presencia, miré por la ventana y vi a Luca caminando hacia el autobús con una chica, toda piernas largas y botas militares. Sus Ray-Bans espejados centelleaban bajo el sol, mientras lanzaba a un lado de su hombro su cabello de puntas color lavanda. Los dos agacharon sus cabezas y rieron camino al autobús.

Qué demonios era *eso*. ¿Acaso *ya* tenía una novia? *¿Tres días después de llegar a una nueva escuela?*

Cuando subieron al autobús, Luca se detuvo para saludar a alguien que estaba sentado al frente. Me giré de espaldas al pasillo para que no pudiera verme. Este era el peor de los planes, en qué demonios pensaba…

–¿Desi Lee? Guau, sabía que eras una acaparadora de horas extracurriculares, ¿pero caer tan bajo como para unirte al *Club de Arte*? –preguntó alguien a mis espaldas. Todo lo que vi fue la reacción de Cassidy. Estaba boquiabierta y sus ojos verdes sobresalían.

–¡*Violet!*–exclamó.

Me volteé y miré a Violet. Cabello hasta la cintura, pantalones de jean rotos, playera blanca desgastada con escote en V. Completado con una irónica riñonera.

–Disculpa, ¿te *conozco*? –dije y me la quedé viendo.

–Estoy asombrada de que no me conozcas, ¡caramba! A mí, una de los tuyos. Violet. Violet Choi –dijo arrastrando las palabras.

Choi. Coreano. Mmm, no podía ubicarla y no estaba en absoluto preparada para esta inesperada muestra tan abierta de hostilidad.

—Entonces, ¿cuál es tu problema? —ladré.

—Mi *problema* es —la voz de Violet tenía un tono agudo, como si quisiera imitarme— que la persona más sobresaliente y molesta de Monte Vista, tú, está por *todos lados*. El Club de Arte era el único lugar en donde podía escapar de ti porque tú no eres una artista.

Estaba tan aturdida que no pude siquiera registrar que Luca probablemente estaba escuchando todo. Nadie antes me había hablado de esa manera. Podía ser la definición de manual de lo que es popular en la preparatoria, pero no era del tipo de tener enemigos por ello. Me gustaba creer que agradaba a los demás porque era *amigable*. Esta no era una escuela cliché, llena de abejas reinas y chicas hostigadas. O eso creía. No sabía cómo responder.

¿Qué hace una heroína de drama coreano cuando se enfrenta a este tipo de irascibilidad descarada? De pronto, recordé a Eun-Seol de *Protegiendo al jefe* y cuando la perra reina de ese drama le restregó un cono de helado sobre su *trasero*. Su reacción fue permanecer en calma y con buena cara, incluso frente a la más insolente hostilidad.

Luca estaba ahora parado en medio del pasillo, al lado de Violet. Así que aunque mis ojos mostraban irritación, ese sentimiento mortificante antes de que se llenaran de lágrimas, mantuve la boca cerrada. Hicimos contacto visual por un segundo y noté que fruncía el ceño.

Ese pequeño indicio de preocupación hizo que un puñetazo de éxtasis aterrizara en mi corazón. E inmediatamente, olvidé que esta era la primera vez que me hablaba, luego del desastroso evento de los pantalones.

–¿Ustedes dos se conocen? –preguntó mirando por encima a Violet. Sus ojos permanecieron sosegados mientras miraba el espacio entre las dos.

Estaba callada, aún intentando luchar contra la descabellada mezcla de rabia, humillación y mariposas hormonales revoloteando en mi interior.

–Eh, sí –respondió Cassidy, aunque la pregunta no había sido dirigida a ella–. Desi y yo estamos en el equipo de fútbol. ¿Ustedes *dos* se conocían? –preguntó alzando las cejas.

Miré a Luca que se encogió de hombros y respondió:

–Algo así. Sé que prefiere las bragas antes que las tangas –me miró con una enorme sonrisa de satisfacción.

Ay. Dios. Míoooooo.

La boca de Cassidy apenas se abrió y la cabeza de Violet se giró hacia mí con una velocidad endemoniada. Antes de que pudiera reaccionar, el señor Rosso subió al autobús.

–De acuerdo, mis pequeños Renoir, ¡vamos a sentarnos! –vociferó. Acarició su estómago con deleite, su camisa hawaiana se levantaba un poco al final–. ¿Todos listos para el zoológico? –como respuesta recibió un silencio deliberado. El señor Rosso eligió ese momento para echarnos un vistazo y decir–: ¡Ah, sí! Lo primero es lo primero. Tenemos dos integrantes nuevos, todo el mundo dé una cálida bienvenida a Desi Lee y a Luka Drakos.

Alguien aplaudió lenta y deliberadamente desde el fondo haciendo que todos estallaran de la risa.

–*Como les decía*, Desi y Luca, hemos pasado las dos últimas semanas trabajando en piezas para el show de caridad. Todas las ganancias serán destinadas al fondo de Parques del Estado de

California. Sin embargo, hoy estamos tomando un descanso para dibujar en el zoológico.

–Suena realmente genial –respondí trinando. Asentí con la cabeza, sonriendo por fuera, mientras que lloraba por dentro.

Se escucharon más risas y a Violet chillando "¡Sí, *realmente genial!*".

–El resto de ustedes, *compórtense*, deberíamos llegar en veinte minutos –dijo dando un último vistazo al fondo antes de sentarse.

Violet se sentó al lado de Luca un par de asientos frente a Cassidy y a mí. Vaya.

–Entonces… –quiso saber dándome una mirada inquisidora–, Luca sabe qué tipo de ropa interior…

–No es lo que piensas. Él estaba bromeando –la interrumpí, haciendo un gesto con las manos para callarla.

Cassidy se veía con ánimos de seguir indagando, pero apretó los labios.

–Lo siento por lo de Violet, generalmente no es una… –dijo luego de unos segundos, su voz baja se fue apagando.

–¿Presencia cálida y cordial? –completé con un tono seco.

Ella rio por la nariz.

–Sí, exactamente. No lo sé, es súper apasionada por el arte y tiene algunas opiniones fuertes acerca de la gente que ella cree que es… petulante –dijo un poco avergonzada.

Di un resoplido de indignación aun cuando sabía que yo *era*, técnicamente, petulante.

–Entonces, eh, ¿esos dos están juntos o algo? –pregunté mirando en dirección a Violet y Luca. Esperaba que el gesto con mi cabello hiciera que mi pregunta sonara despreocupada.

–¿Eh? ¿Luca y Violet? –Cassidy respondió mientras fruncía el ceño.

¿Podría su voz ser más fuerte?

–¿Sí? –sonreí apretando mis dientes.

–No, claro que no. Ni siquiera ha estado aquí por una semana, la chica debería moverse rápido –respondió con una sonrisa endiablada–. No que no lo haya hecho. Créeme, tiene los ojos puestos en él desde el viernes, en la clase de Arte.

Sobre mi cadáver.

–Ajá –respondí con calma.

–Pero creo que es un caso perdido –dijo inclinándose cerca de mí.

Tuve un recuerdo breve de Harry Chen. ¿Acaso a Luca… no le gustaban las chicas?

–Una chica lo invitó a salir la primera clase, el *primer día*, y de hecho escuché por encima cuando él le decía que no quería una novia –continuó Cassidy.

–¿Por qué no? –pregunté tomando mi turno para fruncir el ceño.

–¡Cómo saberlo! –dijo encogiendo los hombros–. Supuse que era porque es un gran artista serio, que está persiguiendo una beca para poder pagarse la EDRI, si logra ingresar –me miró–. Escuela de Diseño…

–…de Rhode Island. Sí, conozco el nombre de cada universidad de Estados Unidos –respondí con un gesto de disculpa–. Lo siento soy una friki.

–Comprobado –dijo Cassidy mientras reía.

–¿Cómo es que sabes tanto de él? –la miré con curiosidad.

—Estuvo hablando de la Escuela de Diseño de Rhode Island y sobre la beca y… Eh, ya sabes, uno solo escucha cosas –respondió mientras se sonrojaba–. Además, lo busqué por internet –agregó, luego de unos segundos.

No podía culparla.

Me acomodé en mi asiento, mientras miraba la parte trasera de la cabeza adornada por el gorro de lana de Luca. Estaba aliviada de que él y ese terrible ser humano no estuviesen juntos, pero el misterio de la no-novia era un gran obstáculo que no había anticipado.

Lo bueno era que no existía nada que me motivara más que escuchar que no podía hacer algo.

BIEN, EL VEREDICTO FUE DECLARADO: NO PODÍA DIBUJAR. BORRÉ con furia mi accidental jirafa cubista.

—Honestamente, si también eras buena en esto, es posible que te hubiera asesinado –dijo Cassidy intentado mantener la cara de póker, luego de ver mi bloc de dibujo. Era halagador oír eso, también me volvía loca. Me quedé viendo la mierda de jirafa con rebeldía.

Estábamos sentadas en una banca frente a la jaula de las jirafas. Todo el mundo había buscado un compañero en cuanto llegamos al lugar y, antes de que pudiera intentar hablar con Luca, Violet ya había enroscado su brazo sobre él para llevárselo rápidamente. Mmm, no era la única desvergonzada aquí.

Entonces ahí estaba yo con Cassidy, intentando dibujar animales. Nada estaba yendo de acuerdo al plan.

–¡Ey! ¿Has visto a Luca?

Giré la cabeza para ver a una Violet furiosa acechando a Cassidy.

–No. ¿Qué? ¿Te botó? –bromeó.

–No es gracioso –respondió Violet con mala cara y las manos puestas en sus caderas huesudas–. He estado buscándolo los últimos veinte minutos. Dijo que iba a los sanitarios y luego, como que desapareció.

–Tal vez debas preguntar en objetos perdidos –murmuré.

–Disculpa, ¿hablaba contigo? –me miró y preguntó con el labio levantado.

¿Saben algo? En *Protegiendo al jefe*, al final, Eun-Seol también arrastra un cono de helado en el trasero de la villana. *Hay que tener agallas de vez en cuando.*

–Lo siento, ¿te pedí que bloquearas la vista a estas criaturas magníficas? –dije mirando a Violet mientras levantaba la barbilla.

–Deja de pretender que dibujas –sin los Ray-Bans, pudo clavar su fría mirada en mí.

–¡Suficiente, Violet! ¡Dios! Vamos a buscarlo –dijo Cassidy levantando los brazos–. Lo lamento Desi, ¿te importa que me vaya? –me miró como disculpándose.

No me importaba. No me importaba en lo más mínimo.

–No, vayan a buscarlo, ¡buena suerte! –les respondí con una sonrisa mientras las saludaba con la mano. Violet puso una cara y luego arrastró a Cassidy hacia ella.

Cuando estuvieron fuera de vista, pegué un salto y junté mis cosas. Esta era mi oportunidad. Luca estaba solo, en algún lugar.

Vi a los chicos del Club de Arte dibujando en varias áreas del zoológico: la pileta con leones marinos, la guarida de los osos, los tanques de reptiles. Pero no había señal alguna de ese gorro de lana gris. Tomé el camino que llevaba a la entrada del zoológico, pero nada. Estaba a punto de regresar a las jirafas cuando algo cerca de la entrada llamó mi atención. Oculta por un par de ramas de eucalipto había una anticuada placa cobriza con inscripción, soldada a la puerta. Se veía tan fuera de lugar en este zoológico impoluto y remodelado que me acerqué para leer lo que decía.

Lugar histórico del original Zoológico del Condado Sur de Orange. Construido en 1932, este hermoso parque fue reconocido como uno de los zoológicos más modernos de Estados Unidos. Sufrió un incendio en 1994 y en 2001 fue completamente reconstruido y remodelado. El único grupo de edificios y jaulas de animales originales remanentes están localizados en la salida sur, al final del camino junto al árbol de eucalipto de corteza multicolor. Por favor, tenga el cuidado de no dañar ninguna de las estructuras y flora frágil de los alrededores.

Mmm, si fuera alguien del tipo artístico, ¿a dónde iría si quisiera encontrar algo menos aburrido que dibujar esos animales sedentarios, como todos estaban haciéndolo?

Miré de cerca el mapa del zoológico que traía y me dirigí a la salida del sector sur. Mientras chequeaba mí teléfono, recordé que solo teníamos una hora hasta que el autobús nos recogiera para la vuelta. Puse una alarma en mi móvil por las dudas. Más te vale que estés allí, Chico Arte.

No podías no ver el eucalipto. Tenía unos dieciocho metros de altura con una gran corteza a rayas, como el arcoíris. Una de las únicas especies de eucalipto que se encuentran de manera natural en el hemisferio norte. (Sí, soy la tesorera de la sección de la Asociación del Árbol de Monte Vista). Noté un sendero justo en su base.

67

Avancé camino abajo, entre los frondosos bosquecillos de robles y sicomoros, sus hojas caídas crujían debajo de mis pies. Era hermoso, pero ningún chico a la vista. Luego distinguí a la distancia lo que se veía como ruinas y apresuré el paso.

–¡Guau! –respiré.

Estaba rodeada de cuevas rocosas y jaulas oxidadas, cubiertas de musgo espeso y fibroso. Las plantas que envolvían las cuevas y las jaulas estaban sin podar, lo que, junto a algunos rayos de sol que se filtraban, le daba una apariencia de jungla. Había un camino pavimentado que se abría a través de todo lo que había allí.

Hice a un lado unas ramas para trepar dentro de una de las jaulas abiertas. Adentro, las paredes estaban oxidadas y cubiertas de musgo como todo lo demás, pero también estaban llenas de grafiti. Arrugué la nariz. Me dirigía a una de las cuevas cuando oí un siseo. Me paralicé. Maldición, ¿eso había sido una serpiente? ¿Había animales salvajes deambulando por esta parte postapocalíptica del zoológico? El siseo se detuvo y comenzó a escucharse de nuevo. Ladeé mi cabeza. No, no sonaba como un animal.

–¿Hola? –llamé con indecisión.

El siseo se detuvo de inmediato. Luego, un crujido de hojas secas. Alguien… o *algo* se estaba moviendo entre los árboles. Ay, Dios, ¿por qué, dime, por qué decidí hacer esto? ¡Estúpidos pasos de los dramas coreanos!

–¿Desi? –preguntó una voz grave de chico, muy familiar.

Luca salió de entre un par de construcciones de estilo español derruidas.

–¿Qué estás haciendo aquí? –quiso saber.

Presioné mi pecho, esperando a que mis latidos se tranquilizaran.

–Vi una señal hacia las ruinas del antiguo zoológico y me dio curiosidad –*Mmm, exagera un poco, Des*–. También… me sentía un poco avergonzada de dibujar con los demás. Pensé en intentar con edificios en lugar de animales –vi un destello de pena atravesando su rostro. Okey, se lo creyó–. ¿Qué hacías *tú* aquí?

–Me aburrí y quería dar una vuelta –dijo mientras ajustaba su mochila.

Nos quedamos mirándonos por un segundo.

–Bueno –comencé.

–¿Por qué te avergüenza dibujar? No eres tan mala –me interrumpió.

–*Pff*. Sí, no tan mala si me comparas con un alumno de jardín de infantes.

–Déjame ver –caminó hasta mí y extendió la mano.

–¿Ver qué?

–Tus dibujos.

Mi instinto indicaba un enorme "ni de casualidad", pero sabía que eso tiraría por la borda cualquier impulso que estuviera ganando. Así que saqué mi bloc de dibujo a regañadientes y se lo entregué.

Lo hojeó y sentí que los segundos pasaban como si fueran años. Cuando sentía que no podía soportar más el estar parada, Luca se detuvo en los horrorosos dibujos de las jirafas.

–Okey, este, este no está mal. Pero ¿puedo enseñarte un truco?

El tono paciente y considerado de su voz derritió todo rastro de falta de autoestima como un charco a mis pies. (O como un par de pantalones).

–Ajam, claro –respondí con voz aguda.

Luca dejó caer su mochila y se sentó de piernas cruzadas en un área cubierta de arbustos y hierbas altas, dio palmaditas en el suelo junto a él. Me senté, corriendo mi trasero más cerca de él un centímetro a la vez, hasta que sentí que estaba a una distancia aceptable.

–Te pierdes en los detalles, los cuales son difíciles para cualquiera al dibujar, ¿lo sabías? –apuntó a todas las manchas que había dibujado meticulosamente y luego abandonado, creando un desastre de garabatos.

–Cuando miras algo, lo que sea, debes ver primero el montón de formas que crean a ese objeto –dijo haciendo gestos con las manos.

Tenía manos lindas. Dedos largos, uñas limpias y cortas, y la cantidad justa de venas y huesos visibles.

–¿Lo entendiste? –me preguntó mientras me miraba expectante.

Eh... ¿qué?

Mi confusión era obvia, así que pasó de página en mi bloc y me entregó un lápiz que llevaba detrás de su oreja.

–Okey, mira a ese pino de allí –dijo apuntando un árbol.

–De hecho, eso es un cedro del Himalaya, generalmente se los confunden con los pinos.

–¿Por qué sabes eso? –parpadeó.

Caray, un acto fallido nerd. Me encogí de hombros. *Uh, tan casual.*

–Es que... soy parte de la Asociación del Árbol –repliqué.

No hace falta mencionar que soy la tesorera. Me preparé para las burlas. En su lugar, Luca me miró a los ojos un momento más de lo necesario. *¿Eso era algo bueno o malo?* Y sonrió sacudiendo levemente la cabeza. *Algo bueno.*

–Muy bien, estudia ese cedro del Himalaya y dibuja las líneas básicas que lo conforman –dijo luego de volver su mirada al árbol.

Intenté no emocionarme demasiado por el solo hecho de que ese lápiz había estado sobre esa preciosa piel, y miré de reojo el árbol. *Mmm, okey.* Entonces comencé a dibujar el cedro desde la parte superior, cada pequeña línea representando a una aguja. Cuando acabé, se veía como un borrón peludo.

–Mmm, intentemos lo siguiente –se me acercó y puso su mano sobre la mía, que comenzó a sudar al contacto.

Luca mantuvo su mano en la mía e hizo el bosquejo de un triángulo grande, y luego un pequeño rectángulo debajo de este.

–Eh, eso se ve como un árbol de caricatura –dije.

Su rostro estaba tan cerca que podía sentir su aliento cálido en mi mejilla cada vez que suspiraba con exasperación.

–Señorita Literal, ¿podría esperar un momento antes de sacar conclusiones apresuradas?

Me mordí la lengua para no llamarlo *Señor Abstracto*.

–¿Ves lo que se siente al hacer esa forma ligera? Hace que tu mano entre en calor, ¿cierto?

Sí, podría decir que mi mano había entrado en calor. Muy en calor. Luca continuó el dibujo mientras sostenía mi mano, haciendo triángulos más pequeños dentro del árbol.

–Luego puedes enfocarte más en cada área, y agregar más detalles en cuanto avances.

Cuando terminó, dejó caer mi mano, y vi que había un árbol en la hoja. Y solo eran un montón de formas sueltas, pero era cien por ciento reconocible como un árbol. Muchísimo más que el mío con todas esas agujas.

–¡Genial! –sonreí y levante la vista hacia Luca, que también estaba sonriendo.

Zap. Otro flechazo de ese *algo* me atravesó.

Y luego la alarma de mi móvil sonó de manera estridente y chirriante.

–Oh, mierda, ¡el autobús se marchará en diez minutos!

Reunimos nuestras cosas rápidamente y corrimos por el camino. Había una pequeña pendiente antes de llegar al camino que conducía a la parte normal del zoológico. Cuando llegamos al árbol de eucalipto, me giré y vi que a Luca se le dificultaba seguir el paso.

–Espera… necesito… un segundo.

–Corrimos como menos de veinte yardas –le dije mirándolo con asombro.

Hizo un movimiento con su mano hacia mí, recuperando el aliento.

–No tengo idea de cómo medir en yardas. Vaya deportista.

–Bueno, evidentemente cualquiera que no entra en paro cardíaco cuando trota por treinta segundos es un atleta –repliqué riendo.

Finalmente recuperó el aliento y se enderezó, extremadamente cerca de mí. Ladeó la cabeza hacia un lado, escudriñándome:

–Entonces, ¿qué hace una deportista como tú en el Club de Arte? ¿No era que no estabas interesada? –preguntó con un ligero tono de burla, casi como instándome a que dijera que me había unido por él.

Me mordí el labio. Aquí era donde debería tener lugar una actuación digna de los Oscars. Intenté que mi voz sonara lo más anhelante posible:

–Bueno, eh, cuando notaste mi garabato, yo solo… me di cuenta de que siempre estoy haciendo garabatos –*¿Quién no, idiota?*–. Y de que eso, eh, era solo algo que siempre había querido hacer. Dibujar.

Una completa y desvergonzada mentira.

Se me quedó mirando por tanto tiempo que estuve segura de que me había descubierto. ¡Esto era pura idiotez! Pero luego algo en su expresión cambió. Las comisuras de su boca se levantaron de a poco hasta que una enorme y preciosa sonrisa se formó en ese rostro insoportablemente apuesto.

–Genial, me alegro de verte aquí. Dime si necesitas más ayuda, con lo que sea.

¿Conocen esa sensación cuando ha sido un horrendo día nublado y luego el sol se asoma, justo en su rostro? Eso era la sonrisa de Luca para mí. Como si el sol estuviera irradiando desde el espacio exterior directo y específicamente a mi cara.

–Gracias –dije volteándome para que no pudiera ver que me sonrojaba.

Cuando sentí que se me había enfriado la cara, lo miré nuevamente, erguido y tan relajado en su propio cuerpo. (¿Quién podía culparlo?).

–Ey, entonces, ¿no estás más en Literatura Avanzada?

–Ah, eso. Con mis notas, no hay forma de que esté en esa clase.

–¿Por qué no dijiste nada? –fruncí el ceño.

–Fue divertido ver en qué andaban ustedes los nerds –dijo, nuevamente con esa sonrisa. *Zap.*

Con la seguridad estimulada, decidí intentar con un poco de coqueteo. *Dios, aquí voy.* Le di un golpecito suave con mi cadera. Me miró sorprendido.

–Soy una nerd que claramente puede correr más rápido que tú. ¿Puedes con el resto de la caminata hacia el autobús o necesitas que te cargue? –sonreí.

Luca levantó una ceja y me sonrojé. ¿Había ido demasiado lejos? ¿Había ofendido su hombría? Pero de repente comenzó a reír tirando su cabeza hacia atrás, esa risa real, con el ronquido distintivo.

–Sí, de hecho, ¿tú *puedes*? –respondió con una sonrisa.

Esbocé una gran sonrisa, sin siquiera pensar en si tenía comida entre mis dientes o si estaba en algún un ángulo halagador para que mis mejillas no saltaran demasiado.

Fue solo cuando llegamos al autobús que me di cuenta de que nunca le había preguntado si había dibujado algo en el zoológico abandonado. Pero en ese mismo momento, Violet y Cassidy nos encontraron.

–¿En dónde han estado *ustedes dos*? –exigió saber Violet, mientras pasaba la mano por su cabello con nerviosismo. Ah, sutil como siempre.

Luca me miró, de forma breve pero intima.

–Solo me topé con él, tranquilízate –dije al pasar por su lado.

No quería que Violet supiera. El zoológico viejo se sentía como un lugar secreto, especial para nosotros.

Su mirada quemó un círculo en mi espalda cuando subí al autobús, adelantándome a ella.

Violet era la clásica arpía de los dramas coreanos, pero si había algo seguro en los dramas, era que al final la chica buena siempre ganaba.

PASO 7:

Aunque el misterio rodee al chico, investiga más

AL DÍA SIGUIENTE WES, FIONA Y YO ESTÁBAMOS EMBUTIDOS DENTRO de Penny, camino a la casa de Fiona para estudiar para nuestro examen de Matemática. Aunque Wes tenía un auto deportivo en el que podrían caber dos familias enteras, nuestro medio de movilización preferido siempre fue Penny. Sospecho que era por esa especie de adrenalina secreta que sentíamos cada vez que nos subíamos.

Wes se inclinó hacia adelante desde el asiento trasero para que su cabeza estuviera a dos centímetros de la mía, en el asiento del copiloto.

–Elogio tus esfuerzos, Des. Yo también creo que uno debería acostarse con alguien antes de entrar a la universidad.

–¡Ay, Dios mío! –gritamos al unísono con Fiona. Wes recibió un golpe de las dos, Fiona estiró su brazo derecho hacia atrás para abofetearle la mejilla.

–¡Ey! Solo estaba siendo sincero –se reclinó de nuevo en su asiento–. Además, ¿no te preocupa que pueda descubrirte? Si llegara a enterearse de que lo estás usando como un tipo de novio experimental...

–¿Qué diablos, Wes? ¡Esto no es parte de ningún experimento! –exclamé mientras miraba a mis dos amigos, particularmente a Fiona quien de repente estaba demasiado enfocada en conducir.

–Eh, Fi, ¿no lo pusiste al corriente de por qué estoy haciendo esto?

–Nooo, es decir... no sabía cuán privada fue nuestra charla.

–Oh, no *tan* privada como para que no le mencionaras los detalles del plan a Wes.

Fiona se encogió de hombros.

–Espera, entonces, ¿por qué estás haciendo esto? –quiso saber nuestro amigo.

–¿Qué quieres decir? ¡Porque él me gusta! –me hundí en mi asiento e hice una pausa–. De alguna forma se siente más que un simple capricho. Hay algo en como se ve tan tranquilo y seguro sobre el arte, en su paciencia y su amabilidad cuando me estaba ayudando en el zoológico el otro día...

–Sí, es tan difícil presumir frente a una chica –se burló Wes.

–¡No fue así! Él realmente quería ayudarme. Fue muy amable –los miré con nerviosismo–. De hecho, estoy bastante segura de que quiero que sea mi primer novio.

–Des, la distancia de capricho a novio... Tal vez deberías tomarlo con calma...

–Ay, Dios, no quiero verte con el corazón roto por otro flirchazo –Wes la interrumpió abruptamente–. Solo esperaba que quisieras terminar tus días de secundaria perdiendo la virginidad al estilo de la vieja escuela.

–Asqueroso. Además, ¿qué tipo de robot sin emociones crees que soy? –resoplé. Un silencio notable inundó el interior de Penny–. Chicos, hay algo realmente interesante en todo esto. Esta es mi salida a todos esos coqueteos fallidos. Al saber que tengo un plan de acción para esto, soy la Desi normal. Fui capaz de pasar el rato con él ayer, ¡sin ningún tipo de incidentes! De hecho, creo que *coqueteamos*.

–¿Sin ningún incidente? –dijo Fiona mientras me miraba desde el asiento del conductor.

–¡No! Como les decía, cuando tengo un plan, todo va bien –sacudí mi cabeza, sorprendida una vez más ante la posibilidad de que mis antiguos fracasos hayan podido ser evitados.

–Bueno, trata de que no se entere. Lo que estás haciendo es algo asqueroso –repuso Wes.

–¡Tú eres el asqueroso! –ladré.

–¿No estás feliz de haberte perdido ese concierto de Phoenix para ayudarnos a estudiar Matemáticas? –Fiona rio.

–Sí, súper feliz con la decisión –dije mientras me giraba para amenazar a Wes con mi puño.

Estacionamos frente a la casa de Fiona en una calle sin salida que básicamente lucía como la mía. De hecho, nuestras casas compartían el mismo plano. La arquitectura de Monte Vista estaba bastante a la vanguardia.

–¡Lita! Ya llegamos –anunció Fiona cuando irrumpimos en la casa.

Olí el aire. Síííí, estaba comenzando. La abuela de Fiona, que vivía con su familia, nos prepararía tacos de carne de cerdo con salsa poblano, como recompensa por nuestra jornada de estudio. Eran tacos con una salsa de chocolate, servida con cebollas adobadas sobre tortillas recién hechas. Elegir ir a estudiar a lo de Fiona por encima de asistir a un concierto era realmente algo incuestionable.

Una visión de elegancia apareció desde la cocina: pantalones de lana, blusa de satén rosado, sedoso pelo blanco sobre los hombros, y perlas impecables. Nada de chal para esta abuela. La Lita de Fiona (forma corta de abuelita) lucía como la directora de alguna corporación de cosmética.

Traía una bandeja con té helado, puso la mejilla para recibir un beso de Fiona, luego se movió hacia atrás para examinar su conjunto de pantalones cortos y playera con estampado tropical, combinado con un suéter hasta el suelo tejido a ganchillo. Se veía como un personaje de *Los años dorados*. Las cejas delicadas de Lita se levantaron cuando le entregó la bandeja a Fiona. Se giró para mirarnos a Wes y a mí con una sonrisa.

–Hola, ustedes dos. ¿Listos para estudiar hasta que se agoten esos pequeños cerebros? –dijo acercándose y alborotando el cabello de Wes, algo que *nadie más en el mundo* tenía permitido hacer.

–Sí –contestamos los dos de forma obediente. La mera presencia de Lita provocaba posturas correctas y enunciaciones claras por parte de todo el mundo.

–Okey, los tacos estarán listos dentro de tres horas, así que trabajen duro hasta ese momento –concluyó tirando un beso al aire mientras entraba a la cocina de nuevo.

Nos acomodamos en la sala de Fiona con nuestras bebidas, haciendo a un lado pilas de camioncitos de juguete y libros de cuentos ilustrados. Teddy y Nicky, los hermanos mellizos de Fiona, eran básicamente los dueños de la casa. Afortunadamente, ahora estaban en una cita de juegos, por lo que podríamos trabajar sin tenerlos entrevistándonos sobre qué Avenger era nuestro favorito. Wes se dejó caer en el sofá y Fiona se sentó sobre el suelo, a sus pies, con la espalda recostada sobre el sofá. Yo me recosté boca abajo sobre la alfombra de la sala con mi libro de Matemáticas abierto. Pero luego de quedarme viendo durante minutos a la misma ecuación, lo cerré de un golpe.

–¿Sabes qué, Wes? Eso es basura sexista. Cuando ustedes, los chicos, atraviesan obstáculos para conseguir a una chica, se lo considera *romántico*. Piensa sobre trepar la ventana de una chica, sin previo aviso, para verla dormir. Sin embargo, cuando una *chica* es la que hace esos gestos dramáticos por un chico, es *espeluznante*. ¡Basura de doble moral!

–¿Sigues pensando en Luca? Maldición, *estás* loca –rio Wes desde el sillón.

–Cierra la boca, Wes. ¿Por qué te juntas con chicas, eh? Despreciable cavernícola –Fiona frunció el ceño y le arrojó un cubo de hielo de su té helado.

–Me gusta ser la única voz de la razón rodeada de mujeres irracionales –respondió lanzando el cubo de hielo hacia ella. Fiona lo esquivó con habilidad.

La gente a veces se preguntaba por qué no salía con Wes. Sí, él era lindo, divertido y encantador como ningún otro, pero también actuaba como el hermano molesto que nunca tuve. Además, ser total testigo de sus jugadas desde la primaria, hizo que perdiera cualquier atracción posible hacia él.

Fiona le mostró el dedo del medio a Wes mientras pasaba la pantalla de su iPad con furia.

–Ey, antes de que comencemos a estudiar, hagamos algo más divertido –anunció con los costados de sus labios rosados curvándose para formar una sonrisa. Extendió su iPad hacia fuera para que podamos ver.

Era una imagen ampliada de Luca. Me acerqué a trompicones e intenté arrebatarle el aparato, pero ella lo alejó.

–¡No, no! Vamos a *stalkearlo*. ¿No estaba eso en alguna parte de tu lista? –dijo con un tono malcriado.

Mmm. Saqué el anotador en donde tenía mi lista de los dramas coreanos. Estaba en el paso número siete: *Aunque el misterio rodee al chico, investiga más.*

–Bien, iba a hacer esto yo sola, pero ¿por qué no ahora? Luego tenemos que estudiar, ¿okey? –dije con severidad.

–De acuerdo, mamá. Primero veamos qué chismes podemos encontrar sobre este chico, asegurémonos de que sea digno de toda esta locura de los dramas coreanos –respondió Fiona, poniendo los ojos en blanco.

–¡Guau! Tiene bastante acción en Internet –exclamó Wes mientras Fiona se desplazaba por los resultados de Google.

Algo me llamó la atención:

–¿*Página de fans oficial* de Luca Drakos? ¿Qué demonios es eso? ¡Entra! –ordené.

–No puede ser tu Luca, ¿cierto? –preguntó Fiona con incredulidad mientras clicaba el enlace.

Nos llevó a una página web llena de hermosas y extrañas pinturas y dibujos. Criaturas oscuras retratadas de manera exquisita, entrelazadas en ramas de vid, siendo levantadas o arrastradas por otras criaturas de pesadilla. Rostros élficos pintados con detalles minuciosos y capas complejas de pintura blanquecina sobre ellos, salpicados de pequeños insectos. Aun con un concepto completamente distinto, se veían increíblemente similares a aquel dibujo de la clase de Literatura.

–Esto se ve como el arte de Luca –murmuré.

Estábamos callados mientras asimilábamos una imagen surrealista tras otra. ¿Se trataba todo esto de trabajo de Luca? ¿Qué clase de adolescente era así de productivo? ¿Y por qué demonios estaba yendo a una escuela como la *nuestra* en lugar de alguna academia para mutantes talentosos como él?

–Caray, chica. Elegiste uno bueno –Fiona dio un silbido.

–No, eligió a uno *complicado*. Des, termina con esto ahora, mientras conserves tu dignidad –dijo Wes acomodándose dentro del sofá, sus pantalones ajustados chirriaban contra el cuero.

–Disculpe *usted* –escupí.

Tomé el iPad de Fiona y piqué en la pestaña de la página de Luca que decía "Biografía".

–Luca Drakos nació el 16 de agosto de 1999 en Santa Bárbara, California. Ama el arte desde pequeño: según su madre, su primera palabra fue "Impresionismo"… –nos reímos–. Creció en el enclave espiritual de Ojai al sur de California, tomó clases de arte desde una edad temprana, la estrella en todas ellas.

–Apuesto a que todos lo *amaban* –intervino Fiona. La hice callar.

–Para cuando comenzó la preparatoria en la Escuela de Artes de Santa Bárbara, Luca ya se destacaba, no solamente por sus revolucionarias pinturas neosurrealistas, sino también por su reputación de *quebranta reglas*.

Fiona me arrancó el iPad de las manos y continuó la lectura de la biografía de Luca:

–Ha ganado numerosos premios, incluyendo los de Artista Joven Nacional y Estrella Brillante. Su página de Tumblr personal, la cual lo impulsó directo a la fama, tiene más de un millón de seguidores.

–*¿Qué?* –Wes se reacomodó en el sofá al escuchar ese dato ñoño–. Eso es... él es... una celebridad de Tumblr.

–Así que, claramente, él es el chico más inalcanzable del mundo. Básicamente es famoso –dije sosteniendo mi lista en lo alto, mientras apuntaba al paso número tres con dramatismo.

Mi corazón comenzó a desbocarse, porque incluso con ayuda de los pasos de los dramas como mi pluma mágica, había comprendido por completo la naturaleza descomunal de la tarea que tenía por delante.

–Apenas puedo hablarle a chicos lindos normales. ¿Cómo se supone que pueda pescar a este? A este... este artista inalcanzable. ¿Vieron cuando la gente habla de ligas de atractivo? Él queda completamente fuera de mi liga cuando agregas todo este talento a la ecuación. Mi liga está aquí, firmemente plantada en el maldito Condado de Orange. Y la liga de Luca está en algún lugar, flotando en el espacio, sexy y perezosamente orbitando alrededor de algún planeta distante.

–¡Dios, Desi! Tus monólogos internos –Wes estalló de la risa luego de un momento de silencio.

–Y él *no* está fuera de tu liga. Tú estás fuera de *su* liga. Cualquier chico sería afortunado al estar contigo –agregó Fiona con los ojos en blanco. Estaba siendo ferozmente protectora, no eran palabras vacías de amiga, pero aún así era lindo de escuchar–. Y sí, él está bueno, pero cómo sea, tú también lo estás. ¿Debo comenzar con mi rap "Oda al trasero perfecto y pomposo de Desi"? –continuó.

–¡Por favor, no! –gimió Wes–. Y Des, solo bromeaba cuando dije lo de mantener tu dignidad a salvo. Así que relájate. Nunca antes había conocido a nadie con una autoestima baja tan selectiva. Es como, con el fútbol. Eres la mejor jugadora que jamás haya vivido hasta ahora y que nadie se atreva a meterse contigo. ¿Pero con los chicos? Tienes la visión distorsionada de ser la que lleva las de perder.

Me sonrojé. Aunque mis amigos estaban siendo amables, de repente sentí que estaba buscando cumplidos.

–Bueno, soy la mejor jugadora de fútbol que haya vivido –dije alegremente–. Sin contar a Messi.

–¿Así que realmente vas a hacer esto? –preguntó Wes con una amplia sonrisa traviesa.

Asentí con lentitud, sintiendo que mis inseguridades se desvanecían ante ese familiar optimismo y determinación de Desi Lee regresando a toda marcha.

–Sí, los pasos guiarán el camino –hice una pausa–. Pero tenemos un pequeño contratiempo.

–¿Cuál? –preguntó Fiona mientras pescaba un cubo de hielo de su vaso y lo metía en su boca.

–Cassidy me dijo que Luca no quería una novia. De hecho, él mismo lo *dijo*.

–Por favor. Eso es fácil, tú solo tendrás que hacerlo cambiar de parecer –respondió Fiona con una ceja levantada a lo villana de Bond.

–De acuerdo. Primero lo primero, ¿me enseñas a hacer eso de la ceja?

Cuando llegué a casa esa tarde, abrí mi anotador con los pasos de los dramas coreanos y arranqué con cuidado las hojas con la lista. Las doblé y guardé en mi billetera. Sabía que era tonto, pero tener la lista cerca era reconfortante. Sus poderes mágicos latiendo cerca de mi tarjeta de identificación y dinero todo el tiempo, siempre cerca, siempre vigilantes. Necesitaba toda la ayuda que fuera posible.

Un par de días más tarde, aún estaba orquestando la manera de pasar más tiempo con Luca además del Club de Arte, que era solo una vez por semana. Hasta el momento en mi exploración al estilo dramas, solo había sido capaz de descubrir que su grupo de amigos aparentemente estaba compuesto por Violet, Cassidy y algunos otros chicos artistas. Se reunían en el césped del patio o en la sala de arte para almorzar. Luca no participaba en ninguna otra actividad extracurricular o deportes, por lo que pude ver (sorpresa, sorpresa). Además, asistía a clases de apoyo, excepto de Arte.

Otra nota: comía un burrito congelado para el almuerzo todos los días. Asqueroso.

Mi móvil comenzó a vibrar durante la clase de Física pero lo ignoré porque estábamos en medio de un examen. Luego volvió a vibrar dos veces más. Eché un vistazo para ver a la señorita Clark en su computadora, totalmente distraída. Lo saqué rápidamente del bolsillo de mi chaqueta de jean y miré los dos mensajes de texto. Fiona. Estaba sentada dos bancos más adelante. ¿Qué demonios? Desbloqueé el teléfono para leerlos.

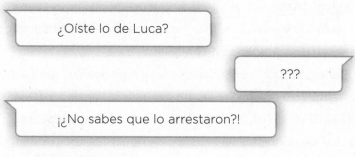

¿Oíste lo de Luca?

???

¡¿No sabes que lo arrestaron?!

Respondí rápidamente:

¡¡¿¿QUÉ??!! Hablamos luego de clases.

Hice el examen volando, chequeé dos veces mis respuestas, y luego miré el reloj. Esperé con impaciencia hasta que sonara la campana. Cuando sonó, arrastré a Fiona fuera de clase, donde todos a nuestro alrededor estaban corriendo.

—¡¿Y?! —demandé una respuesta.

—Todo el mundo está hablando de ello —me miró levantando una ceja.

—¿Quién es *todo el mundo*? ¡Él solo ha estado en esta escuela como una semana! —exclamé—. ¿Se encuentra bien?

De repente estaba preocupada por un chico al que apenas conocía.

—Bueno anoche, este chico, Spencer no-sé-cuánto estaba con su skate cerca del zoológico y vio cómo lo arrestaban.

—Espera, ¿quién es este tal Spencer no-sé-cuánto?

—Ni idea, uno de esos chicos skater —dijo con un encogimiento de hombros. Se ajustó la mochila–. Tengo que irme, mi clase de Informática tiene un orador especial como invitado. Pero –me lanzó una mirada significativa–, aparentemente esta no es su primera vez –terminó y con eso se marchó en una nube de colonia masculina sensual y un tintineo de brazaletes.

¿No era la primera vez? Recordaba algo sobre el *quebranta reglas* de nuestro acoso vía Google, pero nada ilegal… Además, ¿el zoológico? ¿Qué había estado haciendo cuando me topé con él en el sector abandonado? Necesitaba averiguar más pero, desafortunadamente, no tenía Club de Arte hasta el próximo jueves. Hasta ese momento, Luca debería permanecer como un misterio.

EL JUEVES SIGUIENTE, CAMINABA CON INDECISIÓN HACIA EL ESTUDIO de arte luego de clases. Era una habitación grande con techo bajo y una pared de ventanas que permitía la entrada absoluta de luz. Cualquier espacio libre de las paredes estaba cargado de proyectos de arte de los alumnos y pósters antiguos de varios museos. La parte trasera de la habitación estaba reservada para los suministros, cerrada parcialmente por una cortina verde oscuro.

Miré alrededor, sintiéndome un completo fraude. Pretender que dibujaba animales en el zoológico era una cosa; pasar una hora intentando crear arte era otra completamente distinta.

Todo el mundo ya se encontraba trabajando en sus proyectos de arte para el show de caridad: algunos pintaban en lienzos, otros con técnica mixta, y algunos incluso trabajaban con esculturas. No vi a Luca. Pero sí estaba Violet, al frente en el centro, su lienzo estaba sobre un caballete, y ella en una banqueta con sus largas piernas extendidas. Llevaba un par de pretenciosas gafas grandes de marco claro y se concentraba en su obra maestra.

Puf.

Espié a Cassidy que se dirigía a la cortina verde que llevaba al área de los suministros, y la seguí hasta allí.

–¡Ey! Cassidy.

–¡Ey! ¡Desi! –me miró mientras tomaba un set de carboncillos.

–Lamento ser molesta, pero ¿te importaría ayudarme a elegir algunos materiales para el proyecto del show de beneficencia? –le pregunté avergonzada.

–¡Claro! ¿Qué tipo de técnica tenías en mente? ¿Acrílicos, acuarela…?

–Bueno, ahí es en donde necesito ayuda, no estoy segura.

Eché un vistazo a las estanterías de suministros de arte, estaban ordenados fila tras fila, como pilas de libros. Había latas de café repletas de brochas, tubos y botes de pintura, bateas de plástico, que supuse eran paletas, atados de pasteles y carboncillos, lienzos y caballetes, etc. Estaba impresionada, esto era un verdadero departamento de arte para una escuela pública de California.

Cassidy dio un paso atrás y entornó los ojos mientras evaluaba los materiales.

–Okey, bien, creo que el óleo podría ser un poco intenso para un principiante y la acuarela puede ser complicada, también. Vamos con algo más maleable: ¡acrílico! –tomó un par de botellas de colores primarios–. Ya sabes todo el tema de mezclar estos para crear nuevos colores, ¿cierto?

Mmm. Algo.

–¡Por supuesto! –respondí animadamente.

Unos minutos más tarde ya estaba armada con un lienzo de cuarenta por cincuenta centímetros, algunas brochas de distinto tamaño, una bandeja plástica y los botes de pintura.

Cuando dejamos el sector de suministros, vi a Luca. Fue como si cada una de las terminaciones nerviosas de mi cuerpo estuviera sintonizada a su presencia.

Estaba sentado al lado de Violet, sus pies apoyados en el banco, y se reía por algo que ella estaba diciendo. Puf, ¿en serio? ¿Qué tan graciosa podía ser? No había conocido a nadie tan desprovisto de humor como ese anuncio de ropa caminante. Me irritó inmediatamente lo a gusto que parecía estar él en su presencia.

Pensé en mi paso actual de la lista: *Aunque el misterio rodee al chico, investiga más.* Echa abajo el muro misterioso como un martillo insolente.

La primera cosa que necesitaba descifrar era si Luca ya había sido arrestado o no. Y si así era, ¿por qué?

–Vamos a sentarnos con esos chicos –dije con alegría, conduciendo a Cassidy hacia Luca y Violet.

–¿Sí? –levantó una ceja.

–Sí, ¿por qué no?

Una rápida expresión de astucia pasó por el rostro de Cassidy, pero se mantuvo callada. Probablemente ya estaba al tanto de que me gustaba Luca. *¡Daba igual!*

–¡Ey, Chicos! –saludé dejando mis materiales sobre el pupitre. *Mantén tu voz con onda, Des. Borra ese entusiasmo.*

–Ah, hola, Desi –respondió Luca levantando la vista. Sus ojos se cruzaron con los míos por un momento.

Cada parte de mi cuerpo entró en calor, incluyendo mis mejillas. Bajé la cabeza pretendiendo que estaba buscando algo en mi mochila para que él no viera el tono delator.

–¿Por qué estás aquí? ¿No tuviste suficiente en el zoológico?

–Por la misma razón que tú, Andy Warhol –repliqué y miré directo a Violet.

Luca esbozó una gran sonrisa y Cassidy tosió súbitamente.

–Lo dudo –murmuró aburrida Violet, y volvió a concentrarse en su pintura.

Lo entiendo, eres una *artista*.

Mientras acomodaba mis pinturas, no pude evitar dar un vistazo a Luca, que aún estaba en su posición reclinada, mirando su teléfono. Esto iba a ser complicado. ¿Cómo podía mencionar el tema del arresto en frente de todos sin ponerlo a él en el foco de atención? ¿Y me daría siquiera una respuesta franca? No, necesitaba tomar una ruta más natural y casual. Y si existían dos palabras en español que me definieran, esas eran, literalmente, *casual* y *natural*.

–¿En qué estás trabajando? –pregunté. Lo despreocupado de mi pregunta fue acompañado con el inesperado sonido de gas de mi botella de acrílico cuando la presioné. Me paralicé, y dejé que pasara un segundo de silencio–. Eso fue mi pintura.

–Claro –contestó con una sonrisita en los labios.

–Cierra la boca –pero ya había comenzado a reír y no podía detenerme.

Dagas mortíferas y venenosas salían de los ojos de Violet directo a mi cara. Apreté los labios, deseando que mis risitas se detuvieran.

–Mi proyecto es un secreto, ¿de qué se trata el tuyo? –preguntó Luca.

Las risitas se detuvieron de repente. Dudé. Había decidido pintar mi árbol favorito, el sicomoro de California. Una idea que me había parecido genial la noche anterior, cuando lo había pensado, pero ahora frente a Violet y a los otros chicos artistas me sentía cohibida.

–Emm… bueno… estaba pensando en… tal vez… –tartamudeé.

Luego la voz en mi interior, que generalmente me decía que sonara cool cuando hablara con chicos, me dijo algo completamente distinto: *sé sincera*. Porque las heroínas de los dramas eran siempre honestas a un grado demencial. Era una de sus características más entrañables. Mucho más que su torpeza.

Y seamos honestos, los sicomoros *son* cool.

–Estoy pintando un sicomoro californiano –como había predicho, obtuve una cara de póker por parte de Luca, pero proseguí–. Es un árbol caducifolio de rápido crecimiento que soporta el calor, el smog y las sequías al igual que la humedad. Un completo chico malo.

La boca de Cassidy quedó abierta ligeramente y Luca seguía mirándome.

–Así que eso, voy a pintar un árbol –dije sin dar marcha atrás, con las mejillas rojas.

–¿Hablas en serio? –preguntó Violet con una carcajada.

Antes de que pudiera defenderme, Luca se puso de pie, apoyó sus codos sobre el pupitre y me miró con atención:

–¡Eso es asombroso!

Genial, ahora él estaba burlándose también de mí.

–No hace falta ser *grosero* –di un resoplido.

–¡No! ¡Lo digo en serio! –exclamó mientras sacudía la cabeza–. ¿Vas a hacer algún tipo de declaración sobre el cambio del clima y la necesidad de árboles tolerantes a climas secos como estos en el paisaje urbano?

Zap. Otra vez. Generalmente era el roce de su mano o alguna cosa adorable que hacía su boca lo que me provocaba ese pequeño sobresalto. Pero esta vez, fue su reacción *nerd* ante *mi* ñoñez.

–¿Sí? –mi cerebro era un revuelto de huevos y esa fue la única palabra que pude articular con el corazón desbocado–. Entonces, ¿por qué tu proyecto es secreto?

Pero antes de que pudiera responderme, su teléfono vibró. Echó un vistazo al mensaje de texto que había recibido, se puso de pie y guardó el móvil en el bolsillo trasero.

–Porque es un secreto –me sonrió, deslumbrante y fugaz como un cometa.

Se dirigió a la puerta con un "Nos vemos más tarde, chicos" y luego se había ido.

¿Qué demonios?

–Siempre arruinas todo –dijo Violet, mirándome con los ojos entrecerrados.

La ignoré e intenté fingir interés en mi lienzo vacío mientras me sentía algo frustrada al saber que, probablemente, había hecho todo lo posible con el paso siete. Luca era demasiado bueno con este numerito de chico misterioso.

PASO 8:

Queda atrapada en un típico triángulo amoroso

Me quedé mirando a Wes. Y él me miró a mí. Luego me guiñó un ojo. Me estremecí.

Esto no iba a funcionar.

–No seas asqueroso.

Wes quitó su mano derecha del volante y tomó la mía. La quité rápidamente y le di un golpe a su mano.

–Pervertido, no hagas que me arrepienta de esto. Soy capaz de destruir a quien sea que ames si me la haces difícil.

–¡Ey! Te estoy haciendo un favor ahora mismo. Todo en nombre del amor de los dramas coreanos –exclamó mientras arreglaba su cabello y continuaba sonriendo. Esa sonrisa había roto miles de corazones en Monte Vista.

Era cierto. Nos dirigíamos a una fiesta. Juntos, como una pareja. El otro día, cuando pasé cerca de Luca entre clases por unos segundos, le pregunté si iría a la fiesta a lo que me contestó:

–Sí, creo que iré a esa fiesta sexual.

Entonces Wes fue el elegido para el papel de *El otro chico* (también conocido como el coprotagonista) en el paso ocho: *Queda atrapada en un típico triángulo amoroso.*

Aún no había podido descubrir nada sobre el pacto de no-quiero-novia de Luca, así que esperaba que un poco de celos pudieran hacerlo pensar de nuevo en el asunto.

Wes era un candidato estelar para representar el interés amoroso secundario: lo suficientemente lindo como para ser una amenaza viable para el sexy Luca y, también, un buen actor. Aspecto necesario, ya que debíamos convencer a *todos* en esta fiesta de que estábamos interesados el uno en el otro; no solo a Luca.

–Bien, las reglas para esta noche –comencé.

–Relájate, Des. Ya me hablaste de las estúpidas reglas.

–Bueeeeno, voy a *repetirlas* dado que ya quebrantaste una –dije mirando directamente a su mano–. Okey, pues no estamos saliendo *abiertamente*, y tampoco se confirmará que lo hacemos. Quiero que haya la suficiente insinuación para mantener a Won Bin en la raya, para ver si podemos ponerlo celoso.

Won Bin era el nombre en código para Luca. Que, además, era uno de los actores coreanos más sexis sobre la tierra.

–Así que eso significa solamente coqueteo intenso. Nada de contacto sexy. Mantén esa clasificación, mi amigo.

–Dicho y hecho, mi *amiga* –se inclinó y estiró la mano hasta uno de mis mechones de pelo–. Tengo *dominado* el coqueteo-sin-que-sea-serio –acomodó mi cabello para poner énfasis.

Eso le habría valido un golpe con el dedo en la frente como en los dramas.

–Solo llegaremos a la clasificación "apto para mayores de trece" si es necesario –repliqué y le entregué la lista de las reglas para los triángulos amorosos que había, previamente, tipeado e impreso.

–¿Qué sucede con todos estos colores? –preguntó mientras le echaba un vistazo.

–Algunas reglas determinadas están resaltadas para indicar sus niveles de importancia. Hay una inscripción al comienzo de… –Wes arrugó la hoja de papel y la tiró en el asiento trasero. Yo estaba boquiabierta–. ¡Ey! ¡Invertí mucho tiempo en eso!

–Te estoy protegiendo de ti misma. Sé que estás siguiendo estos pasos de los dramas coreanos y demás, y que también crees que lo tienes todo a ciencia cierta. Pero confía en mí, Wes Mansour no necesita ninguna lista.

Quería discutirle eso, pero tenía razón.

Llegamos a la casa de Gwen Parker, una mansión enorme sobre la playa con una hermosa vista marítima llena de barcos y luces brillantes tendidas a la distancia a lo largo del muelle. Gwen era la capitana del equipo de baile y su padre era un productor de películas. Todos los años daba esta fiesta de feriado navideño, a la que asistía toda la escuela. La temática era "romance". Alias tierra fértil para intimar con alguien. Alias el porqué Luca la llamó "la fiesta del sexo".

Había actividades festivas saludables, al estilo de la preparatoria: habitaciones en donde se giraba la botella y se jugaba a Siete minutos en el cielo. Se pidió a todos que vistieran atuendos de color rojo, tanto en alusión al festejo de las fiestas o, ya saben, para hacer una referencia general al libertinaje endemoniado. Pero claro que no todos los que asistían lo hacían para tener sexo. También había una gran cantidad de ebriedad y baile pésimo. Jamás había venido a una de estas fiestas, pero había oído los detalles gloriosos por parte de Wes y Fiona.

En las escaleras del frente de la casa, cubiertas de confeti rojo, respiré hondo: *Tú puedes. No eres la chica de los coqueteos fallidos esta noche. Eres la heroína de los dramas destinada al amor.*

–¡Ey! Espera un segundo –detuve a Wes antes de llegar a la puerta principal. Luego sostuve un sombrero de Santa y lo acerqué a él.

–¿Para qué es esto?

Lo coloqué en su cabeza y lo ajusté para que le quedara bien. Luego tomé otro y me lo puse mientras levantaba las cejas.

–Así está claro que estamos juntos –respondí.

–Esto en verdad limita mi estilo.

Una vez dentro, colgamos nuestros abrigos y luego pasamos por entre los grupos de personas que estaban bebiendo y bailando. Me moví más cerca de Wes de manera instintiva, me sentía nerviosa. El nivel de hormonas en el lugar era ridículo. ¿Estaban *todos* teniendo sexo excepto yo? Dios.

Y luego, se me ocurrió que si Luca estaba aquí, ¡¿era para intimar con alguien?! Y, ¡puaj! ¿Qué si había venido con Violet? ¿Acaso eso no rompía la regla de no-querer-novia? Mmm, ligar no implicaba salir con alguien, necesariamente...

Sacudí la cabeza. No quería contemplar la idea de Luca intimando con alguien. Bueno, nadie más que yo. Y solo ese pensamiento envió mariposas mutantes que comenzaron a revolotear en mi estómago.

–Ey, amantes –una voz femenina gruñó detrás de mí. Me giré y vi a Fiona con su chica del día, Leslie Colbert. Las chicas se ponían en fila para estar con Fiona cada año. A veces se trataba del clásico tipo de chica mala con la que se besaba en rebelión en los pasillos de la escuela. En otras ocasiones era una hipster sexy de alguna banda que le haría una serenata con un solo de guitarra desde el escenario. Este año era la capitana del equipo de animadoras, Leslie. Una pareja despareja hasta que las veías juntas y te cegabas por la belleza de la creación de Dios.

Fiona tenía un top sin espalda negro y unos pantalones negros holgados de cintura alta, su cabello estaba alisado, recogido en una cola alta y sedosa. Los toques de rojo en su atuendo eran los mechones de su cabello y el color rubí de sus labios. Leslie llevaba la parte de arriba de un bikini rojo. Okey.

–Me siento abrumada. ¿Crees que la gente realmente lo está *haciendo* aquí? –le susurré.

–Tenemos cosas más importantes que hacer, ¿adivina a quién acabo de ver? –contestó Fiona restando importancia a mi pregunta con un gesto de su mano.

–¿Won Bin? –respiré profundo.

–Sip –miré alrededor, pero no podía ver demasiado con la pobre iluminación. Fiona me tomó del brazo.

–¡No seas tan obvia, Des! Está holgazaneando con un manojo de esos chicos artistas. Incluida la idiota de pelo violeta –Fiona no fue nunca de las que miden sus palabras.

–Me pregunto si vinieron juntos –fruncí el ceño.

Intentaba ver alrededor lo más sutil posible cuando localicé a Luca. Su pelo estaba perfectamente revuelto bajo un gorro de lana rojo. *Maldición*. Siempre. Así era como me sentiría siempre que mirara a ese chico.

Jalé a Wes más cerca de mí.

–Psst, Won Bin está aquí –le dije en voz baja. Vi que su cabeza se volteaba a ver–. ¡Detente! No mires. De todos modos, creo que sabrás lo que esto significa.

Levantó sus cejas.

–¡*Hwaiting!* –dije y levanté mi puño. Wes me miró con un gesto inexpresivo–. Es la expresión coreana de ¡*Vamos a hacer esto!*

–Entiendo, ¡*hwaiting!* –sonrió y chocó su puño contra el mío.

Mis ojos fueron nuevamente hacia Luca y vi que se dirigía escaleras arriba con Cassidy y Violet.

–Won Bin está yendo arriba, vamos a seguirlo –tomé a Wes por el brazo y lo arrastré al segundo piso en donde vi a Luca y compañía meterse en una habitación con un letrero que decía "SIETE MINUTOS EN EL CIELO", todo rodeado de alas de ángel. ¿Qué demonios? ¿Por qué entraron *allí*? ¿Los tres?

Me quedé viendo a la puerta. Bueno, era ahora o nunca.

–¿Listo para los siete minutos en el cielo? –pregunté a Wes.

–Quééé… ¿es en serio? –sus cejas se levantaron hasta desaparecer en su pelo.

–Sip, allá vamos.

Empujé a Wes hacia la puerta mientras sostenía su mano.

–Desi, no quiero, este… manchar tu reputación –protestó.

No respondí. En su lugar me detuve solo unos segundos antes de abrir la puerta de lado a lado.

Era una habitación amplia (¿tal vez la principal?), estaba llena de gente y había un camino de pétalos de rosa que llevaba a una puerta de doble hoja, con un letrero que leía "CIELO". Vi como una pareja salía y luego otra se metía dentro.

Todos los demás estaban paseándose con desinterés. Como si fuera habitual estar tan cerca de otras personas besándose.

Y ahí estaban Luca, Violet y Cassidy. Holgazaneando y actuando de forma normal. Debía descubrir por qué estaban aquí arriba, pero primero era el momento de mi gran entrada. Piensen en Young-Shin en *Sanador,* cuando se quitó el sobretodo para revelar su demencial vestido rojo en esa conferencia de prensa. Healer, el bombón, no podía creer lo que estaba viendo.

Entonces, cuando Luca se giró y nos miró, me quedé ahí parada por unos pocos segundos, permitiendo que viera mi vestido rojo de encaje y mis botines negros. Sin embargo, comencé a sonrojarme, y me acerqué a ellos antes de perder mi determinación.

–¡Ey, chicos! ¿Qué hacían aquí arriba? –pregunté mientras perdía puntos cool *inmediatamente* por ese tipo de pregunta ruidosa. Podía escuchar el suspiro de Wes a mis espaldas.

–Queríamos ver… eh… –Cassidy respondió con incomodidad.

–Queríamos ver qué tipo de calentones desesperados venían aquí arriba –completó Violet con una sonrisa amplia.

–Bueno, echa un buen vistazo, hermana –Wes puso sus brazo sobre mis hombros. Y me empujó hacia las puertas del cielo. Giré tan rápido que no pude siquiera evaluar la reacción de Luca.

–¿Qué demonios, Wes? –siseé.

–Te estoy rescatando, Des. Vamos –me dijo y enroscó su mano a mi antebrazo.

Cuando llegamos a la puerta, la pareja de hacía un rato salió, desternillándose de la risa.

–¡Diviértanse! –me dijo la chica con una carcajada en cuanto pasamos a su lado.

–¿Nos está viendo? –empujé a Wes hacia mí y le pregunté en susurros.

–No lo sé, te estoy viendo a ti ahora mismo –susurró como respuesta.

–De acuerdo –volví a susurrar.

Estaba demasiado nerviosa como para mirar detrás de mí, así que solo abrí la puerta y Wes y yo entramos. Era un vestidor enorme, estaba alumbrado con velas y de fondo se escuchaba la música suave de Sade.

Wes comenzó a reír, pero le tapé la boca con la mano.

–Tenemos que hacerlo creíble –susurré fuertemente.

–Entonces, ¿qué hacemos? ¿Solo nos sentamos aquí? –me preguntó mientras se acomodaba sobre unas almohadas esparcidas por el vestidor.

–Sí, vamos a relajarnos –empujé un par de trajes y me senté a su lado.

Estaba viendo la fila de zapatos de mujer frente a mí, cuando me dio una extraña sensación. Giré la cabeza para ver a Wes, que estaba mirándome.

–¿Qué? –quise saber.

–Bueno, tal vez podríamos utilizar esta oportunidad para llevar nuestra amistad un paso más adelante…

Lo empujé con mi palma golpeando su frente.

–Sí, solo pensé en probar –asintió rápidamente. Sacamos nuestros teléfonos móviles y nos quedamos mirando las pantallas.

Luego de unos minutos y alguien comenzó a llamar a la puerta.

–¡Ey! Tórtolos, ¡salgan de ahí! ¡Sus siete minutos ya se *acabaron*!

Me puse de pie sobresaltada, pero Wes me detuvo antes de que pudiera abrir la puerta. Puso sus manos sobre mis hombros y me miró. Luego comenzó a alborotar mi cabello.

—¡Ey! —quise arreglarme, pero él quitó mis manos de mi cabeza.

—¿No quieres lucir como alguien que estuvo besándose o qué?

Oh, cierto. Comencé también a quitarme el brillo labial, por si acaso. Wes asintió con aprobación. Respiré profundamente y abrí la puerta.

—Guau, ¿ustedes? —Eugene Adams, el secretario del cuerpo de gobierno estudiantil, un chico bajito y realmente musculoso, que nos miraba espantado. Lo aparté a un lado mientras buscaba a Luca. Pero no había ninguna señal de él. *Maldición.*

—Larguémonos de aquí —murmuré.

—Ey, tal vez él nos vio y en un arranque de celos abandonó la habitación —Wes me siguió, intentado consolarme.

—Sí, tienes razón —dije repentinamente, ya sintiéndome vencida. Solo quería volver a casa. Pero cuando estábamos parados en lo alto de las escaleras, localicé a Luca, abajo, en el recibidor. Un gorro de lana rojo en ese mar de cuerpos… y luego su cabeza se levantó, sus ojos se encontraron con los míos.

Mi corazón se aceleró. Luego Wes me atrajo hacia él y sus labios se posaron cerca de mi oreja:

—Lo veo. Este es el momento, Des.

—Que estás… —me sobresalté y antes de que pudiera terminar, sentí que mis tacones se resbalaban en el borde del escalón en el que estaba parada, y caí sobre Wes, nuestras cabezas chocaron. Él perdió el balance y mi cuerpo se inclinó tanto hacia el suyo que hizo que cayera de espaldas por las escaleras… mientras sostenía mi mano.

A medida que caíamos, sentí que salía flotando de mi propio cuerpo para ver la colisión desde arriba, desde un lugar más seguro, comiendo palomitas y negando con la cabeza. Pero antes de que pudiéramos caer por completo, Wes logró sujetarse del pasamano y detener la caída. Su otra mano aún me sostenía. La apreté con mis dos manos y usé mis botas para empujar contra la pared para poner freno. Por un segundo, fui capaz de apreciar qué temerarios éramos por conseguir algo como eso, en admiración por la combinación de fuerza en la parte superior e inferior de nuestros cuerpos.

Pero la realidad se nos vino encima. Primero, escuché los soplidos y luego las risas. Me encogí por la vergüenza y miré a Wes.

–¡Dios bendito! –escupió mientras soltaba mis manos y se quitaba el sombrero de Santa de la cabeza–. ¿Cómo diablos logras ser un fiasco en una cita falsa? –siseó

–Es un maldito don –siseé también.

Wes se estiró para ayudarme a pararme, pero antes de que pudiera tomar su mano, sentí que alguien sujetaba mi otra mano. Me volteé y vi a Luca. A un Luca que reía.

–Gracias, eso hizo que valga la pena haber venido a esta fiesta rara –apenas podía contener su maldita risa mientras tiraba de mí hacia arriba y me ayudaba a bajar el resto de las escaleras.

–De nada –repliqué fríamente mientras quitaba un mechón de pelo de mi cara.

Su ánimo visible dejaba en claro que *no* estaba celoso en lo absoluto. Plan fallido.

–Voy a… arreglarme –le dije a Wes, quien asintió mientras un par de chicas se le acercaban con preocupación. Ignoré a

Luca y me fui ofendida hacia la sala. Ni siquiera podía sentirme avergonzada, estaba completamente irritada.

Luego de que acomodara mi cabello (arrojando el gorro de Santa a la basura) y me mojara la cara con agua fría en el sanitario, decidí tomarme unos minutos para reunir mis sentidos. Me senté en una banca junto a una enorme palmera de maceta que no dejaba de pincharme la cara con sus hojas. Las barría de mi rostro con la mano mientras miraba de modo inexpresivo el espejo gigante y dorado que tenía en frente. Me veía trastornada, y me perseguían las palabras de Wes cuando le había hablado por primera vez de los pasos de los dramas coreanos: lo que hacía era absolutamente repulsivo. ¿Era hora de rendirme? ¿Estaba demasiado cerca de la zona de bicho raro espeluznante? ¿Iba a ser esta mi primera hipótesis refutada? Me estremecí ante la idea.

–¿Qué estás viendo?

Mi columna vertebral se convirtió en gelatina al escuchar esa voz.

Luca estaba parado en la sala, con su gorro un poco hacia atrás, lo que dejaba ver su cabello grueso perfectamente enmarañado. Como un pequeño niño francés. Aw, Luca de niño. *Aw*.

–¿Estás drogada? –su voz rezumaba curiosidad genuina.

–¡No! Dios, no todos le dan a la mola en las fiestas –me incorporé rápido.

–¿Qué… qué acabas de decir? –se me quedó viendo por un segundo, pasmado.

Me puse de pie y caminé hasta el espejo, arreglándome el cabello para evitar estar frente a su mirada desconcertada. Aún podía ver la expresión en el rostro de Luca en el reflejo.

–Déjame adivinar, Luca, te *gusta* la mola. Tan artístico y libreeee.

–¿Acabas de… acabas de…? –se reía entre palabras.

Un par de chicas entraron y miraron a Luca, luego a mí. Eché la cabeza hacia atrás para reír junto a él y las saludé con una sonrisa. Luego se deslizaron dentro del baño.

–¿Hice qué? –susurré. Sabía, de algún modo, que se estaba burlando de mí.

Antes de que pudiera responderme, sentí dos manos sobre mi cintura.

–¿Qué onda, Des? –dijo una voz cerca de mi oído. ¡Grrr! ¡Wes!

–Ella… ella acaba de llamar mola a la hierba –Luca me apuntó con el dedo y dejó salir otra gran carcajada.

Me volví hacia Wes, confundida, pero un vistazo a su cara me llenó de terror. Un terror familiar.

–Ah, sí. *Eso* –sonrió Wes.

–¿Qué quieres decir con *eso*? –lo golpeé en el brazo.

Se mordió el labio inferior. Volví a golpear su brazo, e hizo un gesto de dolor.

–¡Auch! De acuerdo. Des, ¿cómo puedo decirte lo siguiente? Fiona y yo hemos estado dejando que digas *mola* por años. Pero la palabra que estás intentando decir, en tu pureza de cero drogas es… *mota*.

Le tomó un momento a mi cabeza volar hasta el espacio y volver.

–¡Qué! ¿Y dejaron que lo siga diciendo?

–Sí –Wes rio.

–¡¿Maldita mola?! –dejé escapar un ronquido con la risa, a mi pesar.

–¿Chicos otra vez estuvieron fumando mola? Puf, aburrido, ¡los dejo hasta que terminen con su mola! –exclamó Wes fingiendo voz de chica.

A esa altura estábamos riéndonos tanto que nos agarrábamos el uno al otro. Fue entonces cuando caí en la cuenta de que Luca nos estaba viendo con una expresión extraña.

Wes aprovechó el momento.

–Eres absurdamente linda, no puedo soportarlo –me dijo con un dejo de honestidad mientras acomodaba un mechón de mi pelo y me miraba intensamente.

Mis mejillas se sonrojaron a pesar de lo asqueroso que era escuchar a Wes decirme eso. Sentí una pena repentina por todas aquellas chicas a las que alguna vez les había gustado mi amigo. Era *bueno*. Quiero decir, sabía que todo esto formaba parte de una farsa y aun así sentí una punzada de *Aw, ¡soy especial!* Patético.

Cuando miré a Luca, ya se estaba volteando para volver a la fiesta.

–Los dejo con eso chicos. *Nos vemos* –replicó.

Dios mío. Funcionó. *¡Estaba celoso!*

–¿Qué estás esperando? –me preguntó Wes mientras señalaba a Luca con la cabeza–. No hice todas estas tonterías –se señaló a sí mismo– y ese maldito vuelo en la escalera para nada. ¿Cuál es el siguiente paso en tu lista?

–¿Eh?

–¿Los pasos de los dramas coreanos? ¡Tienes que aprovechar esta oportunidad!

–Oh, es el paso número nueve: *Mét-elos en un problema que los obligue a tener un momento de conexión íntima* –dije luego de abrir mi bolso de mano y sacar la lista.

–¡Excelente! ¡Ve! –Wes gesticuló hacia donde se había ido Luca.

–Espera, ¿*ahora?* Necesito al menos unos días para planear esto –guardé el cuaderno con un chillido.

–Ya se te ocurrirá algo. Es la oportunidad perfecta, ve y ¡hazlo *ahora!* –exclamó Wes y me empujó hacia la fiesta.

Había más espacio ahora, no hay dudas de que la mayoría había ido escaleras arriba. Así que pude localizar ese gorro de lana rojo cuando salía por la puerta trasera. Seguí a Luca que caminaba rápido, desapareciendo entre una pequeña arboleda de la propiedad. Me puse nerviosa mientras apresuraba el paso. ¿A dónde iba? ¿Y qué demonios le iba a decir cuando lo alcanzara?

Me metí entre en los árboles y entrecerré los ojos en la oscuridad para tratar de encontrar a Luca. Me estremecí y me froté los brazos, consideraba salir corriendo de allí y volver a la fiesta, cuando detecté un movimiento por el pequeño puerto.

Y luego escuché el siseo familiar. Como el de la serpiente que pensé que había escuchado en el zoológico.

Caminé derecho hasta que estuve fuera del bosquecillo y frente a un viejo cobertizo conectado a una tienda de cebos cerrada. Y vi a Luca, pintando la pared con una lata de pintura en aerosol.

PASO 9:

Mételos en un problema que los obligue a tener un momento de conexión íntima

ME GUSTARÍA PENSAR QUE MI REACCIÓN FUE LA DE UNA DIGNA cabeza fría.

—¿Qué estás haciendo? –chillé.

Luca se sobresaltó, su lata de aerosol formó una mancha enorme sobre la pared.

—¡Mierda! –maldijo mientras se daba la vuelta para mirarme.

Abrí la boca para continuar con mi reprimenda, pero dio dos pasos largos hacia mí y cubrió mi boca con su mano con guantes quirúrgicos.

—¿Podrías callarte por un segundo? –murmuró en mi oreja a través de un barbijo.

Respondí con una mordida en su mano enguantada. Sentí el sabor de la goma.

Luca aulló de dolor y me dejó ir, mientras arrancaba la máscara de su rostro.

—¿Cuál es tu problema? –su labio inferior hizo un mohín en cuanto quitó el guante e inspeccionó la herida.

Mi pecho subía y bajaba mientras daba pasos hacia atrás, herida por su reacción.

–¿Cuál es *mi* problema? ¿Soy yo la que está pintarrajeando propiedad pública en este momento? ¿En una tienda de cebos familiar? –le pregunté como si estuviera disparando golpes y mis manos se enroscaron en un puño mientras continuaba con la gritadera–. ¿Cuál es *tú* problema? ¿Es esta tu manera de divertirte?

–Si tan solo te pudieras quedar callada por, no sé, un minuto, lo verías –respondió sacudiendo la cabeza.

Volví a abrir la boca, pero me lanzó una mirada de advertencia, con sus cejas gruesas disparadas hasta ser cubiertas por su cabello, y apretando la mandíbula. Cerré mis labios e intenté calmar los latidos de mi corazón. Así que Luca era solo un chico más de las afueras revelándose por medio de pintadas en las paredes. La cuestión del arresto ya no era ningún misterio, me sentía molesta por la desilusión.

Caminó de nuevo hacia a la pared, que ya tenía algo de pintura vieja. Para ser exactos, luego de una mirada más detenida, se trataba de un grafiti bastante elaborado: un montón de letras cursivas en un arcoíris de colores que se mezclaban en un degradado continuo. Pero era imposible leer lo que esas letras deletreaban, ya que había delicadas vides y espinas cubriéndolo todo, dibujadas con lo que parecía un marcador negro.

–¿Trajiste todo esto a la fiesta? –pregunté, pateando apenas uno de los envases de pintura.

Luca se puso el guante de nuevo y se agachó para recoger uno de los botes de aerosol.

–Lo escondí todo de antemano, ¿okey, Nancy Drew? –respondió

en susurros luego quitar el dedo que había puesto sobre sus labios para pedirme que hiciera silencio.

–¿Por qué? ¿Sospechaste que te entrarían ganas de un poco de grafiti durante la fiesta? –susurré fuerte.

–Ya he estado antes en este puerto y había visto este grafiti hace un tiempo. Así que oculté todo esto con anticipación –repuso agitando la lata de aerosol. Luego comenzó a rociar la pintura directo sobre el dibujo, no lo tocaba, pero sí lo *extendía*. Primero, una capa fina de líneas de color índigo que enroscaban las letras. Luego, a medida que se aproximaba más a la pared, las líneas se tornaban más oscuras, más sólidas, y los bordes se definían, como caligrafía.

Se volteó hacia mí y me corrí rápido. Luca levantó una ceja y luego tomó otra botella de pintura. La agitó y roció pequeños puntos de color dorado a lo largo de algunas de las líneas en índigo. Lo miré en silencio viendo como las letras insignificantes con enredaderas se convertían en una pequeña pieza de mural. Una maravillosa y gráfica pieza de arte.

Luego de lo que parecieron años, terminó. Y se veía hermoso. Brillante, con relieve, intenso y liviano en partes iguales.

Luca dio un paso hacia atrás y tomó una foto con su teléfono móvil. Luego reunió los envases y su máscara para ponerlos en una bolsa de desechos, tiró todo en un contenedor que había fuera de una cafetería cruzando la calle sucia. Se recostó en la pared del café y me miró. Me sentí nerviosa por lo desafiante de su mirada. ¿En qué pensaba?

–No… no sé, ¿qué reacción quieres que tenga? –pregunté manteniendo la voz calma y cruzando mis brazos de manera defensiva.

–No espero nada. Especialmente de alguien cuya visión de lo que es y lo que no es arte es tan limitada –se encogió de hombros.

Me dolía la cabeza. ¿Por qué me gustaba este chico?

–Bueno, eso es muy malo. Porque lo que acabas de hacer me pareció bastante genial –a pesar de que odiaba el tono vacilante de mi voz, continué–. Y con eso quiero decir que es precioso.

Inclinó la cabeza y continuó mirándome, sin rastros de esa mirada desafiante esta vez, pero con esa expresión familiar que no podía descifrar del todo. Como si estuviese intentando registrar una emoción que aún terminaba de comprender. Y cuando las mariposas atacaron de nuevo, fue demasiado fácil recordar por qué me *gustaba*.

Mientras estaba allí de pie ardiendo y muriendo bajo su mirada, de repente sus ojos fueron más allá de mí. Se enderezó y maldijo.

Me di la vuelta y vi a dos guardias de seguridad saliendo de los árboles que había detrás de nosotros. Eran del tipo de guardias que patrullaban los barrios lujosos como estos y a los que les encantaría cualquier oportunidad para molestarnos por aburrimiento. La sangre se congeló en mis venas cuando vi que se acercaban peligrosamente al grafiti, la pintura aún fresca. Pero antes de que pudiera reaccionar, Luca me tomó de la mano y susurró un "¡Corre!"

Dudé lo que duró un segundo antes de que me lanzara a correr calle abajo junto a él.

—De ninguna manera —dije mirando al pequeño yate al que Luca intentaba convencerme para que subiera.

—Si no te apresuras, me iré yo solo, los guardias no están demasiado lejos —dijo soltándome abruptamente la mano y entrando de un salto al barco, con torpeza.

Estaba tan exhausta que ni siquiera pude apreciar el hecho de que habíamos *sujetado nuestras manos* mientras escapábamos de los guardias.

—¡No podemos escondernos aquí! ¿Qué tal si los dueños…?

—Es el barco de mi padre. Solo entra.

Por qué no me sorprendía. Miré el nombre pintado sobre un costado. *Carpe Diem.* ¿De verdad?

Luca tenía una de sus piernas extendidas apuntalando el borde, una de sus manos sostenía el barandal, la otra estaba extendida para ayudarme a subir.

Sus manos se sintieron fuertes y cálidas cuando las toqué para poder poner pie en la nave. El bote se meció un poco y perdí el balance de inmediato, cayéndome sobre él. Me envolvió con sus brazos para evitar la caída, y mi cara quedó presionada contra su hombro.

Nos quedamos así por un segundo, él sosteniéndome, la brisa del océano sacudiendo mi cabello y dándome escalofríos. Tenía terror de mirarlo a los ojos, de arruinar este minúsculo y perfecto momento.

—Eh, deberíamos meternos dentro para que no nos vean —dijo aclarando su garganta mientras me soltaba con cuidado. Se encaminó hacia la entrada en el medio de la embarcación—. No nos vamos a quedar por mucho tiempo, solo hasta que esos tipos se vayan.

Aguarden. Necesitaba extender esta situación, pero ¿cómo?

Segundos más tarde, encontré la respuesta. Cuando Luca se dirigió bajo cubierta, vi algo por el rabillo del ojo: dos cuerdas en el lateral del yate atadas con firmeza al muelle. Era lo único que parecía estar anclando a la embarcación mientras se mecía suavemente sobre el agua. Solo dos míseras cuerdas.

Sabía que estaba acercándome a un territorio demencial. Pensé en Nae-Il en *Nodame Cantabile*, y cómo su determinación para conquistar al chico hizo que ella mudara sus cosas a la casa de él, de a poco y a lo largo del tiempo, hasta que se encontró viviendo completamente allí. Demente, pero llevó a cabo la labor de volverse "íntimos".

Volví a mirar las cuerdas. El bote podría fácilmente flotar más allá del puerto, dándome tiempo antes de que Luca descubriera lo que pasaba y nos condujera de vuelta. Me paré sobre el barandal tan rápido como pude, desaté los dos nudos de las cuerdas (¡gracias, Niñas Exploradoras!) y las dejé caer sobre el borde del bote.

Dios mío. Antes de que pudiera registrar el nivel de locura de lo que había hecho, Luca asomó la cabeza desde el marco de la puerta.

—¿Desi? —me llamó.

—¡Estoy aquí! Lo siento —corrí hasta él.

Mientras bajaba las escaleras, sentí como el bote se movía ligeramente. Mi corazón resonó en mis oídos. Luca encendió algunas de las luces e inmediatamente las redujo al nivel más bajo, dejando la cabina apenas iluminada, también cerró las cortinas.

—Así los guardias no verán las luces si aún están buscándonos —explicó.

Una vez que mis ojos se ajustaron a la poca luz, miré alrededor. Todo era de cuero blanco y madera oscura brillosa, había un sofá, un rincón comedor, una barra y un par de puertas que llevaban a otras habitaciones. El típico yate de lujo que mostraban en los programas de televisión sobre gente rica.

–No nos tomará mucho perderlos –dijo Luca mientras espiaba afuera entre las cortinas cerradas.

–Ajá –respondí con voz chillona. En ese momento me di cuenta de que me dolían los pies. Me senté en el sofá y me quité las botas para chequear mis pies llenos de ampollas–. ¡*Puaj!* –pinché una de las ampollas con curiosidad.

–¿Qué sucede? –preguntó y me miró.

–Solo algunas ampollas asquerosas, no estoy acostumbrada a usar nada con tacones y mucho menos correr con ellos.

Abrió una puerta que daba a un sanitario y con la expresión inmutable revolvió en silencio entre las cosas. Luego de unos segundos, salió con bandas adhesivas.

–Toma –las tendió frente a mí, y no supe decidir si me sentía molesta o culpable.

–Gracias –murmuré mientras abría el envoltorio de una de las banditas.

Luca no estaba exactamente envolviendo mi tobillo con vendajes, pero debería conformarme.

–¿Te lastimaste cuando caíste de esas escaleras? –me preguntó entrecerrando los ojos.

–No, Wes nos detuvo, por suerte –sacudí con la cabeza–. Él es tan atlético, gracias a Dios, de lo contrario hubiera sido un desastre –contuve una mueca de dolor, sabiendo que al resaltar lo atlético de Wes, estaba implicando de manera descortés la falta de atletismo de Luca.

—Entonces, ¿Wes era tu cita o algo esta noche? —preguntó con una mirada divertida.

—Sí —respondí e incliné mi cabeza, mientras fingía estar ocupada con mi banda adhesiva y sonreía bajo la cortina de pelo. Je, je, je.

—¿No se preguntará en dónde estás? —la irritación entrelazaba sus palabras.

Me tomó toda mi voluntad poder esconder mi sonrisa. Además, ya tenía una excusa a mano.

—Oh, le dije que necesitaba tomar aire y que iría al puerto a caminar —agregué saboreando esa muestra notoria de celos. Terminé de poner la banda adhesiva en su lugar y di un vistazo alrededor del yate—. ¿Así que este es el barco de tu padre? ¿El *Carpe Diem*?

Luca dio un salto a la mesada del bar.

—Sí, como en, "Oh, capitán! ¡Mi capitán!" —dijo con tono de burla—. Le encantaría saber que estoy ocultándome aquí. Si esos guardias llegaran a atraparme, eso podría, eh, manchar más su reputación con la comunidad de Monte Porquería.

El bote se movió de repente y Luca miró alrededor ligeramente alarmado, mientras sostenía el borde de la barra.

No, todavía no puede saber que hemos flotado hacia el mar.

—Monte Porquería. Ja, ja. Muy ingenioso —dije con una carcajada, intentando distraerlo—. Entonces, ¿por qué tu padre está tan preocupado por su reputación? ¿A qué se dedica?

Eso pareció funcionar. Luca se inclinó hacia adelante, colocando los codos sobre las rodillas.

–Inventó una clase de máquina que ayuda a hacer algo en las ambulancias. Aún se utiliza en todo el país.

–*¿Qué?* ¿Hablas en serio? ¡Eso es *tan* genial! –hice un recuento rápido de las cosas que hacían los paramédicos en las ambulancias–. Espera, ¿hablas del autoresucitador externo? ¿Es el aparato para RCP? Oh, guau, no puede ser el…

Me detuve cuando noté que Luca se quedaba con la boca abierta. Sacudió la cabeza tan rápido como un terrier.

–¿Cómo es que tú…?

–Quiero ser doctora algún día –respondí de forma casual.

–Mucha gente quiere serlo, pero no todos saben el nombre de todas las herramientas –su expresión era de confusión.

Me sonrojé. ¿Por qué no podía mantener cerrada mi boca de sabelotodo?

–De todos modos, ni siquiera sé cómo se llama esa cosa. Mi objetivo en la vida es jamás prestar atención a nada de lo que esté relacionado con mi padre. Bastante malo es tener que vivir con él en este lugar de mierda –me miró rápidamente–. Sin ofender.

Puse los ojos en blanco.

–Además, no lo hizo motivado por la bondad de su corazón o el deseo de salvar la vida de las personas –su pie pateó la barra debajo de él–. Lo hizo porque sabía que ganaría dinero. Y a pesar de ser una persona horrible, se pudo dar el lujo de vivir el resto de su vida como una especie de genio santo. Escandalosamente rico.

Guau. Problemas con papá.

–Entonces… –debía ser muy cuidadosa con las palabras–, ¿él no es un gran fanático de tu, eh, arte subversivo?

–Sí, esa es una forma de decirlo –respondió.

Su voz finalmente perdió el filo, y asomó una pizca de humor. Me sorprendí por lo aliviada que estaba de escucharlo, de tener otra vez de regreso al Luca que me gustaba. Aun cuando si ese Luca fuera un sabelotodo insoportable.

Luego recordé ese día en el Club de Arte, cuando había dado a entender que tenía un proyecto secreto para la exposición.

–Espera, ¿este es el proyecto para el show?

–Sip, he estado trabajando en esta idea de colaboración no requerida –dijo animado–. Básicamente, encuentro grafitis interesantes de otras personas, como ese en la tienda de cebo, e imagino que comenzaron algo que yo estaba destinado a completar. Pero, por supuesto, los artistas no tenían esas intenciones. Así que sería una especie de violación, ¿sabes? Ellos violentan esos edificios, yo hago lo mismo con su arte.

Las palabras salían de su boca a una velocidad récord. Tenía una energía que jamás le había visto. Me recordó… a mí. Cuando estaba enfocada completamente en la escuela, postulándome como presidente de la clase o cuando le explicaba a mi padre una reacción química compleja para ayudarlo a diagnosticar los problemas de un auto.

–¿Pero cómo? Quiero decir, no podrás mostrarlo en la galería… –mi voz se fue apagando débilmente. Ahí iba de nuevo, pensando literalmente como una retrógrada desprovista de creatividad.

–Fotos –levantó su teléfono–. De todos modos, la semana pasada estaba haciendo lo mismo con esa placa totalmente extraña que había visto en las jaulas del zoológico. Volví en la noche a hurtadillas para terminarlo, pero me atraparon unos guardias de seguridad, dado que nada interesante sucede en este pueblo. No me arrestaron como todos creen. El guardia solo llamó a mi padre, que puso en acción sus contactos para sacarme del problema.

–¿Esa fue la primera vez que te atraparon? –pregunté recordando lo que había comentado Fiona. *Esta no es su primera vez.*

Luca hizo una pausa luego de que mi pregunta lo tomara por sorpresa.

–No, ya fui arrestado otra vez en Ojai –respiró profundo–. Por eso tuve que mudarme aquí con mi padre. Para mantenerme fuera de los problemas, dado que mi hippie madre claramente no era capaz de disciplinar a su "salvaje hijo artista". Entre comillas, de hecho. Como si yo no fuera su hijo también.

–¿Qué fue lo que hiciste en ese entonces para que te arrestaran? ¿Más graf… eh, experimentos de arte?

–Algo así.

–Mmm, si tanto se preocupa por lo que hagas, ¿cómo es que estás en esta fiesta?

–Me castigó por una semana, así que condena cumplida –me respondió con una sonrisa. *Zap.*

–¿Una semana? ¿Eso fue todo?

–No fue divertido estar encerrado en casa con él, no te preocupes. Fui castigado apropiadamente –dijo con un encogimiento de hombros.

Oír eso me sacó una sonrisa.

–¿Puedo ver las fotos?

Dio un salto desde la barra y se acercó para mostrármelas. El bote dio una sacudida e hizo que Luca cayera justo encima de mí.

Mmmmm, okey. Caímos al sofá. Quedé aplastada debajo de él, que estaba estirado a lo largo de mi cuerpo. Se levantó con la ayuda de los codos y me miró

—Ay, perdón —sus piernas se movieron y una de ellas se deslizó entre las mías.

Mi boca se movió, pero no salieron palabras. Este era el momento... Podía ver venir El Beso. Me estaba adelantando a la agenda de los dramas coreanos, pero ¡¿a quién le importaba?! Sus ojos buscaban los míos, formando una pequeña línea en su ceja. Luego el bote volvió a sacudirse y él se desenredo de mí. Abrió la cortina.

—Qué diablos... *¿En dónde estamos?*

¡Madre! Me incorporé y miré a través de la ventana, las luces del puerto se veían a la distancia.

—Demonios, ¿cómo sucedió esto? —preguntó con un gañido y subió volando las escaleras. Escuché los pasos pesados sobre mí—. ¡Maldición!

Tomé mis zapatos y me dirigí a la cubierta. Vi a Luca parado, aún en calcetines, en lo alto de la escalera. Y como era de esperarse, estábamos mar adentro...

Casi. El puerto no estaba tan lejos, en realidad.

Por delante teníamos un mar negro que se chocaba con un cielo azul tinta bañado de estrellas. Por detrás, un muelle con luces titilantes y la mansión de Gwen Parker a la distancia.

Un perfecto escenario romántico, si es que alguna vez existió uno.

—No puedo creerlo —respiró Luca.

—Sabes cómo conducir uno de estos, ¿verdad? —quise saber.

—No-o-o-o. Mierda, odio este estúpido yate —respondió mientras sacudía la cabeza y estiraba su gorro por encima de sus ojos.

Ay, Dios. Okey, *no entres en pánico.*

–¿Vamos a ver si podemos solucionarlo? –pregunté con esperanza.

Luego de unos segundos, Luca se quitó el gorro de sus ojos.

–No –respondió sacando su teléfono–. Pediremos ayuda.

Oh, mierda. Me quedé parada allí mientras él hacía la llamada a quién-sabe-quién y comencé a entrar en pánico. Esto *no* podía llegar a oídos de mi padre.

–¿A quién acabas de llamar? –tartamudeé una vez que colgó.

Mi voz sonó aguda y Luca me miró alarmado.

–Llamé a la Guardia Costera –respondió.

–¿En serio? ¿Era necesario? –comencé a tener visiones de vehículos de emergencia y camionetas de los noticieros locales y me dio escalofríos.

–¿Estás bromeando? ¡Estamos perdidos en el maldito mar! –dijo y me miró con incredulidad.

–¿Perdidos en el mar? ¡Estamos como a menos de un metro de la civilización! –apunté en dirección al puerto–. ¿Crees que vayan a llamar a nuestros padres? –me crucé fuertemente de brazos.

–Probablemente –me miró con más atención cuando comencé a retorcer mis manos–. ¿Estás bien? ¿Acaso tienes padres superestrictos o algo de eso?

–No, es solo que… no puedo asustar a mi padre con algo como una llamada en medio de la noche. Se alarmará demasiado.

–Pero si solo son las diez treinta –Luca miró a su reloj.

Apenas lo escuché. En su lugar, había regresado a mis siete años, cuando me rehusaba a comer las pequeñas anchoas fritas que mi papá me obligaba a comer.

–No me gusta que sean crujientes –había gritado.

Mi padre empujó la silla hacia atrás de la mesa de nuestro comedor y se puso de pie.

–Desi, al menos debes probarlo. Si entonces no te gusta, no tendrás que comerlo. Voy a buscarte algo de agua, pero Appa sabrá si no comiste porque conté todas los que había en el plato.

Estaba maravillándome por la habilidad de mi padre de contar las docenas de peces diminutos de ese cuenco, cuando sonó el teléfono. La línea de la casa, a la cual nadie más llamaba salvo los vendedores. Miró el identificador.

–¿Del hospital de tu madre? –levantó el tubo y habló con tono alegre–. ¿Hola?

Yo estaba hurgando en el cuenco de anchoas dulces y crujientes con mis palillos de madera color verde cuando escuché un grito amortiguado por parte de mi padre. Dejé caer los palillos y me giré para verlo. Estaba sosteniéndose de la mesada, el teléfono aún sobre su oreja.

–¿Desi?

Y luego ya no estaba en mi cocina. Había vuelto al yate con Luca.

–No te preocupes, no dejaré que llamen a tu padre, ¿okey? –dijo con la mano sobre mi hombro, su cabeza tan inclinada que podía verme directo a los ojos.

–Está bien, gracias. Quiero decir, no tienes que ocuparte de ello, me aseguraré de que no lo llamen –parpadeé e intenté sonreír.

–Ah, okey –dijo y quitó su mano de mi hombro con un movimiento torpe y brusco. La metió en su bolsillo.

Antes de que pudiera responder, vimos los destellos de las

luces y comenzamos a escuchar a las sirenas que resonaban en dirección a nosotros.

Luca y yo nos sentamos, uno al lado del otro, en el yate en silencio, con mantas sobre nuestros hombros. Nos estaban remolcando hacia al muelle, estábamos envueltos por el aroma del océano y el sonido del agua. Y, por supuesto, junto a la tripulación de la Guardia Costera de emergencia. Los había convencido de llamar por mi cuenta a mi padre, entonces fingí realizar la llamada desde mi móvil silenciado y les di una actuación muy convincente de una chica siendo castigada por su estricto padre coreano. Satisfecha, la tripulación nos dejó solos por el resto de lo que duró la vuelta al muelle.

–Entonces… eh, ¿cuál es la historia con Wes? –Luca rompió el silencio mientras se aclaraba la garganta.

¿Otra vez? ¿Eso era en lo que estaba pensando? La tensión de disipó y comencé a reír.

–¿Qué? –se puso a la defensiva.

No podía creerlo, en medio de toda esta locura, sí, el triángulo amoroso había funcionado en *verdad*. Tomé aire y respondí:

–Aún no sé cuál es nuestra historia. Hemos sido amigos por mucho tiempo, ¿por qué?

–¿Normalmente vas a fiestas de sexo con tu amigo? –los hombros de Luca se pusieron rígidos.

Je, je.

–No era ese tipo de fiestas, Dios. Y sí, era mi cita esta noche, pero… no lo sé. Solo somos amigos por ahora –*por ahora*, dejé que esa declaración flotara en el aire–. ¿Qué hay de ti? ¿Tienes novia?

No me respondió de inmediato y fui consciente de lo ridícula que estaba siendo esta conversación, de cómo todo se envolvía en un maldito significado entre líneas. ¿Por qué no podíamos decir lo que sentíamos?

Me retorcí mientras esperaba su respuesta, queriendo arrojarme al mar con cada segundo que pasaba.

–Nop, ya no –dijo con la mirada puesta en el agua oscura.

–Ah, okey. ¿*Ya* no?

–No estoy en eso de las citas –miró hacia abajo.

Mi corazón se encogió con un pequeño chillido.

–Ah, ¿te estás guardando para el matrimonio? –intenté bromear con su respuesta.

Tiró la cabeza hacia atrás y se rio con esa misma risa estúpida. No pude evitar sonreír. Cuando dejó de reír, me miró, estábamos solo a unos centímetros de distancia. Nuestras manos casi se rozaban sobre el borde de la banca.

–¿Tu padre te matará por esto? –pregunté intentado que mi voz sonara casual y cubriera toda la culpa que había estado asomando desde que la Guardia Costera llegó.

–Tal vez. No podría importarme menos –se encogió de hombros.

Afortunadamente, el momento incómodo fue interrumpido por un viento fuerte que azotó de forma ruidosa. Froté mis brazos para generar calor.

–¿Tienes frío o algo? –preguntó.

Caí en la cuenta de que estaba sujetándome a mí misma sobre la fina manta. Era una verdadera lástima que Luca no tuviera una chaqueta que pudiera poner sobre mis hombros mientras se quejaba de lo zoquete que era por no haberme vestido adecuadamente para el frío. Un momento perfecto de drama coreano sin aprovechar.

–Un poco, sí. Llevo un vestido corto de encaje en medio del océano. Por la noche. Soy una genia.

–Te ves bien –Luca sonrió y sus ojos se posaron en mí tan rápido que, si hubiera parpadeado, me lo habría perdido.

No tenía lista ninguna respuesta astuta para este cumplido genuino. Solo un tímido "Eh, gracias". Luca estaba haciendo un gran trabajo como el chico sexy de los dramas que enviaba señales confusas. Miré con ansiedad hacia el puerto, preguntándome si mis amigos estarían esperándome allí. Les había escrito una vez que la ayuda había llegado.

Necesitaba analizar en detalle todos los eventos de esta noche con Fiona y Wes.

De repente, sentí que Luca empujaba algo sobre mi cabeza.

–¿Qué estás haciendo? –me toqué la cabeza y noté que era su gorro de lana.

–Para que no tengas frío –dijo de forma casual, con las manos otra vez debajo la manta.

–Gracias –respondí y lo ajusté un poco para que no cubriera mis ojos, la lana aún estaba calentita por el contacto con su pelo.

–¿No que eras una nerd de las ciencias? Todo el mundo sabe que si mantienes caliente tu cabeza, el resto de tu cuerpo también lo estará –dijo sacudiendo la cabeza y chasqueando la lengua.

–Okey, eso sucedería si también tuviera puesto un suéter. El calor no se transfiere tan rápido de la cabeza a todo el cuerpo si la diferencia de temperatura es tan drástica –dije en tono burlón.

—En serio, ¿cómo es en tu casa, el planeta Vulcano? Solo ponte el gorro, ¡Jesús! –exclamó sacudiendo la cabeza.

Ajá. Mantuve la boca cerrada y esperé que el gorro hiciera su magia. Y no podría estar segura de si fue el gorro o la *idea* de estar usándolo lo que me hizo sentir calor durante todo el viaje de vuelta.

Cuando alcanzamos el embarcadero, busqué a Wes, esperando que no me hubiera plantado por marcharse con otra chica, lo cual no estaría tan lejos del comportamiento normal de Wes.

—¡Desi! –Fiona estaba caminando hacia mí con Leslie–. ¿Qué *pasó*? Wes está como loco… –se detuvo en seco cuando vio a Luca.

—¡Uh! Ey, guau... Luca, ¿cierto? –preguntó. Sutil.

—Sí, ¿y tú eres…? –quiso saber con una sonrisa digna de un golpe, que se extendió por toda su cara.

—Esta es Fiona, y ella su *novia*, Leslie –solo llámenme Sutileza Junior.

Luego localicé a Wes, que traía mi chaqueta.

—¡Wes! –lo llamé haciendo gestos con las manos.

Su expresión cambió de preocupación a enojo, pero cuando notó que Luca estaba a mi lado, sonrió de forma engreída. Casi podía escuchar su voz presumida diciendo *Bien hecho.*

—Debiste haber estado muy preocupado –dije, echando mis brazos alrededor de su cuello. Luego susurré–. Sígueme el juego o morirás.

—*Muy* preocupado, nena –me envolvió con sus brazos, casi aplastándome. Un poco de vómito subió hasta mi garganta.

Cuando nos separamos, Luca nos estaba mirando abiertamente. Antes de que pudiera planear mi próximo movimiento, algunos miembros de la Guardia Costera se acercaron a él.

–Tenemos algunas preguntas que hacerte, hijo. Tu padre llegará pronto.

–Lo que sea –murmuró. Se veía tan abatido que me moví rápidamente del lado de Wes para acercarme a él.

–Ey, ¿quieres que me quede?

–*¡Des!* ¡Tu padre dijo hasta la medianoche, eh! –gritó Wes. *Argh*.

Luca inspeccionó a Wes con la mirada y su boca formó una línea recta sin emoción.

–No, está bien –forzó una sonrisa–. Gracias, igual. Y, ¡ey! Te veo después del receso.

Ay, *no*. Me había olvidado por completo de que las próximas dos semanas estarían libres por las vacaciones. Eso significaba nada de Luca y nada de la lista con los pasos de los dramas coreanos. Intenté que mi expresión no se viera abatida.

–Oh, claro. Eh, tú también. Adiós –dije débilmente, sintiéndome desanimada antes el final decepcionante de la noche. Levanté la mano para saludarlo, pero Luca la sujetó a mitad de camino.

Se paró más cerca. El aire se estancó en mi garganta. Bajó lentamente nuestras manos y luego liberó la mía.

–Lo siento, solo quería decirte algo –susurró.

–¿Eh, quieres que te regrese tu gorro? –logré decir con un graznido, mientras llevaba mi mano hacia la prenda.

Luca sacudió al cabeza y frunció el ceño, pestañas y cejas casi tocándose.

–Yo solo… ten cuidado. Ese tipo Wes parece un sinvergüenza del demonio.

Sexy *y* perspicaz. Won Bin estaba mostrando ser digno de su nombre en código.

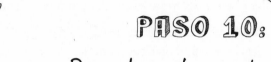

PASO 10:

Descubre el secreto mejor guardado del chico, preferentemente por medio de vergonzosos recuerdos recurrentes y repetitivos

A PESAR DE ODIAR CADA UNO DE LOS DÍAS QUE PASABA SIN PODER ver a Luca (y preocuparme por la reacción de su padre sobre el incidente del barco), ni poner en práctica mis pasos de los dramas, el receso pasó rápidamente en una combinación de solicitudes para la universidad, un par de viajes para hacer snowboard con Fiona y Wes, y ver dramas con mi papá.

La noche anterior a que comenzaran las clases, miraba un drama con mi padre en la sala. Uno de abogados que era básicamente la versión coreana de *Legalmente Rubia* llamada *Princesa Fiscal*.

–¿A mamá también le gustaban los dramas?

Mi papá se dejó caer de la barra para ejercitarse de la puerta del comedor. Su sudadera de Anaheim Ducks estaba empapada y tenía el pelo apartado de la cara por una banda para el sudor que probablemente era mayor que yo.

–¿Tu mamá?

–Sí, ¿les gustaban tanto como a ti? –le pregunté desde el sofá. El drama pausado en la televisón.

–Noooo, ja, ja. Tu mamá, ella era… una esnob –dijo *esnob* lentamente, como si estuviera probando la palabra en su boca–. Sí, esnob. Esnob cuando se trataba de televisión. Solo miraba las noticias o el canal de documentales de animales. Siempre se burlaba de Appa y su televisión coreana. Igual que tú. Pero ahora *amas* los dramas al igual que Appa.

Me reí y no pude evitar sonreír. Era cierto, era una fanática obsesionada de los dramas coreanos. Quiero decir, los regalos de mi padre para estas navidades fueron box sets importados de DVD con dramas y discos de sus soundtracks.

–Me parezco mucho a ella, ¿cierto? –lo que dijo mi padre hizo que le hiciera esa pregunta.

Mi papá dio un salto y volvió a su barra de ejercicios. Realizó un levantamiento y emitió un gruñido.

–Sí, en todas las formas. Estudias mucho, como mamá –respondió luego de exhalar mientras bajaba para luego volver a subir. Y cuando su mentón se detuvo en lo alto de la barra, continuó hablando –. Siempre debes ser la mejor, como mamá –otra subida en la barra–. Impaciente, como mamá –volvió a bajar, inclinándose para recuperar el aliento–. No romántica, como mamá.

–¡¿Qué?! ¿Qué significa eso?

Tomó un sorbo de agua y se sentó en la alfombra cerca de mis piernas. Lo empujé con los pies para que su sudadera no hiciera contacto con el sofá. Se tiró con todo su peso encima me mi dedo gordo, abandoné la resistencia y lo dejé que colapsara contra el mueble.

–Lo que quiero decir es que a ti no te gustan los chicos porque estás siempre estudiando. Bueno. Pero no bueno para Appa cuando él iba a la escuela con mamá.

Mis padres habían sido los favoritos de la escuela secundaria en Corea: mi mamá la primera de su clase, mi padre el canalla rudo con un corazón de oro. La siguió hasta los Estados Unidos cuando ella ingresó a la Facultad de Medicina en Stanford. Se casaron no mucho después y se mudaron al Condado de Orange cuando mi madre comenzó la residencia en Irvine.

Era un romance de los que suceden una sola vez en la vida. La chica buena se enamora del chico malo. Permanecieron juntos contra todo pronóstico. Fue cuando crecí, y al escuchar cómo mi papá hablaba de ella, que me di cuenta de que habían tenido algo único, eso que los dramas coreanos constantemente construyen como el ideal. Y eso no desaparece aunque uno de los dos deje de existir.

—Appa, no es que no sea romántica. Solo… me enfoco en otras cosas —le mentí.

—Ya, *Señorita Enfoque*, ¿qué haces viendo esto? Tienes escuela mañana. Vete a la cama —me ordenó luego de atizarme un golpe en el pie.

—De acuerdo, pero ¡no se te ocurra ver más de *Princesa Fiscal* sin mí! —exclamé mientras me iba de mala gana a mi habitación.

Eché un vistazo alrededor. Mi cama estaba impecablemente hecha: un edredón gris suave de lino acentuado con almohadones de color violeta. Una manta peluda color crema doblada prolijamente sobre los pies de la cama. Estanterías, construidas por mi padre, repletas de libros, trofeos, fotos y premios, que iban del suelo al techo. Todo dispuesto por color, medida y tema. El escritorio de laca blanca estaba bajo una ventana, completamente vacío excepto por una taza que contenía lápices mecánicos, resaltadores y bolígrafos de color rojo.

Todo en orden. Por ahora. Tomé la lista de mi billetera y miré al paso número diez: *Descubre el secreto mejor guardado del chico, preferentemente por medio de vergonzosos recuerdos recurrentes y repetitivos.* Sabía que él era un artista y ya me había contado lo del arresto. Lo que aún no podía entender era por qué no quería salir con nadie. Me arrojé sobre la cama y escribí esas notas en el cuaderno.

Luego abrí mi computadora para una buena sesión de acecho. Aunque ya lo había hecho varias veces durante las vacaciones, volví a escribir: *novia de Luca Drakos.* Aún nada. Solo sabía que tenía que haber más sobre esta historia.

Fui a su perfil de Facebook. El perfil que ya había visitado miles de millones de veces. Pero, esta vez, me dirigí a todas las fotos en las que había sido etiquetado, para encontrar cualquier señal de alguna novia. Cliqué taaaantas fotos. Demasiadas. Al punto de sentirme enferma por la cantidad de tiempo que estaba poniendo en esto, sin mencionar el terror a que alguien pudiera *saber* que lo estaba haciendo, que el pequeño espía que vivía en mi computadora reportara todo a Luca en este preciso momento.

Y luego, allí estaba. Una foto de hacía dos años escondida en lo profundo de ese álbum. Él y una chica, enredados en las piernas del otro, sentados en una manta en algún parque con mucho verde. La cara de Luca *brillaba*, y no llevaba puesta ninguna gorra.

Y la chica… bueno, la chica lucía como alguien de debería ser la novia de Luca. Alguien que sería la novia soñada de cada chico. Hermosa sin esfuerzo, piel brillante y ligeramente morena, la estructura ósea de Naomi Campbell, una boca ancha y risueña y un par de cejas arqueadas que hacían de marco a sus enormes ojos verdes. Vestía vaqueros cortados que mostraban el suficiente músculo como para hacer que mis piernas se sintieran trompas de elefante. Una camiseta sin mangas holgada, con tiras delgadas que mostraban cero líneas de bronceado en sus hombros esculpidos, pero también delicados. Una cantidad escandalosa de cabello rubio teñido, grueso y ondulado separado para un costado, casual y cool. Lucía como lo haría California: una mezcla soleada de diferentes cosas hermosas.

Se me contrajo el estómago. Este era el tipo de chicas que tenían novios. No las chicas con queratosis en los brazos, o mal aliento matinal, o que se pasaban la mayoría de sus tardes viendo dramas coreanos con su sus padres, o… chicas que a sus diecisiete años aún no habían tenido novio.

Hice clic en el nombre de la etiqueta de la foto: *Emily Scout Fairchild*. Ese nombre, irreal. Me dirigió a su perfil, un verdadero tesoro del acecho puesto al alcance de mis dedos. Pero antes que pudiera clicar algunas de sus fotos, noté su último post.

> •••
> Último respiro de aire en Ojai antes de irme al sur a atar algunos cabos sueltos... paz & amor.

¡¿Al sur?! Como, ¿al sur del Condado de Orange? Además, ¿no tenía escuela mañana? ¿Acaso las escuelas de Ojai tenían un receso por vacaciones más largo que el nuestro? Me deslicé hacia abajo por su perfil para ver posts con dibujos de vez en cuando: un montón de cosas abstractas con formas y colores, y frases inspiracionales o misteriosas garabateadas arriba de los dibujos. Otra artista, al parecer. Solté una carcajada.

—Estupendo por ti, Picasso.

También parecía que incluía muchas canciones o frases de libros escritos por hombres blancos, viejos o muertos en sus estados. *Estoy tan segura de que amas a Bukowski y a Leonard Cohen. Apuesto a que ellos, absolutamente, pueden hablar contigo.*

Terminé de mirar su perfil en muy poco tiempo. No tenía muchas fotos de ella, solo un par con amigos. Ninguna con Luca, excepto por esa. Luego mi alarma apareció en la pantalla:

 ¡¡¡Límite para la solicitud de Stanford en una hora!!!

Ya había enviado mi solicitud online hacía unos días, pero el recordatorio de la fecha de entrega significaba que ya eran las once y que tenía una práctica de fútbol mañana temprano. Le di un golpecito a la foto de Luca y Emily con el dedo antes de cerrar mi laptop.

Okey, dejemos el acecho para mañana. Abrí mi cuaderno y escribí el plan para el décimo paso de la lista, el cual comenzaba con una llamada a Wes antes de irme a la cama.

MI TELÉFONO ESTUVO VIBRANDO TODA LA MAÑANA. HABÍA ACTIVADO las notificaciones para todas mis redes sociales así podría enterarme de las de Emily. Porque la estaba siguiendo con una cuenta anónima al azar.

Sí, lo sé. En mi defensa… Necesitaba seguir el paso número diez.

Mientras llevaba a mi boca una cucharada de mi cereal azucarado, vi que ella había subido una foto a Instagram: su desayuno de batido de frutas (Dios, ¿podías ser más de Ojai?). Durante la segunda hora, una toma del océano mientras manejaba por Santa Bárbara. Luego una foto del tráfico en Los Ángeles con emojis de dedos abajo.

Y ahora, mientras estaba en mi clase de Francés, el teléfono vibró por una nueva actualización.

Esta vez era Facebook:

> •••
> ¡Qué bueno! Feliz de tener mi comida para llevar sin carne preparada en CO.

Junto a una foto de ella a punto de dar una probada a una hamburguesa. ¿Qué clase de monstruo compra una hamburguesa sin carne en un restaurant de comida rápida al paso?

Además: CO. Ya estaba aquí. ¡Lo sabía! Sabía de qué se trataba ese estado enigmático de anoche en su Facebook. Su objetivo final tenía que ser Luca. Si ella veía a Luca antes de que yo lo hiciera… no lo sabía. Me preocupaba. ¿Volverían a estar juntos? ¿Ya habían vuelto o algo durante las vacaciones?

No tenía idea si vería a Luca. Ya habían pasado tres de las primeras horas del día, volvía del recreo y estaba más que impaciente por verlo. ¡Dos semanas! Eso era como años en tiempo de Desi Lee.

Así que cuando sonó la campana que indicaba el final de la hora de Francés y el comienzo del horario de almuerzo, salí como un rayo de la clase y corrí al medio del patio, esperando encontrar a Luca. Si lo veía primero, tal vez podría recordarle las chispas que tuvimos en el yate de su padre. Eso si no lo había imaginado.

133

De repente sentí otra vibración de mi teléfono. Una selfie de Emily simulando que lamía la estatua de un vikingo. Arrugué la nariz hasta que me percaté de que era la estatua de la *Preparatoria Monte Vista*. Estaba aquí. MALDICIÓN. Examiné todo el campus con una velocidad que solo hizo que mi cuello chascara. ¿Dónde estaba Luca? Generalmente se sentaba con los artistas durante el almuerzo, pero no estaba.

Esperen un segundo. Tal vez estaba en el estudio de arte. Sabía que muchos de los chicos del Club de Arte usaban el momento del almuerzo para seguir trabajando en sus obras para el show. Envié un mensaje a Fiona:

> Me saltearé el almuerzo, tengo algunos asuntos con Won Bin.

Una respuesta instantánea decía:

> No hagan muchos bebés.

Intenté lucir relajada mientras caminaba hacia el estudio. La gente saludaba y yo saludaba animadamente en respuesta. *¡Nada que ver aquí, solo un poco de acecho casual, amigos!*

Y luego me detuve… porque la había visto. Con Luca. Mi corazón dio un vuelco al verlos de nuevo juntos, incluso cuando estaban caminando bastante alejados el uno del otro.

¿Hacía lo correcto y los dejaba solos… o era silenciosa y entrometida? Mi cabeza giró con recuerdos de todas las heroínas intrépidas de los dramas hasta que se detuvo con Bong-Sun de *Ay, mis fantasmas* cuando espiaba al chef sexy mientras hablaba con una amiga de la universidad que estaba ebria. *Siempre sé silenciosa.*

¿Pero cómo? No podía oírlos a esta distancia. Corrí a toda velocidad detrás de una fila de (adorables) árboles botella en floración, acercándome un chiquitín más cerca y esforzándome para poder escucharlos. Todavía nada. Luego vi que se dirigían hacia el estudio de arte.

Me apresuré hacia el salón de clase por delante de ellos, corrí dentro del armario de suministros prácticamente aguantando la respiración cuando choqué contra alguien. Mi corazón saltó hasta mi garganta.

–*Disculpa* –dijo la voz más odiosa de todo el mundo.

Y allí estaba Violet, a mi lado, buscando un tarro de pinceles sobre mi cabeza como si me restregara su altura. *¡Puaj!* ¿Por qué estaba aquí? De todas las personas…

Me moví a un lado para evitar que se chocara contra mí.

–*Shh* –siseé.

Podía notar que estaba por largarme su mal genio, pero fue interrumpida por el sonido de unos pasos que se dirigían a donde estábamos.

Ambas miramos alrededor de una de las estanterías y nos encontramos viendo a Luca y a Emily. Nos agachamos inmediatamente para permanecer fuera de la vista.

Emily. La de apariencia de muñeca, pelo brutal, pantalones cortos con buen calce.

Estaba parada espantosamente cerca de Luca.

–¿Por qué me arrastraste hasta este rincón oscuro? –se burló con la voz baja y un poco ronca, como una joven Lauren Bacall.

Luca cerró la cortina detrás de ellos

—En caso de que alguien entre al estudio. No quiero ventilar nuestros trapos sucios por ahí —susurró—. Así que, ¿por qué apareces aquí luego de meses de silencio y de actuar como…

—¿Cómo qué? —dijo ella con una inclinación de cabeza.

—¡Cómo si nunca me hubieras arruinado la vida! Dejando que *me* arrestaran por *tus* pintadas.

¡Mierda!

Emily lo envolvió con sus brazos y él se lo permitió. ¡Dios!

—Tuve que hacerlo. Tengo dieciocho. Si me arrestaran quedaría en mi registro permanente. Tú aún eres menor, ¡no es la gran cosa! —dijo en voz baja mientras frotaba su mejilla sobre el hombro de Luca.

Luca se apartó tan abruptamente que Emily casi tropieza.

—*¡No es la gran cosa!* —gritó—. ¿Tienes idea de todo por lo que pasé? ¿De lo que *aún* debo soportar? Mi madre tuvo que arrastrarse frente a mi padre para que pagara por un abogado. Y por ello, tuve que mudarme aquí con él. Ha estado monitoreando cada movimiento desde que he llegado aquí. Me metí en un gran problema hace poco por el yate… olvídalo. De todas formas, debido al arresto, tendré libertad provisional por los siguientes *tres años*.

—Lo sé, Lu. Y lo siento. Nunca pude decirte lo mucho que lo siento, y cómo aprecio que hayas asumido la culpa. Ya sabes que mis padres me obligaron a que terminemos por tu arresto. Amenazaron con quitarme mi coche. Cambiaron mi teléfono y monitorean mis mails y mis redes sociales —bajó los hombros un poco.

—¿Es por eso que ni siquiera me hablabas, incluso en la escuela? —Luca tenía los brazos tensos cruzados sobre él, como una protección.

—Tenía que hacerlo creíble para que dejaran de estar sobre mis espaldas –Emily se acercó un paso hacia él.

—No te creo.

—Vamos, manejé todo el camino desde Ojai y falté a la escuela para arreglar las cosas. Todavía siento lo mismo por ti –sus ojos no se movieron de los de Luca–. Además, con las cartas de aceptación anticipada de la EDRI, ya puedes relajarte.

Levanté una ceja hacia Violet. Ella asintió confirmándolo. Miré de nuevo a Luca que parecía haber sido tomado por sorpresa.

—¿Cómo sabes que fui aceptado?

—Por supuesto que lo fuiste. ¿Qué escuela de arte en sus cabales podría rechazarte? –respondió mientas ponía los ojos en blanco.

—No lo sé, Em, tenía que ser honesto e incluir el arresto en la solicitud. Había una gran probabilidad de que fuera rechazado luego de lo que hice, por *ti*.

Emily comenzó a juntar sus rizos en una coleta, el dobladillo de su blusa de encaje blanco se levantó revelando un abdomen plano y firme como nunca antes había visto.

—Por favor. Te arrestaron por un grafiti y estabas solicitando un lugar en una escuela de arte. Aman ese tipo de cosas.

—De hecho, pude darle un enfoque político en mi ensayo –la tensión parecía haber abandonado su expresión.

—¡Estoy tan feliz por ti, Lu! –Emily rio y dirigió sus brazos hacia él–. Sabía que podías lograrlo.

—Gracias. ¿Cuándo recibes las novedades de la Escuela de Artes Visuales? Sigue siendo tu primera elección, ¿cierto? –Luca no se apartó, sino que sonrió un poco y sus ojos se suavizaron cuando la miraron.

–No lo sabré hasta *abril* –asintió.

Y luego. Oh, Señor. Ella ladeó su cabeza hacia él de la misma forma que antes, y juro que su rostro le imploraba que la bese. Y él lo hizo. La besó.

Ay, Dios. De repente noté lo mal que estaba que estuviéramos siendo espectadoras de esto. A juzgar por la expresión de Violet, ella también lo pensaba. Pero estábamos atrapadas. Lo único que podíamos hacer era mirarnos con los ojos como platos.

–Lo nuestro tiene sentido, Lu. ¿Pero tú en el maldito Condado de Orange? Eso no tiene sentido –le dijo sonriente una vez que se apartaron el uno del otro.

Luca rio al instante, con ronquido y todo. Mi corazón dio un vuelco.

–Lo sé, ¿verdad? Este lugar.

–Vamos a tomarnos una selfie para conmemorar que estamos juntos de nuevo –Emily rebuscó su teléfono en su bolsillo.

–¿Qué? ¿En serio? No –Luca hizo un mohín.

Honestamente, ¿no era lo más extraño por hacer justo después de haber vuelto con tu ex?

–¡Pero tenemos que hacerlo! –exclamó preparándose para la foto, mientras ponía el brazo de Luca sobre sus hombros.

–Está bien, pero no la subas a todos lados. Es raro –suspiró.

–Solo la subiré a Instagram, tengo una nueva cuenta de la que mis padres no saben. ¡Pero todos los demás deben saber que volvimos a estar juntos! –habló con los dientes apretados sin romper la pose de la foto.

–¿Por qué? –la miró.

–Porque somos la pareja más sexy de todas –Emily ya estaba

editando la foto, arrastrando el dedo por la pantalla como en modo piloto. Sus ojos no se movían de su teléfono.

La mano de Violet voló hacia su boca para reprimir su risa y me contuve las ganas de hacer lo mismo.

–¿No podemos disfrutarlo por, no sé, un segundo antes de que lo compartas con todos? –le preguntó Luca, echándole un vistazo.

–¿Eh? –Emily presionaba con furia sus dedos en la pantalla–. Lo sabía ya tengo siete me gusta.

–¿Qué hay de conmemorarlo solo los dos? ¿Ya que se trata de nosotros? –Luca se quedó muy quieto por un minuto antes de suspirar profundamente.

–¿Los dos? –finalmente levantó la vista fuera de sus redes sociales.

El silencio crepitó y contuve la respiración.

–¿Sabes qué? No importa –Luca se apartó de ella.

–¿Qué quieres decir? –tartamudeó.

–Acabas de recordarme que nunca se trata de mí ni de cómo te sientes por mí. Que todo se resume a manipular tu imagen, lo visible para los demás. Que nunca puedo distinguir lo que es *real*.

Manipulación. Me sentí un poco mal.

La sonrisa de Emily se borró por completo de su rostro. Entrecerró los ojos y bajó su teléfono.

–¿Qué? No actúes como un santurrón. Siempre se trató de las apariencias contigo, también. No me digas que no te gustaba salir con la chica más sexy de toda la escuela.

DIOS MÍO.

Luca rio nuevamente, pero no se trataba de su genuina risa ronca. Esta era dura, amarga.

–Guau, *¿te escuchas?* No me arrepiento de nada. Me alegra que me hayan arrestado. No solo me sirvió para ver *tu* verdadera naturaleza, sino que probablemente me ayudará a obtener la beca.

–¿De qué hablas? –preguntó, su irritación se hacía más evidente–. ¿Para qué demonios necesitarías *tú* solicitar una beca? ¡Tu padre podría *comprar* la EDRI si así lo quisiera!

–¿Has escuchado al menos una cosa de las que te he contado sobre él? –Luca sacudió su cabeza, como si ella fuera una idiota–. Mi padre solo pagará una universidad si estudio cualquier cosa *menos* arte. Y sabes que mi madre no puede pagarla.

Violet y yo nos miramos de nuevo, sintiéndonos completamente culpables y mal por toda esta terrible experiencia.

Por otro lado, Luca parecía estar más relajado a cada segundo, con las manos metidas en los bolsillos de su chaleco inflado.

–De todas formas la ayuda financiera que obtuve con mi aceptación no fue suficiente. Así que me postulé por la beca más grande del país con un proyecto que lo logrará. Y tu pequeña fase Banksy lo inspiró. Así que gracias.

El grafiti.

–Bueno pensé en darle una chance a esto –Emily hizo un movimiento con su cuello como toda una pandillera –. Pero no necesito esta mierda. Qué pérdida fue haber faltado a la escuela –realmente la odiaba. Pasó cerca de Luca y le dio una palmada condescendiente en el brazo–. Buena suerte con esa beca, Lu.

Al pasar, barrió con determinación las cortinas. Luca se quedó de pie un momento, sus manos sobre la cadera. Luego derribó de un golpe una pila de lienzos que hicieron eco en la habitación cuando cayeron al suelo. Aguanté la respiración, tratando de no hacer ruido. Claramente su actitud fría había sido solo una fachada.

Llevó la vista hacia el desastre que había hecho, mientras respiraba de forma pesada. Luego, pasados unos segundos, se arrodilló para poner todo en su lugar, resignado y con movimientos lentos. Me tomó cada pizca de mi voluntad para no salir corriendo a ayudarlo.

Cuando finalmente abandonó la habitación, se hizo el silencio. Me sentí mareada por el aluvión de información que me había inundado durante los últimos cinco minutos.

–Por *Dios*.

Me sobresalté, había olvidado que Violet estaba a mi lado.

–¿Qué demonios fue eso? Sentí que estábamos en una maldita telenovela –dijo mientras negaba con la cabeza.

–Lo sé, qué perra –respondí sin pensarlo.

–Necesita *jugeo* –dijo con las manos arriba y una expresión de espanto. Me reí porque utilizó la palabra en coreano que significaba *morir*–. Creo que esto explica todo el asunto de no querer salir con nadie, ¿cierto? ¿Dejó que lo arrestaran por sus mierdas? ¡Y luego *rompió con él*!

Era cierto. Eso había pasado. Por ello Luca era tan evasivo. Su gran secreto para no salir con alguien. Estoy segura de que incluso ni la desilusión podría describir la postura de Luca sobre las relaciones.

–Al diablo con ella –murmuré en voz baja.

–Bueno, creo que no hay moros en la costa, ¿eh? –Violet me miró con una expresión fría, como si de repente se diera cuenta de que no éramos amigas–. Ahora puedes probar que eres una *buena* chica.

El rencor era palpable.

–Eh, yo no… –mi voz se fue apagando.

–Es obvio que por alguna razón él siente algo por ti –Violet suspiró.

¡¿En serio?!

–Créeme, estoy tan confundida como tú. Pero, de hecho, luego de ver ese dramático desastre, puedo entender por qué querría a alguien un poco más… limpio –dijo mientras me miraba de arriba abajo con desaprobación.

–¿Se supone que debo agradecerte o algo? Tú no has sido más que una… –me detuve y fruncí el entrecejo.

–¿Perra? ¿Y qué? Nos gusta el mismo chico, y tú me irritas como nadie. Estamos a mano –comenzó a alejarse.

–¡Espera! ¡Violet! –esto no estaba bien.

–¿Qué? –se detuvo y se volteó, sacudiendo su cabello fuera de su rostro en un gesto de irritación.

–No sé qué te he hecho para que te molestes tanto conmigo. En verdad… no lo sé, apesta que alguien sienta eso por ti sin ninguna razón, ¿sabes? –respiré profundo.

–Guau, realmente eres muy pagada de ti misma, ¿no tienes idea de por qué podría estar molesta contigo?

–No.

–Okey, en primer lugar, nos conocemos desde pequeñas.

–¿Qué? –me quedé con la boca abierta.

–Solíamos ser amigas en la Escuela Coreana. Pero en ese entonces nos llamábamos por nuestros nombres coreanos; el mío era Min-Jee.

¿Escuela Coreana? No había ido allí desde los siete años, apenas recordaba todos esos sábados por la tarde en la iglesia aprendiendo el alfabeto coreano y demás.

Espera. Ay, Dios. *Min-Jee*. De repente la recordé. Era rechoncha e introvertida. Y le gustaba dibujar. Mucho. Siempre dibujaba princesas de Disney y personajes de Sanrio para mí.

Debió notar que la reconocí por mi expresión.

—Así es, ¿no? Bueno, tú eras mi única amiga allí y luego te largaste. Sin dejar ningún rastro. Así que imagina mi sorpresa cuando te vi, por primera vez aquí, en el primer año. Fue como, ¡*Yay! Es Hye-Jin*. Pero no me recordabas, y estabas tan involucrada en toda esa mierda popular de la escuela, nunca les hablarías a los frikis de arte que fumaban hierba. Para ser exactos, intenté acercarme a ti para que seamos amigas, ¿lo recuerdas?

—No lo sé. En verdad no lo recuerdo… —mordí mi labio mientras intentaba ubicar esa versión de Violet, pero no lo logré.

—¿Te das cuenta de que eso es aún *peor*? De que estabas tan ocupada en tus mierdas que ni recuerdas que alguien intentó ser tu amigo. Es muy *grosero*. Pero ahora, uh, de repente, ¿te interesa el arte por un *tipo*? Es *estúpido*.

Eso dolió. Porque era cierto.

—Violet, lo siento. Nunca pretendí actuar como una esnob o una idiota, solo que… —tenía la cabeza repleta de sus argumentos. Pero algo que me había dicho antes destacó. Entonces mi vergüenza se convirtió en enojo. Me crucé de brazos, intentado calmarme—. Por cierto, *abandoné* la Escuela Coreana porque mi mamá murió y no pudimos pagarla más.

Violet parpadeó varias veces, y noté como la soberbia la abandonaba. Sus brazos cayeron a sus costados. Y se mordió los labios.

–Yo no… Dios, lo siento.

Lo había apodado la "Bomba-M", era el momento en que le contaba a alguien sobre la muerte de mi madre por primera vez.

–Está bien, pasó hace mucho tiempo. Pero sí, quizás eso explique las cosas. Y tal vez puedas superarlo de una vez –suspiré y pasé a su lado para abandonar la habitación.

La luz del sol me cegó. Tomé un momento para recuperar la compostura, aturdida por esos últimos minutos. Cuando levanté la vista vi a Luca. Y nuestras miradas se encontraron.

PASO 11:

Demuestra que eres diferente a todas las otras mujeres EN EL MUNDO ENTERO

OKEY. *HAY DOS OPCIONES: LO SABE O NO LO SABE.*

Una hipótesis extraordinariamente astuta, Des. No hay más que pura ciencia en ese cerebro brillante.

Aparté la vista, me latía el corazón. Y luego escuché que la puerta del estudio se abría detrás de mí, vi a Violet cuando se escabullía. Me miró por un momento antes de darse cuenta de la presencia de Luca. Él se quedó boquiabierto al vernos a las dos, su expresión era de incredulidad. *Oh, oh.* Necesitaba explicarle, *inmediatamente.* Había comenzado a caminar hacia él cuando se dio la vuelta y salió corriendo. *Huyendo* de mí.

La desesperación se cernió sobre mí en cuanto me quedé allí viéndolo. ¿Ahora qué? ¿Lo había arruinado para siempre?

Ya sabía la respuesta. Ninguna cantidad de falta de comunicación terminó con una relación en los dramas coreanos. De hecho, era como un químico que la fortalecía al final. Mutada y fortificada.

Saqué mi billetera de la mochila y desdoblé mi lista arrugada. Luego de haberlo arruinado, tenía una oportunidad de poner a trabajar el paso número once: *Demuestra que eres diferente a todas las otras mujeres EN EL MUNDO ENTERO.*

Y sabía exactamente cómo hacerlo.

UNOS DÍAS MÁS TARDE, FIONA Y YO ESTÁBAMOS DEJANDO EL AUTO en un estacionamiento cubierto de malas hierbas. Arrastró a Penny hasta un rincón.

–¿Estás lista?

–Eso creo. De alguna manera no pude ver a Won Bin por cuatro días. Creo que me ha estado evitando. No fue al Club de Arte y no sé si vendrá hoy así que… Estoy lista como nunca antes lo he estado –respondí luego de respirar profundamente.

Estábamos en un centro juvenil en el pueblo de al lado, básicamente "el otro lado del camino", en donde las etnias y las situaciones socioeconómicas no eran homogéneas. Fiona era voluntaria de este lugar desde el primer año de la secundaria y le había sugerido planificar un taller de arte con ella, junto con una donación de materiales de una tienda local. En los dramas, lo que atravesaba el cinismo al estilo Rochester del chico sobre el amor, siempre era la bondad pura de la heroína. Esperaba que al verme interactuar de manera cariñosa con los niños despertaría en él alguna clase de instinto biológico de chico heterosexual. Algo que lo hiciera llegar a la conclusión de que yo no era un bicho raro, sino más bien una chica del tipo angelical y maternal a la que los niños acudían en manada. La heroína clásica de los dramas. Y el completo opuesto de Emily.

Había llegado la hora de ser esa chica.

Luego de lograr que una Fiona, no muy convencida, me ayudara, también logré que el señor Rosso convenciera a nuestro grupo del Club de Arte para pasar la tarde del viernes en el centro para que les enseñáramos un poco de arte.

Caminamos hacia el gran cuarto de juegos del centro recreativo junto a Fiona y comenzamos a acomodar las mesas y las sillas en grupos para que los niños pudieran trabajar juntos. Habíamos llegado más temprano que los demás; los estudiantes del Club de Arte tomarían el autobús desde la escuela. Para cuando llegaron, la habitación lucía bastante como una versión caótica de *El señor de las moscas*, y las dos estábamos tratando de mantener el control. Vi a Violet, quien caminó en línea recta hacia Cassidy luego de verme. Mmm. No podía saber si su odio hacia mí había disminuido luego de la Bomba-M o si solo era que se sentía avergonzada por toda la situación que habíamos presenciado desde el armario del salón de clases de arte.

Y por millonésima vez en mi vida, estaba buscando a Luca cuando el señor Rosso se me acercó con su sombreo panamá de paja apoyado informalmente sobre su cabeza.

—¿Qué nos preparaste aquí, Desi?

Lancé una mirada suplicante a Fiona.

—Tranquila, yo me encargo —respondió.

Luego Fiona silbó tan alto que algunos niños se dejaron caer al suelo y taparon sus oídos.

—Sentados. *AHORA.*

Su rugido retumbó literalmente por toda la habitación. Los treinta y pico de chicos se dirigieron en un tumulto hacia las sillas de plástico naranja que estaban alrededor de las mesas.

Y luego, allí estaba él.

Palpitaciones. Repiqueteo.

Estaba en la entrada, vacilante, mientras miraba la habitación con frialdad.

Intenté no sentirme desalentada, así que asigné a los estudiantes a cada grupo, dos por cada mesa de trabajo. Se suponía que debíamos hacer que los niños comenzaran con algunos bocetos y luego tuvieran su obra terminada para el final del taller. Cuando llegó el momento de elegir el grupo para Luca, intenté llamar su atención pero mantuvo sus ojos en su teléfono.

–Y, eh, Luca, tú y yo podemos trabajar con este grupo.

Levantó la cabeza e hicimos un breve contacto visual antes de que diera una zancada hasta el grupo y se dejara caer sobre una silla. De acuerdo. *¿Así es como quieres jugar? ¡Tengo todo el día para ello, amigo!*

Nuestro grupo estaba formado de dos niños, llamados Micah y Jessie, y dos niñas, Christine y Reese (por Reese Witherspoon, como anunció orgullosamente inmediatamente después de que se acomodó en nuestro grupo). Las edades de los niños variaban entre los seis y los nueve años y estaban todos *muy entusiasmados*. En general, ellos solo jugaban afuera y hacían su tarea, así que esto era un poco especial para ellos.

Luca se reclinó hacia atrás, todavía viendo su teléfono. Fruncí el ceño y aplaudí.

–Okey, chicos, ¡hoy vamos a trabajar con un poco de arte divertido! ¡Vamos a hacer algunos bocetos! ¿Saben lo que significa?

Los cuatro niños se me quedaron viendo. Micah eructó.

–Mmm, okey, este tipo de dibujo es el que se hace para entrar en calor antes de comenzar con la verdadera obra terminada que quieren hacer.

Luca se aclaró la garganta de manera audible. Lo fulminé con la mirada.

–¿Tienes algo para aportar o por el momento solo estás ocupado en jugar Candy Crush?

–Los bocetos no tienen que ser un dibujo sin terminar, también pueden ser nuestras propias piezas terminadas –dijo, sin levantar la vista de su teléfono.

–¿Entonces los bocetos también son arte? –preguntó Jessie agitando su mano en el aire.

–Sí, el arte es todo lo que tú quieras –respondió Luca antes de que yo lo haga. Me miró a los ojos–. No permitan que gente de mente estrecha intente definir el arte para ustedes –levantó su voz.

–Gracias por eso. No me sorprende que alguien cuya primera palabra fue Impresionismo tenga un conocimiento tan profundo del arte –sonreí mirándolo directamente.

–¿Estuviste visitando mi página de fans? –preguntó mientras ladeaba la cabeza y me veía con una sonrisa.

–¡*Esto es aburrido!* –exclamó Reese levantando los brazos en el aire.

–Bien, lo siento. Todos tomen un poco de papel –me enfoqué nuevamente en los niños.

Había imaginado una tarde tranquila conmigo guiando a los niños para que notaran la belleza del mundo a través del arte. Había comenzado bien: los pequeños se sentaron en silencio y dibujaron en su mayor parte. Me mantuve de aquí para allá tratando de ser útil y sugerir ideas. Luca incluso se enderezó y comenzó a hablar con Jessie sobre su boceto de Bob Esponja.

Pero en cuanto Micah descubrió los marcadores y se dibujó un tatuaje, todo se fue en picada.

–¡Miren, un tatuaje! –exclamaba con orgullo levantando su brazo que ahora tenía un gato enorme dibujado en él.

–¡Ese tatuaje es estúpido! –resopló Reese, pero se estiró por la mesa inmediatamente para agarrar un puñado de marcadores del contenedor de útiles. Jessie y Christine fueron los siguientes, y comenzaron a dibujarse sobre sus brazos.

–¡Ustedes, chicos! –grité–. ¡Basta con eso! ¡Ahora! ¡Se supone que estábamos trabajando en los bocetos!

Los marcadores fueron claramente una mala idea. Me apresuré para quitárselos, pero, en su lugar, terminé en un tira y afloja con Reese.

–Reese, ya no necesitamos estos –dije con severidad.

–¡No es justo! ¡Quiero usarlos! –se quejó mientras quitaba mis manos del camino.

Estábamos las dos paradas, ambas sujetando con fuerza el manojo de marcadores con nuestras manos.

–Qué pena –dije a través de mis dientes apretados mientras los sujetaba de manera firme.

De repente, sus ojos verdes se llenaron de lágrimas. Uh-Uh.

Un tercer par de manos se cerró sobre las mías, firmes y cálidas.

–Okey, ¿por qué no llegamos a un acuerdo? –levanté la vista hacia Luca que nos hablaba de pie a nuestro lado, un halo literal de luz solar lo iluminaba desde atrás–. Reese, si prometes usar estos marcadores solamente sobre papel, te dibujaré a Elsa de *Frozen* –le dijo con un pequeño guiño.

Sus lágrimas retrocedieron en sus ojos.

–Okey –respondió con un sollozo.

Luca me miró y levantó las cejas. Puse los ojos en blanco y solté los marcadores, mientras desenredaba mis manos de las de Luca con desgano.

Él extendió su mano para chocarla con Reese. Ella le devolvió el gesto con timidez y regresó a la mesa entre risitas. Nadie era inmune a los encantos de Luca.

–Lo mismo va para el resto de ustedes, ¿entendido? Dibujen sobre el papel o ¡son hombre muerto! –Luca apuntó a cada uno de los niños para reforzar su declaración. Todos rieron y se pusieron a trabajar inmediatamente sobre el papel.

–Eres bueno con los niños –me giré para decirle a Luca.

–Solía cuidar niños, mucho –se encogió de hombros.

–¿En serio? –pregunté. La incredulidad salió antes de que pudiera evitarlo.

–Sí, ¿es muy difícil de creer?

–Un poco –sonreí–. Imaginé que sería difícil hacerte un hueco para ser niñero mientras eras un genio del arte.

Apretó los labios, pero su risa logró escapar.

–Okey, así que has hecho una investigación a fondo en Google sobre mí.

¿Qué sentido tenía pretender que no lo había hecho?

–Algo así.

Nuestras miradas se encontraron, y aunque era un poco incómodo, sentí que esa extrañeza entre los dos se desvanecía.

–Luca, yo… –tragué saliva de forma nerviosa.

–¡Maestro, maestro! ¡No sé cómo dibujar una medusa peluda! –gritó Micah.

–El deber me llama –dijo Luca y giró sobre sus talones para sentarse al lado de la niña.

¡Micah, tú pequeño...!

Las siguientes horas se pasaron volando, y apenas tuve tiempo para hablarle a Luca mientras intentaba ayudar a pintar el unicornio de siete cuernos de Christine y luego a decorar con purpurina el retrato de Steph Curry que había hecho Jessie. Sin embargo, de vez en cuando espiaba a Luca, que estaba con los demás niños mostrándoles pacientemente cómo dibujar perspectiva o mezclar las pinturas para crear colores nuevos. Era su comodidad, su fe absoluta en la creatividad de esos niños, la que me hacía desear treparme a esa mesa y besarlo en la boca. Estaba en lo suyo, y los niños lo amaban.

Y de repente ya eran las cinco en punto, los padres comenzaron a retirar a sus hijos. Todos se llevaron sus obras con ellos, presumiendo con orgullo ante sus familiares. Era muy tierno y estaba bastante conmovida por todo, incluso cuando el buen acto había sido inspirado por la lista de los dramas coreanos. Se sintió bien haber pasado la tarde haciendo felices a estos niños.

Cuando el último de todos se marchó, me dejé caer sobre una pequeña silla.

–Mujer, tienen mucha energía –le dije a Fiona.

–Lo sé, ¿viste? Fue lindo contar con la ayuda de otras personas hoy –replicó mientras juntaba trozos de papel del suelo.

–Dime cuándo quieres que volvamos. Creo que todos lo disfrutaron.

–¿Y agregar otra extracurricular a tu vida? –rio.

Antes de que pudiera responder, vi a Luca dirigiéndose hacia la puerta. Y aunque las cosas se habían puesto mejor entre nosotros hoy, era poco probable afirmar que mis intentos de chica maternal y beatífica hubieran sido un éxito. Quería disculparme por el incidente del armario, y no tenía idea de si algo de esto había funcionado.

–¡Luca! –lo llamé en voz alta. Él se dio la vuelta y caminé en su dirección mientras Fiona-ay-siempre-tan-sutil se lanzó al otro lado de la habitación para limpiar otra mesa.

Luca me miró expectante. *Solo hazlo, Des.*

–Ey… entonces, eh, lo que hoy quería decirte es que estoy realmente apenada por lo del otro día –moría con cada palabra–. No me di cuenta de que iba a escuchar esa conversación. Y tampoco Violet –agregué mirando en la dirección de Violet que acomodaba algunas cosas al final de la habitación–. Nos quedamos encerradas allí –esto era cierto en el caso de Violet y solo una pequeña mentirita blanca en mi parte.

Luca pareció mortificado por un segundo y solo nos quedamos ahí, dos estatuas de la incomodidad.

–Okey –finalmente rompió el silencio.

–También, me disculpo si el incidente del barco te trajo problemas.

–¿Por qué? No fue tu culpa.

Ataque de remordimiento.

–No, pero de todas maneras… ¿no te castigaron de nuevo o algo?

–El castigo fue pasar las vacaciones con él. Ahora estoy a su entera disposición para las tareas domésticas.

–Oh, ¡eso no suena tan mal! –sonreí.

–Además, tengo que pasear a los perros tontos de mi madrastra todos los días –hizo un mohín.

–Eso suena trágico. ¿También tuviste que renunciar a tu paga de la semana? –le pregunté poniendo cara compungida. Él se rio, no con su gran risa ronca, pero igual fue una pequeña risa.

Y luego lo recordé.

–¡Ey! ¡Felicidades por el ingreso en la EDRI! Eso es asombroso.

Se miró un momento los zapatos y mi corazón comenzó a hundirse hasta llegar a mi estómago. ¿Acababa de recordarle el incidente del armario otra vez? Luego levantó la vista con una pequeña sonrisa.

–Gracias, pero no podré ir hasta que resuelva lo de la beca.

Asentí.

–Cierto. Bueno, con suerte…

–De acuerdo, ¡todo el mundo de vuelta al autobús! –nos indicó el señor Rosso–. Gracias por planear esto, Desi y Fiona. Fue grandioso, ¡tenemos que hacerlo de nuevo!

–Nos vemos –dijo Luca mientras se acomodaba el gorro.

Y eso fue todo. Mi rostro se sonrojó mientras ayudaba apresuradamente a terminar de limpiar. Intenté dar batalla a las lágrimas así Fiona no podría notar mi desilusión.

Y allí fue cuando encontré una pila de dibujos de Luca.

Me detuve para chequearlos. Uno era una representación excelente de Bob Esponja. Otro un par de zapatos que recuerdo haber visto en Micah. Un gato robot. Una princesa ninja. Pasé página por varios bocetos hilarantes hasta que llegué a uno que me dejó paralizada.

Era un dibujo de mí, sentada en la mesa con mi cabeza ligeramente inclinada, descansado en mi mano. Quién sabe cuándo capturó ese momento. Pero no me detuve solo porque yo era la del dibujo, fue por la manera en que me dibujó. Las líneas cuidadosas y sensibles, el momento de tranquilidad capturado.

Era tan íntimo, tan estudiado. Tan… conocido. Una pequeña sonrisa se convirtió en una sonrisa amplia.

Saqué la lista de los dramas y la miré con cariño.

–¿Salió todo bien hoy? –preguntó Fiona por encima de mi hombro.

–Evité la crisis. La lista me salvó otra vez –besé el papel con un beso ruidoso.

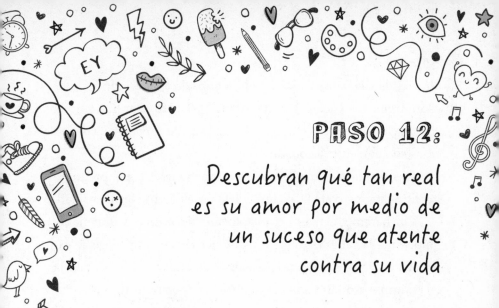

—NI SIQUIERA PUEDO CREER QUE ESTEMOS HACIENDO ESTO.

Creo que era la primera vez la vida que veía sudar a Fiona. El esfuerzo físico y ella no eran mejores amigos. Caminábamos por el medio de Stony Point Drive con el sol cayendo sobre nosotras, a una milla de distancia de mi casa, mientras Wes instalaba conos y cinta amarilla a cada lado de la carretera.

Era la semana siguiente a la visita del Club de Arte al club juvenil. Luego de ver el dibujo que había hecho Luca, y saber que él tenía sentimientos hacia mí, quisiera admitirlo o no, estaba impaciente porque todo saliera bien. Ojalá pudiera saltar hasta el momento de nuestro primer beso, pero sabía que aún tenía mucho trabajo por delante. Así que durante todo el fin de semana tuve una sesión de lluvia de ideas para solucionar el paso 12: *Descubran qué tan real es su amor por medio de un suceso que atente contra su vida*. Había visto unos pocos dramas con mi papá y se me había ocurrido un plan.

Desparramé un puñado de clavos en el pavimento mientras Fiona soltaba uno y lo seguía con su vista de dardo. No había un alma en la silenciosa calle lateral de unos de los vecindarios más escalofriantes y vacíos de toda Monte Vista. Para ser una ciudad con un clima casi perfecto todo el año, la gente apenas salía de sus casas con aire acondicionado.

—Des, ¿cómo llevarás esto a cabo exactamente? —me preguntó mientras ataba su cabello en una coleta y me miraba con intensidad.

—Pincharemos el neumático, golpearemos la acera y pretenderé golpearme la cabeza —traté de mantener la calma mientras le explicaba el plan—. Luego, podré asumir en el papel de la damisela en peligro y Won Bin acabará agobiado por su preocupación. Por consiguiente, comprenderá que me ama.

—Guau. Eso sí que es tener grandes esperanzas. Pero ¿y si alguien resulta herido? De todos los pasos, este me parece el más extremo —replicó Fiona atravesándome con sus ojos ambarinos.

Me dio ese pequeño tirón de culpa que se había vuelto cada vez más persistente en el último tiempo.

—Sí, lo sé. Este se pasa un poco de la raya, pero solo se trata de pequeños clavos, lo peor que podría pasar es un neumático pinchado. Lo cual espero que suceda. Y, oye, estoy *tan cerca*. Puedo sentirlo. Ese dibujo que hizo de mí… pienso que esto será el factor decisivo. Además, ¿no sabías que padecer estrés causa que el cuerpo emita ciertas endorfinas que pueden crear un lazo *profundo* con quien sea que lo padezca contigo?

—Sí, yo también vi *Speed* —caminó más adelante para tirar algunos clavos descuidadamente al viento.

—Esto realmente es una locura. Podría graduarme de la preparatoria con un *novio* —dije mientras miraba alrededor con las manos en mis caderas.

–Desi, vas a ir a Stanford y vas a convertirte en una doctora. Terminar la preparatoria sin novio no es nada en comparación. Tener novios está sobrevalorado –hizo una pausa–. Y lo mismo con las novias, si vamos al caso.

–Es fácil para ti decirlo –reí mientras miraba mi teléfono–. Creo que ya estamos bien, volvamos.

–Okeeey, ¿así que no te preocupa para nada que alguien pueda conducir sobre estos clavos? –dijo y echó un último vistazo con gesto inquieto hacia atrás.

–¡Fi! Te lo dije: la gente en Monte Vista *respetará* los conos –enganché mi brazo en el de Fiona, aun sabiendo que este tipo de comportamiento la volvía loca–. Entonces, ¿qué hay de nuevo contigo?

–¿Por qué? –puso mala cara.

–¿Qué quieres decir? ¡Solo te pregunto cómo estás!

–¿Se trata de una estrategia para hacer que te ayude con más de tus mierdas raras? –preguntó tras detenerse abruptamente para mirarme.

Mi corazón se encogió un poco. Mi vida había sido seguir los pasos de los dramas coreanos 24/7, y me golpeó la realidad de que esta era la primera vez en varias semanas que le preguntaba a Fiona sobre *ella*.

–No, no es una estratagema. Y disculpa que haya sido todo sobre Won Bin todo este tiempo –apreté su brazo con más fuerza.

–Lo comprendo. Cosas del primer novio. Te perdono –se encogió de hombros. Pero también me dio un apretón en el brazo, y supe que lo apreciaba.

–¿Cómo van las cosas con Leslie? –le pregunté mientras caminábamos calle abajo en medio de la carretera vacía hacia Wes y Penny.

—Se está poniendo muy empalagosa. Que lo supere –respondió haciendo un sonido impropio de una señorita.

—¡Fi! –la regañé–. Eres la peor pesadilla para cualquier chica, ¿lo sabías?

—Creo que quisiste decir el *sueño* –dijo con un tono seductor mientras inclinaba su cabeza hacia la mía. La quité de en medio con un empujón brusco en su sien.

—¡Hablo en serio! Mi peor pesadilla es que Luca piense así de mí.

—Hay cosas peores que una relación fallida, ¿sabes? Y hablando de eso… Si hay una cosa que he aprendido de todas mis novias es que al final debes terminar con los juegos. ¿Por cuánto tiempo más vas a seguir con esto?

¿Por qué estaba siendo tan aguafiestas?

—Cuando lo haya *conseguido* –desenredé mi brazo del suyo.

Me adelanté a grandes pasos, molesta. ¿No podía ver lo cerca que estaba? No había forma de parar ahora.

WES SE QUEDÓ ATRÁS PARA GUARDAR LOS CONOS Y FIONA ME LLEVÓ de vuelta a la escuela, donde monitoreó a Luca mientras yo ayudaba al gobierno estudiantil a organizar un espectáculo de animadoras. A eso de las 5:02 me envió un mensaje de texto desde su escondite: Luca estaba dejando el estudio de arte y se dirigía al estacionamiento. Respiré profundo y de forma agitada, como si mi cuerpo temblara desde dentro por sí solo. *Allí vamos.*

Mi paso pesado ocultó la preocupación que burbujeaba dentro

de mí mientras caminaba apresuradamente por el estacionamiento con mis sandalias.

—¡Luca!

Se detuvo en medio de su estiramiento de brazos de chico cool, sus brazos quedaron arriba de su cabeza, haciendo que su playera se levantara ligeramente para revelar una pequeña porción de su abdomen.

—¿Qué?

Me distraje momentáneamente por esos centímetros de piel. *Pervertida*.

—¿Eh? Uh. Por casualidad, ¿podrías llevarme a casa? Se supone que Fiona me llevaría, pero tuvo que largarse. Algo sobre su gato.

La familia de Fiona tenía un gato de veintiún años de edad llamado Chubbins que básicamente siempre estaba al borde de la muerte. Por lo que mi mentira no era *tan* exagerada.

Por un segundo, Luca se vio como un animal acorralado. *Jesús*. Lograr que se relajara conmigo de nuevo no sería una tarea fácil.

—Eh, bueno, no sé si vivimos cerca —dijo luego de aclararse la garganta.

—¿Qué? Los dos vivimos en *Monte Vista*, ¿qué tan lejos puedo estar de tu casa? —mi actitud despreocupada se evaporó en cuanto lo miré con el ceño fruncido.

Por la manera en que arrastraba los pies, podrían pensar que le pedí que agendara una cita para una colonoscopía.

—De acuerdo, da igual. Mi nave está por allá.

Caminamos hacia un viejo y maltratado Honda Civic azul. Pasé mi mano por el capó abollado.

—Lindo auto.

—Ustedes la gente de Orange y su devoción por lo *nuevo* —me lanzó una mirada arrogante.

¡Oiga, señor! No tenía idea de lo que acaba de desatar.

—*De hecho,* no estaba siendo sarcástica. La C es la joya de la corona de los Civics, al menos aquí en los Estados Unidos. Transmisión de cinco velocidades, suspensión ajustada con barras estabilizadoras rígidas, e incluso barras puntales —caminé alrededor, inspeccionando la pequeña obra maestra—. El perfil bajo y la configuración más amplia de la rueda y el neumático hacen que tenga un aspecto y sensación estupenda para el conductor diario, pero también una gran plataforma para un aficionado a los accesorios —dije mientras miraba a Luca—. Quiero decir, que un auto alcanzara alrededor de treinta millas por cada tres litros con este tipo de rendimiento, allá por fines de los noventa, es realmente impresionante. Creo que esa debe ser la belleza del sistema VTEC, ¿no crees?

En ese momento me percaté de que Luca me estaba mirando. Ay, mierda. Había aflojado otra rienda de nerd frente a Luca. Me sonrojé, pero recordé a Hae-Soo de *Está bien, eso es amor,* y lo temeraria que era cuando dejaba a las personas calladas con su sabiduría acerca de la medicina. Para atraer la atención de tu persona de interés, sé muy, muy capaz o informa sobre algo inesperado impactando a todos a tu alrededor en una forma sensacional.

Improvisé una sonrisa, como si estuviera súper orgullosa sobre mi charla de autos. Confianza, Des. Transmite quién quieres ser.

—¿*Por qué* sabes todas estas cosas? —preguntó Luca con un aullido, mientras dejaba la puerta del copiloto abierta para mí. No ignoré ese pequeño gesto y agradecí a su mamá hippie por haberlo criado bien. Continuó con su diatriba–. ¿También lees libros de mecánica automotriz en tus ratos libres, cuando no estás construyendo robots en tu sótano espeluznante? –la incredulidad hizo que su voz sonara ronca, como su risa.

–Mi padre es mecánico, *dah* –dije luego de acomodarme en el asiento del copiloto y esperar a que él ingresara al auto. Aunque admito que hubo un verano en la escuela media cuando estudié un manual de mecánica automotriz solo por curiosidad.

Luca hizo ese movimiento típico al dar reversa a un auto en donde giras todo el cuerpo hacia la derecha y tu brazo se posa sobre el asiento del copiloto. Donde yo estaba sentada. Su mano me rozó ligeramente el cabello y obtuve una oleada de sudor de chico y mentas para el aliento. De alguna manera una mezcla embriagante pero asquerosa.

–Un mecánico. Eso es genial.

–Eso creo.

–No es un trabajo que tenga la mayoría de los padres de esta escuela.

–No, pero no es como si le importara al alguien, en verdad. Siento que lo que más redime a California es su espíritu de verdadera meritocracia, la cual está ausente en lugares más antiguos del país.

Luca volvió a reírse, su mano maniobraba el volante con destreza y sus ojos se movían rápidamente entre los espejos y el parabrisas. Era un conductor lo suficientemente meticuloso. Por qué encontraba eso sexy, no lo sabía. Una rareza de hija de mecánico.

–Tienes esa manera de hablar… –me dijo tras mirarme brevemente.

163

–Sí, sí, como una Vulcana.

–Exactamente –rio.

–Dobla a la izquierda –le indiqué con una sonrisa. De repente fui consciente de que estábamos dentro de un auto pequeño. Solos. Se sentía realmente íntimo. ¿Podría oler mi aliento? Exhalé con disimulo en la palma de mi mano.

Un par de giros después y ya casi estábamos en la calle en donde Fiona y yo habíamos tirados los clavos. Ay, no, estaba a punto de suceder.

–Debo decirle a mi papá que compre algo de leche –me incliné mientras sacaba mi teléfono y comenzaba a mensajear frenéticamente a Wes, quien estaba esperando que lo contactara:

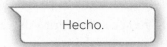

Acaba de girar en Linda Vista. Deberíamos estar ahí en menos de un minuto.

Esa era la señal para que retirara la cinta de tráfico y los conos. Recibí una respuesta inmediata:

Hecho.

Y luego indiqué a Luca que doblara a la izquierda sobre Stony Point Drive. Jugueteé nerviosamente con mi teléfono. Estábamos a punto de pasar por encima de los clavos…

Viento en popa.

¿Qué demonios? Estiré el cuello por la ventana para mirar la carretera. Los clavos estaban allí, incluso podías verlos brillar bajo el sol cuando pasamos sobre ellos. Miré a Luca, pero parecía no notar nada.

Bueno. Okey, hagámoslo de nuevo.

–¡Mierda! Me acabo de acordar de que dejé algo en la escuela –*Des, pensadora con la velocidad de un rayo*–. Mi libro de Matemática, lo necesito para hacer mi tarea esta noche. ¿Podríamos, por favor, volver a la escuela? Lo siento.

–Sí, de acuerdo –respondió sin inmutarse. Como esperaba, dio una vuelta en U y, cuando habíamos recorrido un tramo lo bastante alejado, me di un golpe en la frente con la palma de mi mano–. Ay, ¡soy una idiota! De hecho creo que lo olvidé en mi casa, así que no importa.

–¿Estás segura? –Luca me echó un vistazo, y casi pude ver que su fe en mí se evaporaba.

–Sip, ¡estoy segura! Lo siento.

Aguanté la respiración. Pasaríamos por encima de esos clavos en cualquier momen…

Y luego escuché una explosión: el ruido inconfundible de un neumático al estallar. Mierda, ¡eso había sido más intenso de lo que esperaba que fuera! Antes de que siquiera pudiera registrar eso, el auto patinó inmediatamente hacia la derecha, y Luca sujetó con fuerza el volante mientras maldecía. Pero no pudo controlar el auto lo suficientemente rápido y nos chocamos de forma violenta contra el bordillo de la calle, un sonido crujiente atravesó el aire como si algo debajo del auto raspara el bordillo.

–¡Cuidado! –grité instintivamente mientras cubría mis ojos con las manos.

Luego sentí como algo pesado golpeaba mi torso, algo pesado pero cuidadoso. Abrí los ojos y vi a Luca con su brazo extendido sobre mí, usándolo como un cinturón de seguridad. Antes de que notara lo adorable que era eso, me vi arrojada hacia mi asiento. Y luego se oyó un gran *estruendo* proveniente del airbag que se estrelló en mi frente.

Pasaron unos segundos luego de que los airbags comenzaran de desinflarse. Sentí que el brazo de Luca se movía en mi regazo, donde había aterrizado. Comenzó a palpar, su mano estaba sujetando mi muslo antes de que se detuviera abruptamente.

–¿Estás bien? –oí su voz amortiguada. Todavía tenía la vista hacia adelante, intentando entender lo que había pasado.

Asentí, algo aturdida pero sintiéndome bien.

–¿Desi? –su voz cargaba un ligero rastro de pánico y me giré para verlo, su cabeza estaba contra el asiento, pero me miraba. Ojos oscuros y preocupados, el gorro desarreglado.

Parpadeé unas cuantas veces, viendo estrellas.

–Sí, estoy bien. ¿Tú estás bien? –pregunté.

Él también asintió, se veía tan aturdido como yo.

–Sí, pero creo… –se tocó debajo del ojo izquierdo en donde un moretón enorme se estaba formando. Hice una mueca de dolor por él, sintiéndome terrible por ser la causante de ello. Por alguna razón, en todas mis maquinaciones, un *accidente automovilístico menor* nunca había implicado heridas verdaderas.

Manoteó con torpeza el espejo retrovisor, inclinándolo hacia abajo y para poder verse.

–¿Me va a quedar el ojo negro? –chilló mientras inspeccionaba su cara. Dejó escapar un quejido cuando tocó la parte más delicada. Estaba a punto de burlarme, pero la herida sí se veía dolorosa.

Salimos del auto y lo rodeamos. Además del neumático reventado, parecía que la transmisión había sido arrancada después de que el auto saltara el bordillo. Mierda, era mucho más daño del que había anticipado.

Me sentía una porquería.

–¿Estás seguro de que estás bien? ¿Deberíamos ir al hospital? –me preocupé al ver nuevamente a Luca.

–Estoy bien... Llamaré al remolque, eso sí. No creo que podamos conducir en esta cosa. ¿Puedes ir a hablar con la gente que está saliendo de sus casas y decirles que estamos bien? –preguntó con el teléfono en su oreja.

Miré a mi alrededor y vi como algunas personas se nos aproximaban para ver qué había pasado. *Uff.*

Luego de que convenciera a todo el mundo de que estábamos bien y que ya habíamos llamado por ayuda, oí un bocinazo familiar. Dos cortos staccatos seguidos de un sonido atronador.

Me giré lentamente para ver a mi padre en el camión de remolque de su taller, *Camión Remolcador*, como había sido bautizado cariñosamente. *¡Noooo!*

–Eh, ¿a quién llamaste para que te remolcara? –pregunté con un tono agudo.

–A *El taller de autos de papá*, ¿por qué?

Dios. Cerré los ojos. ¡Cómo en el nombre de Dios fue a elegir el taller de autos de mi padre de entre todos los talleres que había en Monte Vista, y en todo el mundo!

–Eh, es solo que...

–¡¿Desi?! –gritó mi papá desde la ventana.

Oh, no. Me sentí algo mareada cuando lo vi estacionar el camión de forma brusca. *Maldición, maldición, maldición.* Saludé y sonreí para que supiera inmediatamente que me encontraba bien.

–¡Hola! –grité.

Luca me miró y luego a mi papá. Mi corazón latía como loco y comencé a sudar.

–¿Estás bien? –quiso saber Luca. Una pequeña arruga se formó en su entrecejo.

–No, ese es mi padre. ¡Y probablemente esté poniéndose como loco!

–Pero solo fue un pequeño accidente.

–Sí, mi madre *solo* murió en una embolia pulmonar, eso es todo –le contesté afiladamente.

–¿Qué tiene que ver eso con…? –sus ojos se agrandaron pero lucía confundido.

Antes de que pudiera decir algo más mi papá ya había saltado del camión y corría hacia mí. Su rostro estaba blanco del miedo.

–¡Desi! ¿Tuviste un accidente? ¿Estás bien? ¿Qué sucedió? –su frenética sucesión de preguntas hizo que mi corazón diera un vuelco, así que mantuve la sonrisa en mis labios.

–Estoy bien, Appa. Solo fue un raspón. Todos estamos bien.

La preocupación se desvaneció de su frente, y sentí que me relajaba un poco también. Comenzó a inspeccionar mi cabeza, aún no se había percatado de la presencia de Luca.

–Eh, Appa, este es mi amigo Luca.

Mi papá me dio la más veloz de las miradas antes de voltearse para saludar a Luca.

–Hola, amigo de Desi, soy su papá.

–Un placer conocerlo –dijo extendiendo la mano. Luego agregó–. Lo siento mucho por el accidente.

–No hay necesidad de disculparse, los accidentes son llamados así porque no suceden a propósito, ¿cierto? –dijo mientras tomaba la mano de Luca. Luego lo acercó a él de un tirón–. ¿Qué le pasó a tu ojo? ¿Estás herido?

–Oh, no, es solo un rasguño –Luca se tocó el ojo y noté que quería hacer una mueca de dolor, pero mantuvo su expresión relajada.

–¡De acuerdo, chico rudo! –exclamó mi padre entornando los ojos por un segundo y dando una palmadita enérgica en el brazo de Luca–. Okey dokey, entonces, ¿qué pachó aquí? –se agachó mientras arrastraba los pies alrededor del auto, típico de mecánico, y miró con cuidado por debajo.

Noté que el alivio comenzaba a verse en la cara de Luca, y me conmovió que se sintiera (innecesariamente) culpable.

–Parece que has pisado algunos clavos en la carretera –afirmó mi padre, sosteniendo algunos en su mano. Ay, Dios–. ¿Qué diablos hacen aquí? Parece sacado de un dibujo animado –concluyó con una gran sonrisa. Me reí débilmente.

–Qué extraño –dijo Luca cuando se agachó. Luego se enderezó y pareció recordar algo de repente–. Ah, también debemos haber enganchado el mofle –tan orgulloso de sí. Qué pena.

–La transmisión –lo corregí. Mi padre me miró con aprobación.

Mientras revisaban el auto (Luca lo hacía por mera amabilidad masculina, al parecer. El machismo fue disminuyendo cada vez que tocaba su rostro con delicadeza), visualicé a Penny titilante ante un alto al final de la calle, con Fiona y Wes dentro. Estaban bastante lejos, pero era capaz de ver sus expresiones perplejas. Fiona sacó la cabeza fuera de la ventana con un gesto inquisitivo de pulgares arriba. Sacudí mi cabeza y le hice un ademán de despedida hasta que se marcharon. Más tarde tendría una larga sesión de explicaciones.

Mi papá silbó, dos notas bajas que había usado siempre para llamarme. Me acerqué a él y limpió sus manos engrasadas en una tela que tenía metida en el bolsillo delantero de sus pantalones.

–Desi, voy a barrer estos clavos, luego remolcaré el auto y llevaré a Luca a su hogar. Puedes caminar a casa, ¿cierto?

–Claro –respondí.

Mi corazón se hundió como en un charco de agua tibia. No solo había hecho que Luca se lastimara como una villana despiadada, sino que también logré que todo el plan fuera un completo fiasco.

Pero esperen, no podía rendirme. Aún no había utilizado la jugada de la damisela en apuros. Caminé hacia Luca, donde mi padre no podría oírme:

–Ey, no quiero preocupar a mi padre, pero me está matando el dolor de cabeza y me siento mareada. ¿Te importaría acompañarme a casa? Él puede alcanzarte luego cuando regrese –contuve la respiración, deseando que mordiera el anzuelo.

–Sí, claro. Lo siento por todo esto –dijo y metió sus manos en lo profundo de sus bolsillos.

La culpa me golpeó otra vez.

–No tienes de que preocuparte, creo que solo necesito recostarme –dije y agité mi mano desestimando lo grave de la situación–. Luca caminará hasta casa conmigo –fui hasta mi papá para darle un abrazo–. ¿Podemos llevarlo más tarde?

–De acuerdo, ve a descansar –me abrazó fuerte antes de dejarme ir.

En cuanto nos alejamos de la escena del accidente, pude relajarme por primera vez desde la llegada de mi padre. *Crisis de Appa, evitada y el paso número doce aún en marcha.*

Caminamos en silencio durante una calle. Vi que Luca echaba un vistazo hacia atrás rápidamente, en donde mi papá ya se encontraba barriendo los clavos. Me mordí el labio, disgustada al haber dejado a mi padre limpiando ese desastre.

—Así que ¿tu mamá murió? —me preguntó luego de aclarar su garganta.

—Eh, sí —me maldije por haber lanzando la Bomba-M luego del accidente.

Sin embargo, para ser un verdadero drama coreano, necesitaba sacarle el jugo a la Bomba-M. *Esta* era mi tragedia, esto era lo que haría que Luca me viera diferente: compasión por los golpes de mi vida. Admirarme por mi valentía frente a la tragedia.

Sí, señoras y señores: tenía que explotar la muerte de mi madre para conquistar a un chico. Esperé a que un rayo diera justo en mis globos oculares, uno para cada ojo.

Mamá, no tengo idea de si hubieras sido el tipo de madre que me golpearía en la cabeza por hacer esto, o alguien que solo hubiera estado tan decepcionada como para llorar sola en su habitación por el monstruo que crió. Pero tenía que hacerlo. Lo siento.

Luca me miraba expectante y elegí mis palabras cuidadosamente, mientras caminábamos bajo la brisa de los fragantes árboles de eucalipto.

—Por eso vivimos aquí. Ella era una neurocirujana en la Universidad de California, Irvine. Murió cuando yo era pequeña. Y debido a que fue tan repentino e inesperado, hace que mi papá se preocupe por mí tal vez mucho más que otros padres. Como si algo fuera a pasarme a mí también.

—Lo siento —dijo con sencillez, luego de mirarme directo a los ojos esbozando una sonrisa triste.

La dulzura de su gesto me golpeó como una tonelada de ladrillos.

—Está bien, no hay problema. Solo tenía siete años cuando sucedió, así que... —mi voz se fue apagando, mi frase conocida se quedó flotando en el aire.

—Siete años —frunció el ceño—. Eso no es *tan* pequeña. Eras, quiero decir, sin hacer suposiciones, lo suficientemente mayor como para quedar traumatizada.

Había tanto que decir sobre eso. Como todos daban por sentado que eras una persona frágil y dañada cuando perdías un padre. Como ese jamás había sido mi caso, como mi padre había sido la mejor mamá *y* papá que pudiera haber tenido jamás.

Llegamos a mi calle y suspiré de alivio. Con tragedia o no, necesitaba acelerar el romance *inmediatamente*.

—Así que eres como un imán para los desastres —se aclaró la garganta.

—¿Qué quieres decir? —intenté mantener mi voz fresca como una lechuga. Una lechuga mentirosa.

—Hasta ahora, en los pocos momentos que estuvimos juntos, nos hemos perdido en el mar y luego el accidente de auto. A donde sea que vayas, parece que la aventura te sigue.

—Qué puedo decir, soy un Paul Bunyan normal —dije y reí nerviosamente.

—¿Qué?

–Paul Bunyan, el leñador gigante de la cultura estadounidense, ¿el que tuvo todo tipo de aventuras?

–Sí, sé quién es Paul Bunyan, ah, no tiene importancia –dijo vencido con una risa–. Como sea, tu padre es cool.

–Sí, él es el mejor.

La expresión extraña de Luca me puso a la defensiva.

–¿Qué?

Otra sonrisa indescifrable.

–Nada, es solo… lindo. Que tú seas tan linda con tu padre. No tenía idea cómo se sentía que a uno le agrade su padre.

Un silencio incómodo se tejió entre nosotros. No estaba segura de qué decir y me mordí la lengua antes de decir algo que produjera un flirchazo.

–Esta es mi casa –di un giro abrupto sobre la acera para caminar sobre el césped.

Mi casa tenía dos pisos con estuco de color crema como todas las demás, persianas celestes, un garaje adjunto y un espacioso camino de entrada. Sin embargo, a diferencia de las demás casas de nuestra calle, el jardín del frente no era solo frondoso y verde (no es que todo el vecindario haya estado en medio de una sequía o algo por el estilo), también contenía algunos lechos de cultivos de vegetales. Y unas cuantas llantas al azar por ahí. Daba una sensación general de *hombre sin esposa que se ocupe de la casa*.

Luca se quedó de pie incómodo sobre la acera mientras yo caminaba hacia el sendero que llevaba a la puerta principal. Me giré y le di una mirada interrogante.

–Puedo pedir un taxi para ir a casa –dijo mientras metía las manos en los bolsillos.

¡No!

–¿De verdad? Eh, no lo sé, todavía me siento un poco mal. ¿Querrías… querrías entrar un rato?

La pregunta flotó en el aire entre los dos como el ardid más obvio y seductor jamás visto. Luego de un momento de silencio desmoralizador, Luca retiró sus manos de los bolsillos y se acercó a pasos largos.

–Claro.

Abrí la puerta y la sostuve mientras él pasaba rozándome al entrar a la casa.

Ay, mierda. Luca está en mi casa. Ahora hagamos que se dé cuenta de que le gusto.

PASO 13:

Pon al descubierto tus debilidades de una forma desgarradora

DE REPENTE FUI CONSCIENTE DE TODAS LAS COSAS VERGONZOSAS que uno nota sobre su propio hogar cuando lo ve con los ojos de un visitante por primera vez.

Las paredes de un verde azulado novedosas en su momento, pero ahora algo anticuadas. El andrajoso sillón reclinable, obviamente usado en exceso. Esa ventana que nunca tuvo las cortinas adecuadas, sino una pantalla de papel apoyada sobre ella, con la estampa de un dibujo animado de un oso muy popular en Corea.

Un acto de poder, Des. Un acto de poder.

—Quítate los zapatos, por favor —le ordené despreocupadamente mientras dejaba caer mi mochila sobre el suelo frío de azulejos de la entrada y luego me quitaba las sandalias. Pero Luca ya había comenzado a desatar sus Vans, inclinado, se balanceó y con una de sus manos se sostuvo contra la pared. Mmm, por alguna razón, su experiencia con las casas asiáticas me gustó.

—Puedes sentarte en la sala —y luego mi voz vaciló—. Eh… me siento… mareada…

Fui a trompicones hasta el sofá, donde había dejado una manta a rayas y una almohada mullida esa mañana. Resistí ante el impulso de llevar mi mano a mi frente. Eso sería llevar el factor damisela en apuros al extremo. Tal vez.

Di un vistazo a Luca que caminaba hacia mí, pero estaba claramente distraído, tomando una copia de Ciencia Popular a su paso.

–¿Te golpeaste la cabeza o algo? –me preguntó hojeando la revista sin prestar demasiada atención.

Me inundó el enojo, cuando él se lastimó su *propio* rostro ¡claro que estaba preocupado!

–No lo sé –repliqué débilmente–. ¿Podrías traerme un paño húmedo? –había dejado uno, oportunamente, sobre el fregadero al lado de un tubo plástico de color rosa (un básico en cualquier casa coreana)–. La cocina queda por allí.

–Claro –lo oí hurgar en la habitación. Me reacomodé en el sofá para que él pudiera sentarse a mi lado o arrodillarse frente a mí. Arreglé el dobladillo de mi suéter para que cubriera todas las partes rollizas de mi vientre, luego quité mi cabello de la frente para que Luca pudiera colocar el paño frío con cariño y delicadeza…

–¡Atrápalo!

Vi cómo un paquete congelado de guisantes volaba directo a mi cara. Mis manos se movieron instintivamente hacia arriba para poder atraparlo.

–Esos serán mucho más efectivos que un paño –dijo con un tono de *no-hay-de-qué* en su voz.

–Eh… gracias –apoyé con cuidado el paquete congelado sobre mi cabeza–. Mmm, entonces… sí, es posible que necesite un pequeño descanso.

Luca ya estaba huyendo de mí. ¡Qué diablos! ¿De dónde venía toda esta energía?

–¿Qué hay arriba? –preguntó desde el pie de las escaleras.

–Eh, solo dos habitaciones, ¿sabes? Como en todas las casas –respondí, enojada porque no estaba prestando atención a mi actual estado de aflicción.

–¿*Tu* habitación? –se dio la vuelta con una de sus cejas arriba.

–¿Sí?

–Genial, vamos a verla –dijo y comenzó a subir los escalones.

–Espera, ¿qué? No, ¡no entres allí!

Mi habitación *no* era parte del plan. De ninguna manera lo quería allí dentro, vería mi perfil de *Ñoña sobresaliente* en todo su esplendor, particularmente cuando viera…

Cuando entré a mi habitación Luca ya se había dejado caer sobre mi cama, e inspeccionaba la pared llena de estantes a su izquierda.

–¿Qué *son* todos esos?

Por un momento, me distrajo el hecho de que *¡¡¡Luca estaba sentado en mi cama!!!* CHILLIDO. Reuní todos mis sentidos para contestarle.

–Bueno, señor, esos rectángulos de papel se llaman *libros* –moví mi brazo al estilo de Vanna White a través de los estantes–. De todos modos, vamos a…

–Veo los libros, sabes de qué hablo. Todo eso –levantó la barbilla y apuntó hacia la estantería.

Uff. Demasiado tarde. Estaba repleta de premios, certificados, inventos de ferias de ciencia, esculturas que había hecho para mi padre de pequeña, la prueba viviente de mi ADN tipo A.

177

Estaba orgullosa de mi *Estante de Ñoñez Sobresaliente*, pero frente a Luca me sentía mortificada. Dudaba de que Emily tuviera una estantería de estas. A menos que fuera una llena de poesía de la generación Beat y pipas de agua. Con lencería de encaje encima de libros antiguos.

—Son solo cosas, ahora vamos a… —Luca me interrumpió con un movimiento rápido de bailarín al dar un salto para acercarse más a los estantes. Eso había sido lo más atlético que le había visto hacer.

—Asistencia perfecta, ¿*siete* veces? —dio un silbido—. Mejor caligrafía, primer lugar en la feria de ciencias, primer lugar en la feria de ciencias, primer lugar en la feria de ciencias, primer lugar en… okey, okey. Vendedora Líder de galletas de las Chicas Exploradoras, Condecoración de la Asociación del Árbol por Mayor Cantidad de Árboles Plantados, Jesús… Espera, ¿qué dice este? —sostuvo una estatuilla de una bandera coreana dorada con una placa grabada con escritura coreana.

Lo tomé de sus manos y lo apoyé de nuevo en el estante.

—Es… este premio —él esperó con paciencia para que continuara—. Eh, el periódico Coreano Americano local da esto a los estudiantes que obtienen notas perfectas en sus exámenes de admisión —me apresuré a terminar.

—Sip. Okey, estos han sido los cinco minutos más reveladores.

Exactamente. Demasiado reveladores. Sin embargo, a pesar de ver mi locura en la inclemente luz del día, Luca no parecía encontrarlo desagradable, sino más bien divertido. A medida que recogía objeto tras objeto, su sonrisa jamás abandonó su rostro. Lo observé mientras me maravillaba cómo había conseguido vivir la lista sin siquiera intentarlo. Este momento potencialmente vergonzoso era completamente el paso número trece: *Pon al descubierto tus debilidades de una forma desgarradora.* Eso si es que podía considerar mis logros frikis como una vulnerabilidad.

—Eh —murmuró mientras miraba una foto enmarcada.

Era una de Fiona, Wes y yo vestidos para Halloween, el año pasado (piedra, papel y tijeras. Estábamos superorgullosos de esa idea).

—Parece que ustedes sí tienen historia —dijo Luca mientras apuntaba con unos toquecitos al Wes de la foto, que era las tijeras.

Cada parte de mi ser quería gritar "no querría eso ni en un millón de años". Pero mantuve la boca cerrada. No habría daño en prolongar un poco más lo del triángulo amoroso. En cambio, sujeté el brazo de Luca para sacarlo de allí mientras sostenía el estúpido paquete de guisantes sobre mi cabeza.

—Espera, ¿qué es esto?

Quería llorar. ¡Maldito bicho raro y curioso! Ya estaba inclinado sobre mi escritorio, viendo otra foto enmarcada.

—Esta foto es… genial —dijo mientras apuntaba el marco con la foto familiar.

Un recuerdo vago de cuando la foto había sido tomada vino a mi mente: era el viaje en auto camino al estudio, mi papá había insistido en llevar una gorra de repartidor de periódicos y mi madre lo amenazaba con el divorcio si no se la quitaba. Como todas sus peleas, esta había terminado con risas y alguien cediendo. Fue el turno de mi mamá en esta ocasión.

En la foto, estábamos en la clásica pose de pirámide familiar. Mi papá parado detrás de mi madre, que estaba sentada conmigo en su regazo. Mi padre llevaba un suéter color bordó y la gorra gris de repartidor de periódicos, que dejaba ver un grueso mechón de pelo. Sus manos descasaban torpemente sobre los hombros de mi madre y su sonrisa parecía más de dolor que de alegría, una mueca de esas en las que muestras todos los dientes. Yo tenía cuatro años y llevaba un vestido con estampado de gatos, el pelo rizado y atado con lazos de color amarillo brillante, con los ojos cerrados y la boca abierta en medio de un grito como en alguna película muda de terror.

Un verdadero desfile de dolor hasta que enfocabas en mi madre. En medio de todo lo torpe y malo de la foto, el caos se detenía y se congelaba alrededor de su constitución delicada. Su cabello largo y suave enmarcaba un rostro con ojos divertidos y brillantes, y su amplia sonrisa mostraba un conjunto de dientes que nunca habían tenido que usar frenos. La inteligencia y el buen humor emanaban de ella.

–Veo que has heredado los encantos de tu padre –dijo Luca inexpresivamente.

Le pegué. Se hizo a un lado y continuó viendo la foto un poco más. Me miró y sonrió tímidamente, el primer rastro de timidez que veía en él.

–Ella era hermosa.

Lo era. Sentí una opresión en el pecho y el familiar dolor lacerante. No necesariamente porque extrañara a mi madre, lo hacía, pero solo un poco. Mis recuerdos *eran* realmente difusos. Más bien, fue algo que había sentido por mi papá, por la pérdida que nuestra pequeña familia había sufrido hace tanto tiempo.

–Sí, lo era –dije con total naturalidad.

–¿Cómo logró conquistarla tu padre?

–¡De qué hablas! Mi papá es un gran partido –dije, y le di un codazo. Luego me enderecé, y me alejé del escritorio.

–No me malinterpretes, tu papá es genial. Pero tu madre era un bombón. Doctora Bombón –movió sus cejas.

–Sí, bueno, mi padre también era un bombón, en su época. Su historia de amor es ridícula –me senté en el borde de mi cama.

–¿De verdad? Cuéntamela –se sentó a mi lado.

Estábamos sentados cerca y sentí que todos los pelos de mi cuerpo se erizaban. Tenía la mano derecha entumecida de sostener los guisantes sobre mi cabeza.

–Bueno, se conocieron en la escuela secundaria. Ella era la chica más popular e inteligente de la clase. Él era un bruto.

–Guau, ¿novios de toda la vida?

–Sip. Se enamoraron, y claro que los padres esnob y distinguidos de mi mamá no lo aprobaron, así que fue una historia de amor prohibido durante toda la secundaria e incluso cuando ella fue aceptada en la universidad. La enviaron a los Estados Unidos a estudiar Medicina, con la esperanza de que eso terminara todo.

–Guau, eso es extremo –Luca estaba cautivado.

–Un comportamiento parental completamente dramático. Pero no funcionó ya que mi padre trabajó para ahorrar dinero y la siguió. Aquí, a California. Cuando sus padres descubrieron que ellos estaban viviendo juntos, la desheredaron y mi papá trabajó como mecánico para poder pagar el costo de su matrícula. Cuando se casaron, mis abuelos *por fin* cedieron y la volvieron a aceptar.

Siempre usé esos años de abandono en contra de mis abuelos. Los había visto en un par de oportunidades, pero siempre tuve la sensación clara de que yo solo era el recordatorio de algo doloroso para ellos. Me enviaban lujosos productos coreanos de belleza en cada cumpleaños y un cheque, y esa es más o menos toda mi interacción con ellos.

–La historia de tus padres parece sacada de una película –dijo–. Creo que los míos se conocieron en una cita a ciegas.

–Mi padre jamás reconsideró volver a salir con mujeres desde que ella falleció –dejé caer los guisantes de mi cabeza; mi brazo ya se había cansado.

–¿En serio? Guau, debió de haber sido una pena rotunda –dijo con una pequeña sonrisa.

–Tampoco necesita estar con nadie –me encogí–. ¡Me tiene a mí! –reí.

Luca me dio una mirada severa.

Y luego sentí el espectro del viejo coqueteo fallido sobre mí.

–Somos como dos guisantes en una vaina. Felices como almejas –*por favor, no más analogías sobre la comida, Des*–. No necesitamos a nadie más.

Esas palabras aterrizaron en la habitación con un ruido sordo. ¿Qué es más sexy que escuchar a una chica decir que todo lo que necesita es su padre y a *nadie más*?

Cuando por fin reuní coraje para mirar a Luca, su expresión extrañada lo decía todo. La luz solar del atardecer creaba un destello al estilo Michel Bay y casi podía oír una balada romántica coreana sonando discordante como música de fondo.

–¿Estás bien? –me preguntó de repente. Sus ojos oscuros preocupados y sus labios fruncidos.

¡Uy! Creo que me había quedado viéndolo.

–Sip –asentí–. De maravilla –*Puf, ¡¡por qué?!*

–¡Okey dokey, entonces! –Luca rio con su risa ronca y su rostro se trasformó en una sonrisa amplia. Casi una imitación bastante buena de mi padre. Luego sus ojos se oscurecieron–. Lo lamento, debería haber conducido con más cuidado.

–Era imposible que pudieras haber visto esos clavos –mi corazón se sumergió en un mar de culpa–. Así que no te disculpes –dije con voz débil.

¿Era eso sexy? ¿Demasiado sexy? ¡Ah! ¿Cómo hacía esto la gente?

Sus ojos se encontraron con los míos y de repente… de repente se sentía real. No estaba fingiendo esto, la intensidad que estaba sintiendo. Y al diablo si él no estaba disparando esa intensidad hacia mí. La actuación de damisela herida: sagrado y efectivo promotor del romance. *Estaba pasando. El momento del beso. Santo cielo.*

Una ola de calor se coló entre los dos, las vibraciones de los átomos y moléculas de nuestros cuerpos transfiriéndose calor. *Sip, justo como la transferencia del calor, Desi. Muy romántico.*

Y entonces parpadeó. El momento se disolvió tan rápido como se había formado. Él se enderezó, se quitó el gorro y se pasó las manos por el cabello. Un gesto que ahora reconocía como de nerviosismo. Luego una puerta se cerró con fuerza desde abajo y la voz de mi padre hizo eco en toda la casa

–Desi, ¡ya llegué!

Me levanté apresuradamente de la cama.

–¡Appa está en casa! –chillé mientras empujaba a Luca fuera de mi habitación–. ¿Te quedas para la cena?

Luca dudó lo suficiente como para que me sintiera avergonzada. ¿Fue demasiado atrevido? ¿Era demasiado tonto invitarlo a cenar con mi padre y conmigo? Pero antes de que pudiera retractarme, él asintió.

–¡Seguro!

Reprimí una sonrisa mientras bajábamos las escaleras.

PASO 14

¡Calla ~~de una vez~~ tal vez a ese chico con un beso!

CUANDO LLEGAMOS A LA COCINA, MI PAPÁ LAVABA SUS MANOS EN el fregadero.

—Okey, Luca, tu auto necesita una nueva caja de transmisión. Pero, ¡ay, chico! Tiene muchos otros problemas también, perdón que te lo diga. Se ha dañado bastante y ya es un vejestorio, ¿verdad?

—Era el auto de mi madre antes de que yo comenzara a conducirlo —asintió—. Y estoy un cien por ciento seguro de que nunca fue demasiado cuidadosa con él —nos echó una mirada rápida, por alguna razón avergonzado—. Quiero decir, ella no es irresponsable o nada por el estilo, solo que nunca estuvo interesada en cosas como el cuidado de un auto.

—Suena bastante diferente a tu padre —dije mientras sacaba unas cebolletas, carne cortada en pequeñas rebanadas, tofu y huevos del refrigerador.

—Sí, no podrían haber sido más diferentes —replicó y se inclinó de espaldas sobre la encimera mientras asentía con la cabeza.

Abrí la despensa para tomar tres paquetes de ramen.

–¿Ramen? –preguntó con la voz cargada de duda.

–Sip, la comida de los dioses.

Le alcancé una olla a mi padre, quien la llenó de inmediato con agua. Una vez llena, cambiamos los roles: puse la olla sobre el fuego y él tomó las cebolletas y el tofu que yo había sacado antes del refrigerador. Ya había una tabla de cortar lista para él que yo había dejado sobre la encimera mientras él cargaba la olla con agua. Papá comenzó a cortar mientras que yo batía los huevos en un recipiente metálico.

–Ustedes son como una máquina bien aceitada –dijo Luca con admiración. Se enderezó y se quedó de pie en medio de la cocina, viéndonos con indecisión y timidez–. ¿Puedo ayudar?

El Luca servicial y obediente era todo un mundo de encanto.

–Mmm, creo que lo tenemos controlado –miré alrededor mientras batía los huevos. Luego recordé algo. Tomé un huevo hervido de un contenedor de la heladera, aún conservado y frío, y se lo entregué–. Para tu futuro ojo negro –le dije mientras sonreía.

Se tocó el golpe instintivamente y mi padre caminó hasta él para ver.

–¡Eso es solo un ojo negro bebé! Estarás bien, niño rudo –rio fuerte.

Luca se avergonzó de su debilidad por un segundo.

–¿Qué hago con esto? –quiso saber mientras examinaba el huevo con curiosidad.

Mi papá tomó el huevo y lo puso debajo de su ojo, luego reposicionó su mano para que su palma quedara abierta y sosteniendo el huevo en su lugar. Comenzó a rodarlo lentamente sobre el área herida. Luca estaba muy quieto y, a juzgar por su expresión, algo aterrado.

–Remedio al estilo asiático para curar un ojo negro –habló con tono de sabiduría.

Me mordí el labio para evitar reír. Mi papá estaba exprimiendo completamente ese acto oriental antiguo.

–Okey, Appa, creo que ya entiende. Él puede encargarse ahora.

Se encogió de hombros y se apartó de Luca, dejando que se encargara de rodar el huevo por debajo de su ojo de manera incómoda.

–Dado que claramente no soy de utilidad, ¿puedo aprender cómo preparar esta obra maestra? –nos preguntó mientras se me acercaba y dejaba el huevo sobre la encimera. La proximidad de Luca siempre producía una reacción química en mí, me aparté apenas un poco para no terminar hecha una avecilla chillona en presencia de mi padre. Estaba segura de que no encontraba nada inusual en esto: *un chico apuesto al azar pasando tiempo con nosotros, en casa.*

–¿Por qué hacen huevos revueltos? –preguntó.

Hermoso zopenco.

–No son revueltos. Estos van al final con el caldo. Se cocinarán y le darán consistencia a la sopa.

–Me gustan mucho los huevos, pero Desi tiene problemas estomacales si come demasiados –agregó mi papá amablemente, mientras arrojaba las cebolletas cortadas y el tofu dentro del agua hirviendo. Eché las rebanadas de carne después de él.

¿En serio, Appa? Hablemos un poco más de mi aparato excretor. Le eché una mirada furtiva y se encogió de hombros con inocencia.

–¿Lo aprendiste por las malas? –Luca sonrió.

–¡Absolutamente sí! –exclamó mi padre luego de una gran risotada mientras asentía con la cabeza enérgicamente.

Ambos rieron, y yo continué batiendo las claras y las yemas en un frenesí.

–Ja, ja –reí–. Ey, Luca, ¿puedes abrir los paquetes de ramen y luego darme los fideos?

Luca abrió los envoltorios y me entregó los rectángulos de fideos deshidratados.

–Solía comerlos "crudos" como un snack para después de la escuela –comenté con orgullo.

Sentí un coscorrón detrás de mi cabeza.

–Ni me lo recuerdes –mi padre me echó una mirada también.

Reí y luego me enfoqué de nuevo en el ramen.

–Así que observa con atención, jovencito caucásico, así es como haces nuestro ramen súperespecial –eché los fideos en el agua y comencé a romperlos cuidadosamente con ayuda de los palillos. Mi padre rebuscó en el refrigerador y sacó un contenedor con kimchi.

Luca nos observaba atentamente, como si todo este procedimiento realmente le fascinara.

–Usamos solo un poco de estos sobres de sazonadores en polvo –dije mientras agitaba uno, lo abría y lo echaba en la olla–. Vamos a reservar los otros para después –continué y moví el resto de los sobres a un costado–. Lo verdaderamente bueno viene de aquí.

Mi padre inclinó el tarro de kimchi por encima de la olla para que un poco del jugo cayera dentro de la sopa. Todo se hirvió deliciosamente.

—¿Quieres tener el honor de agregar los huevos? —le pregunté a Luca.

Asintió y sujetó el recipiente de metal.

—Espera, ¿lo hago así? —dudó cuando estaba a punto de echarlos.

—Sí, todo, vuélcalo dentro —realmente se sentía bien enseñarle a Luca cómo hacer algo. Ni bien echó el contenido dentro de la sopa, comencé a mezclar todo con los palillos—. Esto está prácticamente terminado; los huevos continuarán con su cocción.

Mi padre ya había comenzado a organizar la cubertería y los cuencos sobre la encimera de azulejos de nuestra cocina, en donde comíamos la mayoría de nuestras comidas.

—¡*Ta-Dah*! Así es como come el extravagante pueblo coreano —apagué la estufa y dejé la olla en ebullición sobre un posafuentes.

—Épico. Realmente —aplaudió Luca.

Hicimos contacto visual y sonreí de oreja a oreja. No pude evitarlo. Él también me devolvió una sonrisa amplia y por un segundo olvidé que Appa estaba a unos pocos centímetros de mí.

—¡Toma asiento, y come antes de que se enfríe! —exclamó mi padre agitando sus manos mientras se sentaba en un taburete al borde de la encimera.

Nos sentamos luego de que coloqué una pequeña guarnición de kimchi como la última pieza.

—¡Salud! —dijo Luca mientras sostenía sus palillos en el aire. Choqué los suyos contra los míos y mi padre se nos unió.

–Gracias por la cena, señor Lee –expresó Luca luego de atar las agujetas de sus zapatos, y le extendió la mano.

–No hay problema. Eres bueno para fregar los platos, así que… ¡puedes venir todos los días! –mi papá comenzó a reír y yo me sumé un poco nerviosa. Ja, ja, Appa. Ja, ja.

–Maneja con cuidado –me dijo con tono serio en cuanto salimos afuera.

–Lo haré –le di una palmadita en el brazo.

Se quedó en la entrada observando cómo nos metíamos en el Buick. Nos saludó con la mano en cuanto salimos del camino de la entrada, la silueta oscura y robusta de hombre contra las luces cálidas del vestíbulo.

Luca le devolvió el saludo y yo reí con un ronquido. Estuvimos en silencio durante el tiempo que manejamos por las calles oscuras, apenas alumbradas en pequeños intervalos por farolas de gas.

–¿En dónde vives? –pregunté.

–En Marisol, queda un poco al norte de la caleta –indicó sacando su brazo por la ventana mientras dejaba que sus dedos se desplazaran ociosamente a lo largo de la brisa–. Tú y tu papá… fue genial presenciarlo.

La radio sonaba suave de fondo, algo como de Johnny Cash.

–¿Qué quieres decir? –quise saber. Mis ojos no se movieron de la calle limpia y ancha.

–Ese tipo de relación. La manera en que son ustedes. Jamás había visto a nadie actuar así con sus padres –su tono indicaba un cumplido, pero había algo triste que colgaba de los bordes de sus palabras, como si esta característica agradable resaltara las cosas malas de su propia vida.

–¿Ves a tu mamá a menudo? –me atreví a preguntar, cuidadosamente. La música cambió a algo que claramente era Elton John.

La brisa azotaba contra el auto, levantando nuestro cabello y nuestras voces. Luca asintió con su cabeza.

–Sí, ella se enloquece si no me ve al menos un par de veces en el mes. Pasé unos pocos días del receso junto a ella –su voz sonaba nostálgica más que molesta, como lo haría cualquier adolescente que hablase de su madre. Me miró–. Apuesto a que lo encuentras raro.

–Lo comprendo. Soy hija única también, ¿recuerdas? No somos raros –me encogí de hombros.

–*Eres* extraña –presionó los dedos índices en el espacio entre su nariz y boca. Cuando habló, su voz salió amortiguada–. Sé que piensas que eres normal, pero eres rara.

–Mmm –jugueteé con la radio.

–Todos son raros, sin embargo. Si no eres aunque sea un poquito extraño, entonces eres *verdaderamente* extraño. En la forma mala. No en la buena.

–Eh, ¿de repente nos hemos drogado sin que lo notara?

–¡Lo digo en serio! –la voz de Luca tomó un tono jovial. Con la guardia baja, estaba siendo completamente sincero. Me recordó a cuando había hablado de su proyecto de arte. La única vez que pareció despierto de su sueño de chico perezoso–. Sabes a lo que me refiero. Las personas que no tienen eso en ellos, son las más aburridas y dan más miedo que cualquier cosa que pueda hacer un bicho raro. Cuando te conocí, pensé que tal vez eras de ese tipo.

–Jesús, gracias –nos detuvimos en la luz roja y pisé el freno de forma abrupta.

–Dije *cuando te conocí*.

–¡Ja! –lo miré–. ¿Y ahora? Luego de verme en mi entorno natural te diste cuenta de que soy especial, ¿un copo de nieve especial?

–Más como que… me doy cuenta de que eres humana. Con muchos trofeos hilarantes.

Estaba segura de que había querido decir *a pesar de* mis trofeos. Pero, cuando lo volví a mirar, Luca sonrió.

–Simplemente aumenta el atractivo.

–¿Ah, sí? –mi pulso se aceleró.

–Sí.

–Es lindo saber que eres un poco extraña. De lo contrario eres tan… –me puse tensa, sabía qué estaba por decir.

–Déjame adivinar… ¿controladora? ¿Recta? ¿Demente?

–Bueno mientras te des por enterada… –sonrió de esa forma maliciosa con la que solo él podía salirse con la suya.

–Escucha, ¿tienes idea de lo que significa estar en control? Hace que las cosas se hagan. ¿Crees que era buena cuando comencé fútbol? No, apestaba. Me tropecé con la pelota toda la primera temporada. Pero me obligué a practicar: carreras matutinas, días pateando el balón contra la cerca, noches estudiando videos en YouTube. Hasta que un día, era buena. Realmente buena.

–Te creo, Des –levantó su mano en defensa–. ¡Tú ganas en el fútbol! Es solo que, quiero decir, sabes que no puedes controlarlo todo. ¿Verdad?

–¿Por qué *todos* dicen eso? Sí que se *puede* –apreté el volante.

–Claro que *no puedes*. Tú de todas las personas deberías saberlo.

El auto se sacudió hacia adelante mientras aceleraba con el cambio de luz verde.

–¿Qué significa eso? –pregunté manteniendo la calma y sabiendo exactamente lo que quería decir: mi madre.

Sentí la incomodidad desde su lado del auto.

–Quiero decir, mira, en la vida suceden cosas. Simplemente enloquecerías si trataras de controlarlo *todo*. Esa energía podría usarse para otras cosas…

La brisa que entraba por las ventanas abiertas me tranquilizó un poco.

–¿Cómo qué? ¿Vivir la vida al máximo? –me burlé.

–Algo como eso… –su voz se fue apagando de una forma extraña. Unos segundos más tarde, apuntó con su dedo por fuera de la ventana–. Ey, puedes detenerte aquí.

El estacionamiento de la playa en el que nos detuvimos estaba vacío.

–¿Vives cerca de aquí? –miré alrededor de las casas enormes alineadas sobre una calle al otro lado de la playa.

–Sí.

Puse el freno de mano y lo miré, pero su cabeza estaba en la dirección opuesta, mirando a través de la ventanilla. Y luego, antes de que pudiera parpadear, en un movimiento rápido y decidido, se quitó el cinturón de seguridad, se inclinó sobre el espacio que nos separaba, tomó mi cabeza y la acercó hacia la suya.

Sus labios rozaron los míos, suaves, un poco ásperos, y cálidos. Mis ojos quedaron abiertos como los de una verdadera heroína de los dramas coreanos. *¿Qué demonios?* Mi mente registraba lo que estaba pasando, pero mi corazón estaba enloquecido, corriendo en círculos. PRIMER BESO, una alarma estridente. MADRE DE LOS DRAGONES, ESTE ES MI PRIMER BESO. ¿Lo estaba haciendo bien? Ay, Dios mío, ¿se suponía que debería abrir mi boca ahora? Espera, primero cierra los ojos, tú maldita rara. Okey, ojos cerrados. Ahora qué, ¿debo respirar? *Aaaaaah.*

Pero entonces todo se detuvo y el mundo enmudeció, las olas se silenciaron y los autos a nuestro rededor desaparecieron. Mi caótico mundo interior se paralizó. Luca y yo estábamos solos, suspendidos en el espacio. Mis labios separados y sus dedos rozando la parte trasera de mi cuello. Todo lo que existía era esa mano y la mezcla de nuestras respiraciones.

Por nada del mundo podría decir cuán largo fue ese beso, pero luego se terminó de la misma forma abrupta como había iniciado. La mano abandonó mi cuello, dejándolo frío. Toqué mis labios con los dedos y levanté la mirada. Nuestros ojos aturdidos se encontraron. Luca parecía estar perplejo por un segundo, las cejas fruncidas, sus ojos pequeños.

Luego se recostó sobre su asiento con una sonrisa, su cabeza aún viendo en mi dirección.

–A veces es bueno ser tomado por sorpresa, ¿verdad?

Luché por encontrar las palabras que coincidieran con la agitación y los zumbidos de mi cuerpo; todo simultáneamente frenético y lánguido. Antes de que pudiera pensar una respuesta, atrajo mi mano sobre su rodilla y sacó un bolígrafo de su bolsillo. Luego de quitarle la tapa con su boca, garabateó algo sobre la piel suave del interior de mi muñeca: su teléfono.

Permanecí callada todo el tiempo y ni siquiera tuve oportunidad de hablar porque lo que hizo luego me dio menos tiempo para pensar, se deslizó fuera del auto, se inclinó para asomar su cabeza.

–Gracias por la cena –dijo antes de marcharse, caminando por la calle.

Había sucedido. Luca y yo nos habíamos besado.

Comencé a reír cubriéndome la boca con las manos, sin poder detenerme. Porque… ¿adivina qué Luca? Lo creas o no, todo *iba* de acuerdo a lo planeado.

PASO 15

Enamórense tierna y profundamente, tanto que dé vergüenza ajena

AL DÍA SIGUIENTE ESTABA SENTADA EN EL FRENTE DE MI CASA mientras miraba mi teléfono celular.

Escribí una sola palabra: Hola.

De alguna manera no se sentía genial y espontáneo. No, era el equivalente de quedarse mirando a alguien, pero en texto. Lo eliminé.

¿Podemos vernos?

Dios mío, demasiado serio.

¿Quieres que hagamos grafiti juntos hoy?

Ja, ja.

Entonces, hablando del proyecto de arte...

Ay, cierra la boca.

¿Por qué no me arrojaba a un pozo para morir una muerte lenta y dolorosa?

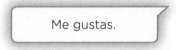

De cabeza a un pozo para una muerte lenta con dos piernas rotas.

¿Qué haría la heroína de los dramas luego de un primer beso imprevisto? Quería relajarme y sentir que había logrado algo, pero recordé la canción de Song-Yi de *Mi amor de las estrellas*, y también cómo, luego del primer beso, su interés amoroso alienígena la evitaba como si fuese la plaga (bien, es cierto, él podía morir si tenía contacto físico. Pero aun así).

Era sábado, así que no vería a Luca ni por casualidad. Pero no estaba segura de sobrevivir al fin de semana sin saber en qué diablos pensaba. ¿Le gustaba? ¿Sentía pena por mí? ¿Se trataba solo de *deseo*? Me sonrojé al pensarlo.

Comencé a escribir a Wes y Fiona para obtener un consejo erudito y maestro sobre los besos, pero caí en la cuenta de que la conversación se convertiría en un desfile obsceno de bromas y opiniones. Les contaba todo a mis mejores amigos, pero el beso con Luca era demasiado reciente y especial como para compartirlo con ellos.

Eché un vistazo a mi lista de pasos de los dramas coreanos, la cual estaba a mi lado sobre el escalón de la entrada. Maravillosa, maravillosa lista de los dramas. Tú que me has ayudado con mi primer beso. Mmm, los pasos que quedaban eran posteriores al beso, hablaban de todas las cosas felices y sentimentales que debería seguir.

Así que necesitaba hacer que aquellos sentimentalismos ocurrieran. *Solo hazlo, Des.* Enderecé la espalda y comencé a escribir:

> Ey, ¿qué haces?

Presioné enviar. Luego metí la lista dentro del bolsillo de mis pantalones cortos y comencé a jugar con la pelota de fútbol en mi patio trasero. No iba a quedarme sentada esperando un mensaje de un chico.

Estaba balanceando la pelota sobre mi rodilla cuando sentí una vibración en mi bolsillo.

La pelota cayó sobre el césped. Era un mensaje de Luca:

> Trabajando en mi proyecto de arte,
> ¿te gustaría acompañarme?

Mi corazón se catapultó desde mis costillas hasta llegar al cuello. Debería esperar un poco para…

> Claro, ¿en dónde pintaremos hoy? ☺

Pienso que es completamente genial que tu padre te lleve a una cita, cuando tienes diecisiete.

–¡Adiós! –cerré la puerta y lo despedí con una gran sonrisa cargada de dientes mientras agitaba la mano para que se marchara. Sin embargo, el auto continuó inmóvil mientras mi padre me miraba.

Vi a mi alrededor pero Luca no estaba, solo había un par de turistas.

–Okey, Luca se reunirá conmigo dentro de la misión –exclamé animadamente. No quería que presenciara ningún tipo de saludo incómodo que pudiera tener con Luca luego del beso.

–De acuerdo, diviértete. ¡Te recojo a las seis! –y con eso se marchó, mientras me saludaba con la mano fuera de la ventanilla.

Miré de reojo al Buick, preguntándome si su actitud relajada era fingida y por dentro estaba enloqueciendo debido a que su preciosa hija saldría con un chico. O tal vez mi escasez general de novios hacía que mi padre confiara en mí en niveles vergonzosos.

Me dirigí camino arriba a la Misión San Juan Capistrano, un hermoso complejo de estilo español construido en el 1700, que estaba bastante conservado. Tenía las ruinas de una capilla y una plaza de jardines exuberantes. Una vez que estuve en la piscina de lirios, saqué mi teléfono para enviar un mensaje a Luca.

–Hola.

–Hola –levanté la vista con una sonrisa producto del sonido de su voz.

Cuando me acerqué a Luca, pude oler su colonia, lo que me hizo sentir extrañamente halagada. No había rastro del chaleco inflado en este inusual día cálido de enero, su atuendo se reducía a una playera, pantalones de jean, Vans negras, el gorro que era parte de su uniforme (y, por supuesto, una mochila repleta de pintura en aerosol). Más de cerca, pude ver una espinilla o dos en la quijada de su –a pesar de ello– rostro perfecto. Y aunque pueda parecer extraño, esas dos espinillas me relajaban. Como si dijeran "Oye, tampoco somos perfectos". Además pude notar que su ojo negro de ayer ya se había casi decolorado; me sentí aliviada.

Pensé que sería un momento incómodo y cargado de timidez, o que quizás él actuaría como si nada hubiera pasado y volveríamos a ser amigos. Sin embargo, todos esos miedos se desplomaron de inmediato cuando se apresuró para tomarme la mano

–¿Lista? –preguntó.

¡Ah!

Esta es la cuestión: un beso es lo máximo, lo entiendo. En los dramas coreanos se tardan mil millones de capítulos para llegar a él, y luego se repite una y otra vez desde cincuenta ángulos diferentes. Y el beso es tan puro y discreto que casi es cómico en comparación a lo que la audiencia típica de Occidente está acostumbrada: besos con la boca abierta, acompañados de respiración pesada y manos. Pero los dramas entienden también la importancia de la dulzura del momento. Y toda la anticipación: el cortejo. En toda esa cantidad de episodios se construye una tensión tan tirante que cuando los labios se encuentran, ya estás *muriendo*. Como sea.

El beso de anoche se sintió así. Pero fue tan repentino porque, a pesar de toda mi planificación, no lo hubiera anticipado en ese momento. Así que luego de una noche de agonizar sobre lo que ese beso había significado –si era que Luca gustaba de mí o si se vio atrapado en algún tipo de situación– estar ahora tomados de la mano producía el mismo subidón de adrenalina a mi corazón galopante. Además, tomarse de la mano no era algo que uno hacía por la emoción del momento, era una acción que realizabas mientras *pensabas*, tenía un propósito: declarar de forma pública el tipo de relación entre ambos.

–Entonces, eh, me preguntaba, ¿no vamos a pintar la misión, cierto? –quise saber mientras atravesábamos la multitud. Su silencio hizo que me paralizara a mitad de un paso–. ¡Luca! –grité.

–Por momentos eres muy inocente, ¿qué tipo de monstruo crees que soy? –apretó mi mano.

–Bueno, tú pintarrajeas propiedad privada.

–Entonces, ¿sería uno a medias?

–Sí, mitad monstruo –mi sonrisa casi abría mi cara en dos.

Me llevó lejos de la misión, hacia la pintoresca estación de tren de San Juan Capistrano y nos detuvimos delante de una puerta cubierta de enredadera fucsia.

–¿Qué pasa si nos atrapan? ¿No estabas en libertad provisional? –de repente me sentía un poco nerviosa.

–No te preocupes, este lugar está completamente oculto –movió el pestillo y se deslizó a través de la puerta llevándome consigo.

–¡Oigo un tren! –sentí y escuché el retumbo que venía que algún lugar no muy alejado. Apreté la mano de Luca, o mejor dicho, eso intenté. Para ser honestos, en esta instancia nuestras manos ya estaban lo bastante sudadas.

–Tienes razón. Vayamos por aquí –dijo mientras me jalaba hacia las vías.

–¡Luca! –tiré de su mano hacia mí y me quedé completamente inmóvil.

–¿Qué? –me miró con sorpresa genuina.

–No puedes… ¡no puedes cruzar las vías!

–¿Por qué no?

Había una lista de razones. Antes de que pudiera responder Luca soltó mi mano y saltó a las vías en pocos segundos. El ruido se hizo más fuerte mientras Luca me esperaba del otro lado haciéndome señas para que cruzara.

A la mierda.

Tomé carrera y salté con agilidad sobre las vías, aterrizando del otro lado, justo en los brazos extendidos de Luca. Me envolvió fuertemente en ellos y me acomodé en su pecho como si fuera la cosa más natural en el mundo.

–Hola –su voz era tranquila, pero podía notar su sonrisa incluso sin verla.

–Hola. Para un debilucho, seguro que no te importa ponerte en el peligro.

El tren pasó zumbando y mi trenza larga se desarmó en mechones que azotaron nuestros rostros. La tierra vibraba debajo de nuestros pies y, esta vez, me estiré en puntillas y rocé mis labios con los suyos. Suave y un poco indecisa. Él me besó igual de suave, con un poco más de presión al final.

Y cuando el tren ya había pasado, no quedó más que el silencio.

Apoyó su frente sobre la mía y juro que no podía sentir mis pies. ¿Tenía pies?

–Síí. Me gustas –exhaló.

Oí las palabras pero no las pude registrar.

–¿Eh? –mi voz salió anormalmente alta.

–Desi. Tú, adorable nerd. Me gustas.

–¡Qué romántico! –lo empujé mientras sonreía. No podía dejar de sonreír y me cubrí la boca con la mano para ocultarlo.

–¿Eso es todo?

–¿Todo de qué?

Se me quedó mirando.

Oh.

–Como sea, ¿en dónde está este grafiti sobre el que vamos a *grafitear*? –obtuve más silencio como respuesta mientras caminaba delante de él, fingiendo que buscaba el lugar para pintar–. ¿Está en alguna pared o tal vez en alguna maquinaria del ferrocarril…? –dejé que mi voz se apagara. Exprimiría esto por todo lo que valía. Entonces algo golpeó mi espalda. Algo contundente y un poco pesado. Giré para ver a Luca de pie en el mismo lugar, sosteniendo un aguacate pasado. Tenía muchos alrededor de sus pies, blanquecinos y asquerosos de haber estado días bajo el sol.

Abrí la boca para hablar, pero la cerré rápidamente. *Déjalo pasar.* Me volteé y sentí otro golpe, esta vez en mi trasero.

–¡Qué asco! ¡Manchará mi ropa! –aullé.

Tomó otro del montón y llevó su brazo hacia atrás como si estuviera preparándose para arrojarlo. Chillé y me corrí del camino. Luca comenzó a perseguirme, bombardeándome con los aguacates, que aterrizaban en mi brazo o en mi espalda. Corrí hasta un matorral de enredaderas y árboles de roble, lo suficientemente alejado de las vías de tren.

Me escondía allí, mientras recuperaba el aliento, con mis ojos intentando ajustarse a la oscuridad cuando sentí que unas manos me tomaban de atrás.

–Dije que me gustabas –su voz sonaba amortiguada mientras sus labios se movían entre mi cabello.

–También me gustas –agité mi cabeza, sintiendo cómo la parte superior se frotaba contra su rostro.

Y así fue. Esas simples palabras pusieron el punto final a unas semanas complicadas. Los pasos de los dramas coreanos *funcionaron*. El alivio nervioso mitigó la presión de toda esta conspiración.

–Intenté resistirlo, ¿lo sabías? Cuando tuve que mudarme aquí, todo lo que quería era superar estos pocos meses sin ningún tipo de conexión, mucho menos una novia –confesó y sentí como sonreía contra mi pelo.

–¿Novia? –pregunté mientras me volteaba y, aunque ya se había puesto oscuro, pude ver su expresión de felicidad por un instante.

–Ah, ¿tú no… no puedes salir con alguien? O… –quiso saber.

Chillé mentalmente a través de un megáfono tan grande que el sonido hacía eco hasta el espacio, alcanzaba Plutón, y luego regresaba a la Tierra.

–Yo… no… quiero decir… –respondí de forma inarticulada.

¿Cómo le decía a este chico guapo que nunca antes había tenido un novio? Probablemente su primera novia la tuvo a los tres años. El señor Darcy de la escuela Monstessori.

Pensé en cuán adorable era cuando en los dramas las heroínas eran inexpertas en el amor, como Hang-Ah de *Rey 2 Corazones*. El príncipe enloquecía al descubrir que esa dama fuerte y atractiva era tan inocente.

—Para ser honesta, nunca antes había salido con alguien –tragué saliva.

Y ahí estaba. La cruda verdad en todo su humillante esplendor. Esperaba verlo boquiabierto, algo de incredulidad o tal vez alguna risa burlona. Sin embargo, Luca se mordió el labio inferior y me miró de esa manera inescrutable tan propia.

—¿Soy tu primer novio? –preguntó.

Apenas podía... ¿novio? ¡Tan irreal!

—Sí –respondí con sencillez.

—¿Y qué hay de Wes?

AymiDios. Mantuve mi cara de póker.

—No, eso no fue algo importante.

—Entonces... –hizo una pausa–. ¿Soy tu primer novio?

—Sí.

—Nerd –dijo antes de besarme en la frente.

PASO 16

Elige tu balada romántica para ponerla al máximo, ¡una y otra vez!

Esa noche ni Luca ni yo pudimos dormir.

Porque estuvimos hablando. En el teléfono.

Eché un vistazo al reloj. Eran las 4:34. Tenía la manta envuelta en mis piernas mientras me enterraba más en mi cama. Cambié mi cabeza de posición para que el teléfono móvil no se marcara demasiado en la mejilla.

—¿Qué haces ahora?

—Mmm, más o menos lo mismo que hacía cuando preguntaste hace una hora —me reí.

—No lo sé, podrías haber comenzado un plan de reforestación en la ciudad en esos quince minutos —su voz se oía áspera desde el otro lado de la línea

—Es cierto. ¿Qué haces *tú*?

—Estoy… acabo de pasarme al suelo —escuché un sonido sordo del otro lado.

—¿Por qué?

—Mi cama se calentó demasiado.

Las visiones de un Luca acalorado en su cama fueron suficientes para que pateara por completo las sábanas fuera de la mía.

–A mi papá también le agrada dormir en el suelo a veces –dije.

–Por alguna razón eso no me sorprende.

–No se debe a la excentricidad. Se crio durmiendo en el suelo. Muchos coreanos aún lo hacen, y no porque no puedan pagar las camas, sino porque lo encuentran más cómodo –sonreí.

–Apuesto a que mi madre probaría esto. Hace esta cosa que se llama *grounding*. ¿Habías oído algo?

–Eh, sé lo que significa en física, pero dudo que sea lo que tu madre hace –me acosté sobre mi espalda.

–¿Qué significa en física?

–Bueno, es esta forma de remover el exceso de carga de un objeto por medio de una transferencia de electrones entre este y otro objeto de un tamaño superior… –pude oír su ronquido fingido–. ¡Oye! Muestra señales de vida, amigo.

–Ay, uh, ¿qué estabas diciendo? –dijo haciendo un sonido falso de desconcierto, como si lo despertaran por sorpresa.

–Como sea. ¿Qué significa el *grounding* según tu madre?

–Es algo bastante asombroso. Una práctica de la que tú, por supuesto, te burlarás. La idea es que camines descalzo afuera varias veces en el día, para tocar, literalmente, la tierra. La gente cree que trae beneficios.

–Ay, por favor, cuéntame sobre esos beneficios.

–Casi puedo sentir tu regocijo por el teléfono. De todos modos, el beneficio principal es que la energía eléctrica de una planta va al suelo y luego directamente a tu cuerpo –hizo una pausa–. ¿Entiendes? Así que todos estos beneficios para la salud provienen de tener una recarga de la energía buena y natural de la tierra en tu cuerpo.

–Bien, ¿como qué?

–Mejora el flujo sanguíneo, ayuda con la fatiga, la falta de sueño, las inflamaciones y, eh, podría eliminar la diabetes –comencé a sacudirme de cuerpo entero por la risa mientras presionaba la mano contra mi boca. Luca lo notó–. ¿Estás ahí? ¿O estás escribiendo a todos los periódicos líder en medicina sobre esto?

–Aquí estoy. Guau. *Grounding*. Todos los días se aprende algo nuevo.

–Creo que mi madre está demente.

–No lo sé. Ella parece interesante –me encogí de hombros aunque él no pudiera verme.

–Sí, sí lo es. Hemos pasado muchas cosas juntos. Comparada a otras mamás, estoy seguro de que puede parecer un poco excéntrica. Pero siempre fuimos los dos contra el mundo –hizo una pausa y escuché su respiración–. Aunque a veces sienta que intercambiamos los roles parentales. Quiero decir que la cuido tanto como ella me cuida. ¿Eso hace que ella se vea mal?

–No, te entiendo, claro que mi padre está a cargo y ha hecho de todo por mí –bajé la voz aun sabiendo que ni por casualidad mi papá estaría despierto–. Pero me gusta pensar que yo también he cuidado de él durante todos estos años.

–Y lo has hecho. Quiero decir, casi todo lo que haces es por tu padre –esta vez sí bostezó.

–¿Qué quieres decir? –bostecé también, con los ojos cerrados.

–Lo que dije. Eres como un pequeño helicóptero cuidándolo. ¿Existe algo como hijas helicóptero?

–¿De qué hablas, bicho raro? –murmuré apenas registrando lo que me decía–. Creo que esto se está poniendo… delirante.

–Tú, yo no. Estoy tan despierto como… –un bostezo enorme–… como un café.

–¿Despierto como un café?

–Sí, ya me oíste.

Comencé a reír, y escuché que la puerta de la sala se abría. Me paralicé.

–Uh-uh, mi papá está despierto. Creo que me tengo que ir en serio.

–Nooo… hazte la dormida.

Los pasos pesados de mi padre se oyeron sigilosos detrás de mi puerta, luego se detuvieron. Deslicé mi teléfono bajo la almohada con un movimiento veloz. La puerta se abrió y solo cerré los ojos. La luz brillante del pasillo envió halos difusos hacia mis párpados. No moví un solo músculo hasta que escuché que la puerta se cerraba de nuevo. Una vez que estuve segura de que mi padre estaba de vuelta en su habitación, tomé el teléfono.

–¿Luca? –susurré.

No hubo respuesta.

–¿Luca?

Luego de unos pocos segundos de silencio, escuché su respiración suave.

–Dulces sueños –susurré y sonreí antes de dormirme con la respiración de Luca de fondo.

ME QUEDÉ ALLÍ PARADA Y APRECIÉ EL TRABAJO DE LUCA.

Era avanzada la tarde del día siguiente y estábamos de vuelta en las vías de la estación de ferrocarril cerca de la misión, de alguna manera de pie luego de unas pocas horas de sueño. Luca no había podido terminar antes de que mi padre me recogiera ayer, así que accedí a reunirme con él hoy. Su "lienzo" era la pared de una pequeña choza en ruinas que él había encontrado en una de sus búsquedas de buenos grafitis. Estaba oculta de los trenes que pasaban por una pequeña arboleda de robles y eucaliptos. El otro lado de la choza daba a un campo abierto, que era parte de una reserva natural. El sol de la tarde transformaba en oro a las puntas de los pastos largos. La temperatura descendió de repente y el aire tomó una esencia metálica.

Cuando la vimos por primera vez ayer, la pared ya era una reliquia maestra del grafiti. Daba la impresión de que cada grafitero del Condado de Orange había visitado este lugar en algún momento. Capas y más capas de color: palabras, animales pequeños, símbolos. Todo revuelto y abarrotado en ese pequeño espacio.

Así que cuando Luca empapó la pared con solvente, casi me dio un ataque al corazón. Pero me mantuve callada, sentada y observándolo en su trabajo. El grafiti había comenzado a borronearse y gotear, creando una masa de colores arremolinados.

Luego tomó la pintura en aerosol negra y comenzó a cubrir la pared en grandes franjas, dejando el centro visible en una forma suave y circular. También dejó partes visibles alrededor de ese círculo, para que el color se asomara como formas con bordes difusos. Finalmente, tomó pinturas de color plateado y dorado, y pintó sobre el negro con pequeños salpicones y puntos.

Cuando terminó, tenía en frente un universo.

–Nebula –me corrigió.

–Eso es bastante específico, chico arte –levanté una ceja.

–Esto es algo en lo que no puedes ganarme, nerd.

–¿Qué?

–El espacio.

–Como, ¿todo el espacio?

–Sí, como todo lo que está fuera de este diminuto e insignificante planeta. Todo eso –dijo mientras apuntaba al cielo. Con los ojos mirando hacia arriba, la mirada de Luca se volvió lejana y reconocí en ella la expresión de mi padre cuando me hablaba de su drama favorito del momento–. El espacio es…

–¿La última frontera?

–Sí. Larga vida y prosperidad –me miró con una sonrisa de oreja a oreja.

–¿Alguna vez deseaste ser astronauta cuando eras pequeño?

–Sí –la más veloz de las respuestas.

–¿Por qué renunciaste a ello? –quise saber mientras imaginaba a un Luca pequeño mirando al espacio. Casi muero de la sobrecarga de ternura.

–Descubrí que debía ser bueno en matemáticas –una ligera vacilación y luego me atrajo hacia sí para cubrirme con un gran abrazo.

Mmm, matemáticas. Brazos. El aroma al jabón de Luca.

–Entonces, aguarda… ¿cuándo es la fecha límite para la solicitud de la beca? Adivino que esta cosa del grafiti va a estar incluida –pregunté elevando mi rostro para verlo.

–Bueno, la fecha límite era, de hecho, hasta noviembre, pero logré incluir algo del grafiti –Luca asintió, con los brazos entrelazados por detrás de mi espalda–. Luego de romper con Emily hice *demasiados* grafitis. Así que esos antiguos llegaron justo a tiempo para la solicitud.

–¿Qué hay con la beca? Parece como si todo dependiera de ello.

–*Todo* depende de ello –me dejó ir, dio un paso atrás y miró con intensidad la pared nebulosa–. Es algo grande, de hecho, la más grande de las becas en el país. Pagará básicamente la mitad de mi colegiatura… para lo demás puedo solicitar préstamos.

–Espera, ¿qué? ¿La *mitad* de tu colegiatura? –pregunté boquiabierta.

–Sí, todo si mantengo mis calificaciones cada año. Algún donante anónimo y superadinerado lo está haciendo.

–¡Eso es demasiado! –escupí–. Hay algunas becas grandes para las ciencias, seguramente, pero están respaldadas por grandes compañías farmacéuticas y, quizá, ¡fabricantes de armas!

–Bueno, ya sabes, también hay dinero en el arte –Luca rio.

–Jesús, ¡ya lo creo!

Todavía estaba haciendo los cálculos para saber cuánto costaban las escuelas de arte privadas, cuando Luca tomó una fotografía de la pared.

–La locura es que lo anunciarán el día del show, en la galería. Un momento justo y cósmico, ¿cierto? –me preguntó mientras guardaba su teléfono.

–Guau, sin dudas. ¿Estás nervioso? –quise saber mientras lo ayudaba a recoger los elementos.

–¿Tú qué crees? –levantó la mochila con una amplia sonrisa.

Palpitaciones.

–Lo conseguirás –dije convencida–. Créeme.

–Gracias por tu exceso de confianza. Ahora demos un paseo en tren –se estiró para tomarme de la mano.

Nos subimos al siguiente tren con rumbo a San Diego, unas paradas más al sur, en donde asistiríamos a un concierto. El tren dio una sacudida y tuve que sujetarme de Luca para evitar caerme.

–¿Estás bien? –bajó la mirada hacia mí.

Su preocupación de novio hizo que me sonrojara y tomé su mano mientras caminamos por el vagón para encontrar asientos.

Cuando nos sentamos, un silencio confortable se instaló entre los dos.

Miré a través de la ventana, y vi pasar zumbando el océano y la vegetación. De repente me di cuenta qué otra cosa veríamos al pasar.

–Oye, chico grafiti, mira por la ventana –le di un codazo.

–Chico grafiti –habló entre dientes mientras estiraba el cuello hacia mi lado para hacer lo que le pedía.

Estábamos pasando un muro largo de bloques de concreto, pero luego de unos segundos, clavé mi dedo en la ventana.

–¡Mira! ¡Los tres capullos!

Pintadas en una fila de tapas de drenaje fluvial había tres caras felinas coloridas y ligeramente grotescas, cada una con una sonrisa cargada de dientes: uno de los gatos usaba gafas de sol, otro tenía una mancha gigante y el último tenía los ojos felizmente cerrados. Suspiré con alegría y los observé hasta que se volvieron formas borrosas en la distancia.

Cuando por fin me giré para ver la reacción de Luca, lo encontré con los codos sobre sus rodillas, viéndome con una expresión de maravilla burlona.

–¿Qué? –la sonrisa se esfumó de mi cara.

–Creo que *yo* debería ser el que haga las preguntas. ¿Por qué rayos estabas tan emocionada? ¿Esos gatos?

–¡Sí! Cambian cada tanto, pero han estado ahí por siempre. ¿No son asombrosos?

–Sí… ¡tan prolijos y provocadores! –exclamó mientras intentaba ocultar una sonrisa compasiva.

Me recliné en mi asiento y evité su mirada con altanería.

–Como sea, son una institución. Cuando era pequeña, siempre esperaba localizarlos cuando conducíamos hacia San Diego por la Interestatal 5 –asentí con la cabeza hacia la ventana mientras pasábamos por la autopista y el embotellamiento al otro lado de las vías.

–Eso es dulce –Luca aún sonreía.

Y de repente cambié abruptamente de tema, porque no sabía más como plantearlo.

–Entonces, ¿cuál es el problema con Emily?

Hizo una mueca de dolor y me mordí el labio, arrepentida por haberlo dicho bruscamente.

Dio un golpecito con su pulgar en mi palma antes de comenzar a hablar.

–Estaba… enamorado. Ella era mi primera novia y hacíamos buena pareja en muchos aspectos. Nos unía lo de nuestras familias complicadas. Obviamente, para los dos, el arte era una liberación catártica de nuestras mediocres vidas familiares –dijo con tono seco.

Enamorado. Primera novia. Ajá. Me vi atravesada por un ataque de celos inesperado, pero apreté su mano para alentarlo a que siga hablándome.

–Pero ella también estaba tan… llena de mierda. Al comienzo, estaba tan metido que realmente no lo notaba, ¿sabes? Pero captaba pequeñas señales aquí y allá. Era muy buena para manipular a los demás, para salirse con la suya mientras montaba la escena de la chica rica herida, o solo con un batir de sus pestañas.

Manipuladora. ¿Y como le llamas a seguir una serie de pasos para lograr que un chico guste de ti? Dejé de respirar por un segundo y un frío se escurrió desde mi cuero cabelludo hasta los pies. Pero *no*. Emily era diferente… Ella lastimó a Luca. Mi lista de dramas coreanos solo existió para ponernos en la misma página. Para que Luca y yo tuviéramos una oportunidad. Y funcionó. Barrí el terror a un lado y continué escuchándolo.

–Al final, solo era uno más de los tantos idiotas que caían en su actuación. Solo estaba usándome, sabía que aceptaría la culpa por ella si alguna vez la atrapaban haciendo las pintadas. Y ni mencionemos, además, que le atraje una tonelada de atención en las redes.

–Según Wes, tú eres famoso en Tumblr –pateé su pie de forma juguetona.

–Sí, no tengo idea de cómo sucedió. Como sea, una vez que me arrestaron me di cuenta de todo. La venda que había llevado todo ese tiempo se cayó. No era más que una oportunista mentirosa. Así que…, no he tenido una buena opinión sobre las novias desde ese entonces.

Otra vez tuve que deslizar esa sombría sensación de culpa a un lado.

–Eso es bastante drástico, juzgar a todas las chicas por la falsedad de una cretina.

–No *todas* las chicas, supongo –se inclinó hacia mí, con su boca a centímetros de la mía.

–Bien –susurré y me dejé caer sobre mi asiento.

Miré por la ventana, la hierba alta pasaba volando, con una franja azul del mar a lo largo. Me di cuenta de que era el momento perfecto para el clásico movimiento de drama coreano en donde te quedas dormida sobre el hombro de tu interés amoroso. Canalicé con mi héroe de los dramas de este momento: Jin-Gu de *Nueve niños más*. Cuando él toma el mismo autobús que la chica que le gusta y pone su cabeza sobre su hombro ni bien ella se duerme. Luego de unos minutos tomé aire y me armé de valor para dejar caer mi cabeza sobre el hombro de Luca.

En un momento dado, me moví ligeramente en mi asiento y froté la mejilla en su hombro, haciendo que mi cabello se deslizara sobre mi rostro y su brazo. Pero entonces mi cabello comenzó a hacerme cosquillas en la nariz.

De acuerdo, solo mueve tu mano hacia arriba, como si estuvieras desmayada y no te dieras cuenta de lo que tu cuerpo está haciendo, luego quita ese estúpido mechón de cabello de tu nariz... y en cuanto mi mano se movió sobre mi regazo a unos pocos centímetros del largo trecho que tenía hasta mi nariz, la mano de alguien más tocó mi rostro.

Su mano tocó el mechón de pelo que se extendía sobre mis ojos y el puente de mi nariz, luego juntó el cabello y lo movió suavemente a un lado, sus uñas cortas rozaron mis mejillas.

Cambia el tren costero por un metro en Seúl, y cuando el tren atraviesa una de las estaciones en el corazón de la ciudad, la cámara captura dos figuras detrás de una de las ventanas. Una chica profundamente dormida en el hombro de un chico. Él la mira con emociones conflictivas que revolotean su rostro: ternura, irritación, compasión y, por último, sumisión.

Balbuceé un sonido típico del sueño, me pegué más y acerqué mi pierna derecha a la altura de mi torso de modo que mi cuerpo quedara acurrucado sobre su costado. Sentí la respiración de Luca acompasada con la mía mientras viajábamos a lo largo de la costa.

PASO 17

Que los mundos colisionen para que haya un poco de distensión cómica

LA SEMANA SIGUIENTE SE PASÓ VOLANDO. TAN SOLO SE MANTUVO totalmente en foco el tiempo que pasé con Luca. Luca esto y Luca aquello. Estaba en modo Bella Swan: obsesionada con mi chico.

¿Y saben qué? Era algo agradable. ¿Tu vida debe girar al rededor de un chico? No. PERO, y se trata de un enorme PERO, cuando has pasado casi dieciocho años sobre este planeta preguntándote quién sería tu primer novio y de repente ahí está, es increíblemente genial.

Algunas cosas maravillosas:

⊀ Existe una persona que cree que mis gráficos con códigos de colores para regar todas las plantas de mi jardín son fascinantes. Y esa persona no es mi padre.

⊀ A pesar de ver mis poros desde cerca, Luca sigue mirándome maravillado mientras murmura "tan linda".

⊀ Tener a alguien que te ayude a cargar cosas pesadas, incluso cuando técnicamente él no es más fuerte que tú.

✦ Escuchar música y de repente comprender el significado de todas las emociones en todas las canciones.

✦ Compartir tus cosas favoritas con alguien nuevo, y que todo eso que habías amado tome otra nueva y fresca perspectiva.

✦ Que todas las cosas te recuerden a él: el ramen, los lápices, las playeras, el hielo, tu casa, el Buick, tu cama, las enredaderas, el océano, respirar.

✦ Encajar perfectamente en el espacio negativo del cuerpo de otra persona.

✦ Sentirse como el centro de la vida de alguien más, y que ese alguien espere a que te despiertes para poder enviarte los buenos días por mensaje con un gif gracioso de algún gato.

Y eso es solo la punta del iceberg, estoy segura.

La noche del sábado, le envié un mensaje de texto algo nerviosa:

> ¿Aún no te has ido?

A los pocos segundos:

> Me estoy yendo ahora. Déjate los pantalones. O no.

Solté una risita. Últimamente había montones de risitas, déjenme decirles. Estaba nerviosa porque nos encontraríamos en una fogata con mis amigos. Y a pesar de haber estado juntos durante una semana, esta sería nuestra gran "aparición en público" juntos, como una pareja. Ya nos habían visto tomados de la mano y casi besuqueándonos en la escuela, pero de alguna forma extraña yo sentía que estábamos "confirmándolo" en este evento. Sería la primera vez que él saldría con mis amigos. Todos habíamos estado ocupados y yo básicamente me había escabullido con Luca durante los almuerzos, en cada oportunidad que tuve.

Siendo franca, estaba nerviosa por la Gran Reunión. Mis mejores amigos... Dios, los amaba, pero podían ser un dúo odioso y criticón. Una vez Wes llamó Chico Artista Perturbador a Luca y se burló de él eternamente. Fiona... bueno, ella solo odia por defecto a todos los que no conoce. Ambos se emocionaron cuando descubrieron acerca del beso y los subsecuentes momentos de sentimentalidad, pero también se mantuvieron cautelosos, como si no pudieran terminar de creer que lo había conseguido. No podía culparlos. Además, tenía que recordarles miles de millones de veces que no lo llamaran Won Bin por accidente.

Fui directo a la cocina en donde mi padre limpiaba el refrigerador. Apenas se le veía la cabeza y la parte superior del cuerpo mientras refunfuñaba al acomodar las cosas con unos guantes de goma rosados.

—¿Cuántas sobras vas a traer a casa y nunca las comerás? —demandó mientras me arrojaba una caja llena de frituras húmedas.

—Si tuviésemos un perro podríamos dárselas —la tiré al cesto de basura que estaba al lado de mi padre luego de atraparla con habilidad.

—¡Ningún perro!

Suspiré y me acerqué a la despensa para quitar el polvo de la canasta de pícnic que guardábamos allí. Luego de que tres de mis jerbos murieran consecutivamente, acordamos que tendríamos una rígida política de cero mascotas en la casa. Sin embargo, durante los últimos meses había estado fastidiando a mi papá para que tengamos un perro, lo cual él, con seguridad, encontró descon- certante. Odiaba la idea de dejar a mi padre solo luego de que partiera para la universidad.

–Un perro sería muy bueno para correr a Señor –lo engatusé.

Señor era el gato del vecino y el némesis de mi padre. Vivía cagando en los lechos de cultivo y dejando ratones muertos en nuestra puerta. La expresión que puso indicaba que estaba defini- tivamente contemplando esa ventaja por un momento.

–¿A dónde era que ibas? –se enderezó y con la ayuda de su antebrazo se quitó un mechón de cabello de sus ojos.

Comencé a rellenar la cesta con algunos alimentos para la fo- gata: salchichas, malvaviscos, galletas, chocolate y algunos pepi- nillos por si acaso.

–A la playa, a una fogata.

–¿Qué playa?

–Dunas Vista –respondí obedientemente–. Estaremos allí con Fiona y Wes y muchos otros chicos de la escuela. Llama a la policía si no llego después de la medianoche.

–¿Tan *tarde*? –aulló de forma cómica mientras vaciaba una le- che cuajada en el fregadero.

–Sip –triné mientras ponía servilletas dentro de la cesta.

Quitó los cajones de vegetales del refrigerador e inspeccionó su contenido con indecisión.

–Okey –respondió amigablemente–. ¿Luca conducirá el auto de su padre?

El auto de Luca todavía estaba en el taller mecánico de mi papá.

Aparentemente tenía muchas cosas que fallaban y ya sospechaba que mi padre estaba prolongando el arreglo como algún proyecto personal. Amaba los Honda Civic de esa época.

–Sip –mi teléfono sonó justo en ese momento–. Es él, Appa, tengo que irme –corrí y golpeé su trasero con mi canasta–. No te aloques demasiado con los utensilios de la cocina esta noche.

Murmuró algo sobre mí siendo una mocosa y continuó arrojando todos los vegetales pasados en el bote de la basura.

Salí afuera y vi un pequeño BMW al ralentí sobre mi entrada para el auto. Luca bajó la ventanilla del conductor y sacó la cabeza.

–¿Qué onda, nena, te gusta mi carroooo? –gritó.

–Eres perturbadoramente bueno en esto –me arrastré en el pequeño asiento de copiloto, deslizando la cesta entre mis pies.

Se inclinó enseguida para besarme. Mi piel vibró, cada parte de mi cuerpo se puso en alerta y con vida.

–Hola –saludé, incapaz de borrar la sonrisa de mis labios.

–Hola –y sonrió como respuesta.

O sea…

Manejamos sin necesidad de hablar al ritmo de los Beach Boys. ¿Nos tomamos de la mano durante el viaje? Sí.

Aparcamos en una zona cercana a la playa, completamente iluminada y repleta de coches. La oscura línea costera estaba salpicada de hogueras resplandecientes. Al parecer todo el colegio había asistido a la playa.

–¿Listo para iniciarte en el libertinaje de la Preparatoria Monte Vista? –puse énfasis en la pregunta con un bailecito extraño con los codos doblados como una marioneta.

–No puedo esperar, nerd –levantó las manos y movió los dedos.

Fiona y Wes estaban bajo el estacionamiento esperándonos con los brazos llenos de comestibles, leña y mantas. Ninguna señal de Leslie, fiel a su palabra, Fiona había roto con ella. Mientras nos acercábamos, Wes hizo un sonido de música de película porno.

—Para que lo sepas, Wes es el peor —puse los ojos en blanco.

—¿Por eso pasaste los siete minutos en el cielo con él? —me preguntó en tono bajo y burlón.

Me mordí el labio para ahogar la risa. Mi instinto decía que negara con la cabeza y dijera *¡Asqueroso!* Pero ese tipo de honestidad haría que aquella noche resultara completamente sospechosa.

—Ya hemos superado ese extraño incidente en nuestra relación. Tú eres el único —respondí mientras me encogía de hombros.

—¿Eso es sarcasmo? —sus labios se crisparon.

—Sí y no —estreché su brazo.

Y ahí estábamos, Luca y yo frente a Fiona y Wes.

—Hola, chicos —aclaré mi garganta—. Eh, este es Luca. Quiero decir, ustedes ya lo conocen pero quiero decir… —me detuve y me encogí de hombros.

—Hola —los saludó Luca con una mano.

—Qué onda, amigo. Así que tú y Desi, ¿eh? —Wes levantó la barbilla en respuesta.

Luca entrecerró los ojos.

—No seas idiota —Fiona le dio un codazo. Luego sonrió con esa mueca espeluznante—. Así que, ¿cuáles son tus intensiones con nuestra querida Desi?

Me atraganté.

—Ser compañeros de por vida —dijo Luca luego de tomar mi mano en un gesto natural y relajado.

Wes lucía aterrorizado.

–Okey, genial. ¿Listos para pasar el rato en la gran fogata? –Fiona estalló de risa.

Caminamos hacia la playa y nos topamos con la fosa para el fuego, la cual llenamos de leña y luego encedimos. Había comenzado a vaciar mi cesta de pícnic cuando noté que Violet y Cassidy se acercaban.

–Qué demonios, ¡mira quiénes están aquí! –le susurré a Luca.

–Yo las invité. Está bien, ¿verdad? –miré en su dirección y las saludó con la mano.

¿¡Qué!?

–Seguro… Quiero decir, puedes hacer lo que quieras. Pero ¿por qué no me lo dijiste?

–Para ser sincero, no quería que tus amigos me superasen en número. Fiona da miedo –me miró con una sonrisa avergonzada.

Estaba a punto de contradecirlo, pero le di la razón cuando vi a Fiona reprendiendo con fiereza a Wes porque no estaba atravesando una salchicha de la manera correcta.

Violet y Cassidy se nos acercaron y, por un instante, todos nos quedamos allí de pie, mirando a cualquier dirección menos los unos a los otros.

–Hola, chicas –dije finalmente, saludándolas con un gesto.

Cassidy saludó con entusiasmo, Violet, en cambio, fue más retraída. No habíamos hablado desde el loco incidente del armario de los suministros. Anuncié que haría unos malvaviscos. Fiona ya había tomado los comestibles que había traído y comenzó a caminar hacia la fogata más alejada que estaba designada para los malvaviscos. Corrí para alcanzarla con las brochetas en la mano.

225

Ensartamos los malvaviscos y sostuvimos las brochetas sobre el fuego.

—Ey, lo conseguiste —Fiona me dio un empujoncito y un poco del dulce cayó sobre las brasas.

—¿Eh? —estaba vigilando atentamente mi malvavisco para que no explotara en llamas como pasaba siempre con los de Fiona.

—Es obvio que lo que tienes con Luca es real. Conseguiste a tu novio.

—Lo hice —no pude evitar sonreír como una idiota.

—Así que ahora harás todo por tu cuenta, ¿verdad?

—¿Qué quieres decir?

—Que ya no necesitas de tu lista de pasos de los dramas coreanos, ¿correcto? ¡Ya lo lograste! —pude notar alivio en sus susurros.

Maldición, mi malvavisco se prendió fuego e intenté apagarlo rápidamente.

—No lo sé. Digo, sí, tengo al chico. Pero apenas. ¡Recién estamos saliendo! Y, no lo sé. Saber que tengo los pasos listos para mí, cuando sea, me hace sentir segura.

—¿Pero qué otros pasos deberías realizar ahora? ¿No es como si ya hubieras alcanzado tu final feliz?

—Supongo que tienes razón, pero no puedo dejarlo aún —tomé sigilosamente mi billetera, luego de entregarle la brocheta a Fiona, y desdoblé la hoja. La idea de abandonar mi lista me ponía nerviosa y sentía como si de repente me desplomara desde el cielo sin algo a lo que pudiera aferrarme. Fiona tomó la lista y le echó un vistazo.

—Des, el resto es terrible. Malos entendidos y traición. No planearás que esto vaya mal también, ¿cierto?

–No, ¡claro que no! Esos pasos solo formaban parte de la fórmula que encontré en los dramas y quería documentarla. Pero no lo sé... –mantuve la voz baja aunque estábamos alejadas de Luca y los demás.

–Deshagámonos de esto de una vez por todas –de repente Fiona sostenía la lista encima del fuego.

–¡Fiona! ¡No! –el corazón se me salió del pecho y llegó a mi garganta, ahogué un grito.

–¿Por qué? Ya lo conseguiste. ¿Para qué la quieres? –la lista aleteó por sobre encima de las llamas y Fiona me miró fijamente.

Antes de que pudiera responder, mi cuerpo entró en movimiento. Empujé a Fiona lejos de la fogata y le arranqué la lista de las manos. Me inundó el alivio una vez que la sostuve contra mi pecho. Luego la guardé.

–¡Qué diablos, Fi! Esta es mi lista y *yo* decido cuándo deshacerme de ella.

–De acuerdo, de acuerdo –sacudió la cabeza en negativa y lanzó sus brazos al aire con un gesto de rendición–. Claramente estás muy apegada a esa cosa. Pero luego no digas que no te avisé.

Terminamos con los malvaviscos en silencio y luego nos dirigimos hacia donde estaba nuestro grupo. Le di a Luca el suyo y lo aceptó con una reverencia. Fiona se sentó al lado de Wes, que estaba devorando una salchicha. Mi corazón regresó a su ritmo normal porque tenía mi lista a salvo en mi billetera.

–Entonces, Luca, ¿puedes comer buena carne asada en las playas de donde vienes? –Wes tronó sus labios, mientras se limpiaba un poco de mostaza de la esquina de su boca.

Violet soltó una risita que hizo que mis cejas se levantaran hasta desaparecer en mi cabello. Eché un vistazo a Cassidy, que miraba a Wes con ojos de corazón al estilo *Sailor Moon*. Ay, Dios.

–No, lamentablemente solo comemos nuestra comida vegana en yurtas holísticas –Luca notó que devoré mi malvavisco en milésimas de segundos, partió con cuidado el suyo y me entregó un trozo.

Todos estallaron de la risa y pude sentir cómo él se relajaba a mi lado.

–¿Hace cuánto que conocen a Desi? –preguntó mirando a todos.

–Desde, más o menos, *siempre* –respondió Fiona arrastrando las palabras.

–¿En serio?

–Sí. Nos conocemos desde el segundo año.

–Y yo la conozco desde el sexto. De los viejos tiempos cuando insistía en usar pantalones cortos –dijo Wes, metiéndose en la conversación.

–¡Ja! ¡Les gané a todos! La conozco desde el preescolar.

Todas las cabezas se voltearon hacia Violet.

–¿*De verdad?* –le preguntó Wes, viéndola con curiosidad.

–¿Acaso Desi no ha mencionado la Escuela Coreana? –respondió lanzándole una mirada furtiva de soslayo.

–¿Qué es eso? ¿Una escuela en donde aprenden a hacer kimchi? –Wes se partió de la risa.

–Sí. Kimchi. Preparábamos tinas de kimchi. En el preescolar –pateé un poco de arena en su dirección.

Violet se encogió de hombros sin perturbarse y miró a Wes.

–Aprendíamos a leer, escribir y hablar coreano adecuadamente. Los *sábados*. Como sea, hace poco nos dimos cuenta de que ya nos conocíamos de nuestros días de Escuela Coreana –tomó un trago de su cerveza.

Le di las gracias telepáticamente por no agregar los detalles dramáticos de esa historia.

Luca abrió una soda para mí. Era completamente innecesario, pero uno de esos pequeños gestos de novio que estaba empezando a disfrutar. En la escuela siempre insistía en llevar mis libros, aunque podía notar que se arrepentía cuando se trataba de mis libros gigantes de Física.

–Desi y yo nos conocimos de una forma terrible –Fiona arrojó una servilleta sucia al fuego.

–¡*Arrrg*, Fi, noooo! –gruñí.

–¿Qué? ¡Cuéntenme! –Luca nos miró a las dos.

–Noooo –enterré mi rostro en el chaleco inflado de Luca.

–Entonces, yo le contaré –Wes rio entre dientes.

–No –carraspeó Fiona–. *Yo* contaré la historia dado que fui la que salvó el día –se acomodó en una posición cómoda, recostada como una reina egipcia rodeada por sus esclavos masculinos–. Bien, un día en segundo año, el papá de Desi empacó una caja de jugo para ella. Desi bebió la caja completa justo al final del almuerzo, como en cinco segundos, escondida en un rincón succionando de ese pequeño sorbete, como si fuera un trasgo.

–¡No sigas, Fi! –estallé de la risa.

–No, en serio, era perturbador lo mucho que necesitabas ese jugo. En fin, un par de horas más tarde estábamos en clase, la escuela estaba por terminar y ella seguía retorciéndose a mi lado. Y para que lo sepan: aún no éramos amigas. Yo pasaba el rato con los niños geniales del patio de juegos al aire libre, y a Desi le gustaba dar órdenes al que estuviera en la mini cocina.

–Todos eran tan desordenados allí y guardaban las cosas en los lugares incorrectos –fruncí la nariz.

–Concluyo mi caso. Como decía, entonces ella estaba sentada allí, poniéndose nerviosa. Pude notar su ansiedad porque ella normalmente era muy obediente y perfecta. Y ahí es cuando veo que se queda completamente quieta y sus ojos se agradan. Y luego… vi que algo goteaba.

–Uh, *no* –gimió Luca.

–Sip. Se estaba haciendo en sus pantalones.

Violet, Cassidy y Wes estallaron en carcajadas.

–¡No es divertido, oigan! –resoplé.

–Sí que lo *es* –Violet casi se ahoga.

–Lo siento, Desi… pero… –Cassidy se secó una lágrima de la mejilla.

–Amiga, ¡te orinaste en tus pantalones! –aulló Wes–. Estamos *autorizados* a reír.

–Sí, se hizo encima… Un gran charco debajo de su silla y no decía una sola palabra. Estaba tan disgustada que casi levanto la mano para delatarla –la sonrisa amplia de Fiona flaqueó cuando me miró–. Pero vi caer una gran lágrima sobre su mejilla. Me di cuenta de que no quería que la maestra supiera. Pero ¿cómo podrías ocultar *eso*?

–Así que Fiona –la interrumpí–, con nada más siete años, hizo algo que la define como la Fiona que conocemos y amamos hoy. Mientras la maestra estaba ocupada en el armario de los suministros, me sacó de mi asiento, limpió mi orina con su sudadera de *Los Patos de Anaheim*, luego me dio sus pantalones para que me cambiara los mojados. Se quedó solo en ropa interior y se metió en un gran problema –todos comenzaron a reír y sonreír–. Ella creó una distracción más grande que quitó el foco de mis pantalones meados.

–Guau, eso sí que es amistad verdadera –dijo Violet mientras aplaudía lentamente.

–Bueno, seamos honestos, caminar por ahí en ropa interior no era un gran sacrificio –Fiona se encogió de hombros.

–Sí, lo era. No intentes hacerte la humilde ahora –dije mientras negaba con la cabeza–. Ese fue el comienzo de una amistad hermosa y disfuncional –sonreí y miré a Luca, con la esperanza de que hubiera amado esta historia, sin embargo, vi que tenía una expresión extraña.

–Oigan, voy a meter los pies en el agua –dijo, luego de levantarse, mientras sacudía la arena de sus pantalones.

–¿Justo *ahora*? –estaba sorprendida por su cambio de humor repentino.

–Sip, vuelvo enseguida –salió trotando antes de que cualquiera de nosotros se le uniera.

–Eh, ya vengo –dije.

Cuando alcancé a Luca en la orilla, estaba de pie, una figura recortada en la playa oscura. Las olas agitadas lamían sus pies, que aún tenían puesto su calzado.

–¿Qué sucede? –pregunté con el corazón palpitante de los nervios. ¿Había dicho o hecho algo? Me había confiado demasiado, lo sabía… Había dejado la guardia baja.

–¿Estás bien? –volví a preguntar en cuanto no respondió. Metí mis manos en los bolsillos con nerviosismo.

–Estoy bien. Lo siento, yo solo… –su voz se fue apagando hasta quedarse en silencio. Todavía seguía de espaldas, dejó caer su cabeza y pateó la arena.

Toqué ligeramente su hombro. Levantó el brazo y sujetó mi mano mientras giraba.

–Esa historia fue triste –dijo y me miró directo a los ojos.

–¿La del pis? –fruncí el ceño y sonreí un poco–. ¿De qué hablas? Es vergonzosa, obviamente, ¡pero graciosa!

–No –negó con la cabeza–. Eso pasó en segundo curso, ¿verdad? ¿Fue luego de que tu mamá muriera?

–Mmm, sí, creo que lo fue. ¿Por qué? ¿Qué sucede? –seguía confundida.

–Lo siento, no intento hacer un problema de esto. Sé cómo te sientes cuando hablas del tema. Es solo que… –dudó antes de hablar–. Es *triste* porque tu madre había muerto –soltó mi mano y giró su cabeza, apretando sus ojos con las bases de sus palmas–. Me siento mal por esa pequeña. No creo que sea divertido que haya mojado sus pantalones. Pienso que es triste.

Estaba aturdida.

Por fin estaba viendo a Luca como era realmente. En medio de todo mi enamoramiento, mi obsesión, y mi conspiración… no había notado que *este* tipo de persona había estado frente a mí todo ese tiempo. No se trataba solo del genial artista rebelde. Sino también del Luca amable y empático. El Luca que vio la historia de una niña de segundo curso orinándose como una tragedia más que como una comedia.

Y fue ese el momento en el que me di cuenta de que él era la persona de la que quería ser *novia*. Y finalmente entendí lo que esa palabra significaba. Era mucho más que tomarse de las manos y robar besos. Era compartir tu propio ser con alguien que lo mereciera. El peso de ello casi me dejaba sin aliento.

Pensé inmediatamente en mis escenas favoritas de los dramas: en *Sanador*, Young-Shin descubre la guarida secreta de Healer y lo encuentra enfermo y angustiado emocionalmente. Cuando él la aleja, *ella* lo abraza, y *él* se derrumba.

Así que envolví a Luca con mis brazos y reposé mi mejilla en su pecho. Nos quedamos así durante un tiempo largo, nuestros pensamientos y respiraciones se entrelazaron.

–Tienes razón. Fue triste –dije con la boca contra su camisa.

–Tienes permitido admitir que la muerte de tu madre fue algo triste, ¿lo sabes?

Esas simples palabras, ese pedacito de permiso, abrieron algo dentro mío, porque era la primera vez que alguien lo decía. No pude responderle porque se me cerró la garganta. Así que, en vez de eso, lo abracé con más fuerza, con mis brazos fuertemente enlazados para acercarlo más a mí.

–Okey –respondí en voz baja.

–Puedes valorar a tu padre y también estar triste por tu mamá.

Mi visión se hizo borrosa mientras asentía.

CUANDO LLEGUÉ A CASA, FUI HASTA LA HABITACIÓN DE MI PADRE, llevando un pequeño haz de luz del pasillo a su cama. Me quedé un momento allí de pie, viendo como dormía, aún a un extremo de la cama incluso luego de diez años de dormir solo.

–¿Eh? Desi, ¿eres tú? –uno de sus ojos se abrió.

–Sí, lo siento por despertarte –susurré–. ¡Vuelve a dormir!

–¿Está todo bien?

–Sí, todo está bien –cerré la puerta con cuidado–. Como siempre lo ha estado.

Una vez en mi habitación, tomé el cuaderno de los dramas de mi mesa de noche. Estaba lleno de mis notas acerca de todo lo que había pasado. Mis planes y sus resultados, todo fielmente documentado. Saqué la lista de mi billetera y alisé los pliegues.

–Bueno, lista, has sido buena conmigo. Jamás te olvidaré, pero es momento de que vayas a tu retiro.

Si bien no pude destruirla, era momento de olvidarla. Volví a poner las hojas dentro del cuaderno, lo cerré con resolución, y lo puse sobre la mesa de noche.

Un corazón de caricatura garabateado cayó de entre las páginas y flotó en el aire, sus alas dibujadas aletearon, y sentí que mi pecho se alivianaba mientras me quedaba dormida.

Vi videos de Bob Ross hasta que mis ojos sangraron, pero seguía sin poder pintar un árbol de sicomoro que se distinguiera de un trozo de brócoli.

Faltaban horas antes del show de beneficencia del fondo de Parques Estatales de California, en donde todos los chicos del Club de Arte y yo por fin exhibiríamos nuestros trabajos. Estaba terminando mi pintura a último momento, algo poco característico de Desi. Añadí una mancha de pintura violeta a una de las ramas. Cuando se lo había mostrado a Luca, unos días atrás, él me había explicado, con la mayor de las paciencias, que uno puede ver colores inesperados en todo si tan solo apaga por un ratito las percepciones literales del mundo que lo rodea. Por desgracia, estaba demasiado acostumbrada a ver las cosas en su forma literal. En física, la ley de gravedad no cambiaba en función de la hora del día como lo hacen los colores de una hoja.

La alarma de mi teléfono me avisó: ¡SHOW DE ARTE! en la pantalla. Puse un ventilador apuntando la pintura para ayudar a acelerar el proceso de secado, luego corrí escaleras arriba y contemplé de manera nerviosa mis opciones para vestirme. Hoy no sería solo la exhibición de arte, sino que también conocería al padre y a la madrastra de Luca. Luego de salir por unas semanas, había insistido en conocerlos, no solo porque creía que era lo apropiado, sino porque *quería* hacerlo. Sentía mucha curiosidad por ese padre cretino que Luca odiaba.

Mi padre estaría trabajando hasta el show, así que tenía la casa solo para mí antes de que Luca me recogiera. Puse Beyoncé a todo volumen y luego de treinta minutos de rizado de cabellos y afeitado de piernas, estaba afuera esperándolo. El BMW de su padre apareció a la vista y lo saludé con la mano, que luego alisó mi vestido negro con estampado floral (acompañado de unas Keds rojas para equilibrar), mientras que la otra mano sostenía mi pintura.

–Bonita –dijo Luca una vez que coloqué mi obra a salvo en el asiento trasero, y se inclinó para besarme y apartar un mechón de pelo rizado.

–Gracias. No sabía que ponerme –me sonrojé, poco acostumbrada a la extravagancia de estar de novia.

–El código de vestimenta es *elegante* –Luca hizo un gesto apuntándose a él mismo. Tenía una camisa azul y pantalones negros.

–Claramente –dije mientras reía y tiraba de su gorro de lana. Se estiró para tomar mi mano y la sostuvo mientras conducíamos. Dejamos la pintura en la galería con el señor Rosso y luego nos dirigimos hacia lo del padre de Luca.

En un momento, pasamos por el estacionamiento de la playa en donde nos dimos nuestro primer beso (la visión de ello hizo que mis dedos, de las manos y los pies, hormiguearan); luego conducimos cuesta arriba sobre una calle arenosa hasta que ingresamos a una carretera privada.

–Guaauuu –resoplé en cuanto la casa estuvo a la vista.

Era ridículo, pero hermoso. La arquitectura era española y estilo ranchero: ventanas enormes, algunas con vitrales intrincados, molduras de madera oscura, y una mata de trinitarias rosadas que trepaban los muros y los balcones. Robles antiguos y olivos jóvenes rodeaban la finca y variedades de suculentas y plantas del desierto salpicaban el paisaje, creando una vibra verdaderamente californiana. Me recordó a la casa del padre de la película *Juego de gemelas*. Había soñado con vivir en una mansión estilo ranchera desde que la había visto. Ya saben, el viejo y típico sueño.

–Hogar dulce hogar –murmuró Luca mientras estacionaba de forma descuidada cerca de uno de los robles.

–Es realmente hermosa –le dije como pidiendo perdón mientras le daba un apretón en la mano.

–No tengo nada en contra de la casa, se trata del propietario –se encogió de hombros.

Caminamos en subida hacia la entrada y me preparé para conocer al idiota-más-grande-de-la-vida: Papi Drakos. Las puertas dobles de madera se abrieron.

–¡Desi! ¡Me alegra tanto por fin conocerte, querida!

El hombre que me daba la bienvenida no era lo que esperaba. Más que el baboso con camisa polo rosa que estaba esperando, el que me saludaba era… bueno, algo como un nerd sexy.

Alto, incluso más alto que Luca, tenía el cabello castaño, grueso y corto, desaliñado de la misma forma que su hijo.

Llevaba unas gafas de montura negra sobre un rostro con

una fantástica estructura ósea: nariz recta, mandíbula afilada y pómulos pronunciados. Tenía complexión fibrosa, como los corredores a larga distancia y exudaba una gran cantidad de energía cinética. Cuando su padre me envolvió en un cálido abrazo, sentí el aroma a sándalo en la impecable camisa blanca que llevaba junto a los pantalones vaqueros.

Antes de que pudiera recuperarme, una mujer diminuta que sujetaba dos labradores de color chocolate me saludó a la distancia.

—¡Hola, Desi!

Incluso mientras sostenía a esas dos bestias alegres, se veía con estilo. Tenía pelo corto, liso y rubio. Llevaba pantalones negros ajustados y una blusa de seda gris.

Cuando los perros se calmaron se acercó hasta la puerta.

—Ya estás avergonzando a Luca —le dijo a Papi Drakos con un movimiento de ojos exagerado. La mujer pequeña me sonrió mostrando todos sus dientes y extendiendo una mano con manicura perfecta, haciendo que sus brazaletes gruesos chocaran entre sí—. Soy Lillian. ¡Es tan bueno conocerte! Aquellos dos monstruos de ahí son Hansel y Gretel.

Lillian del blog de moda www.dailylillian.com, la reconocí al instante porque Luca me lo había mostrado para burlarse de ella.

—¡Adelante! Vamos a conversar y a beber algo, luego podemos ir juntos al show —dijo Papi Drakos—. Y, por cierto, siéntete libre de llamarme Ned.

—¡Encantada de conocerlos también! Gracias por recibirme en su casa —dije. Había estado asintiendo con la cabeza durante toda esta escena. Les entregué una pequeña suculenta que había sacado de mi jardín ese día.

–¡Gracias Desi! –ambos sonrieron de manera cálida como respuesta y Ned tomó la planta–. ¡Qué adquisición genial para nuestro pequeño jardín desértico! Esperemos que mantengamos a esta amiguita con vida.

¿Amabilidad impecable? Chequeado.

Entramos en la casa, Luca todavía sostenía mi mano, su agarre se hizo imperceptiblemente más apretado. No podía imaginar el porqué, dado que su padre había sido terriblemente amable hasta ahora. Pasamos a través del enorme vestíbulo con mosaicos que tenía un candelabro de astas rústico que era más grande que mi habitación, mi boca quedó abierta cuando ingresamos completamente a la casa.

Era tanto rústica como palaciega: ventanas enormes y puertas francesas con vista al océano y al sol poniente. Las velas lo iluminaban todo, había tapicerías suaves y coloridas, y las alfombras de piel de animal acentuaban los muebles de cuero marrón. Era lujoso y acogedor. Me quedaría a vivir aquí por siempre.

–¡Guau, su casa es impresionante! –exclamé

–¡Gracias! –me respondió Lillian con el mismo entusiasmo–. Tendrías que haber visto este lugar antes de que nos casáramos, un verdadero piso de soltero.

¿Hablaba en serio? Quiero decir, ¿cuán piso de soltero podría haber lucido esta hermosa casa?

–Te refieres a antes de que te mudaras –dijo Luca con tono seco–. Se casaron dos años después de que te mudaras.

Le lancé una mirada penetrante, pero Lillian ni siquiera pestañeó. Ned pareció lanzarle una mirada de advertencia mientras servía unos tragos desde el bar en la sala.

–Sí, eso es lo que quise decir –replicó.

Apreté la mano de Luca con cuidado, intentando comunicarme sin usar palabras: *Relájate*. Pareció hacerlo, un poco, pero no podía precisarlo con su expresión pétrea.

–Solo un Shirley Temple, no te preocupes –Ned me dio un vaso lleno de una bebida roja brillante. Luego arrojó una lata de cerveza de raíz a Luca–. Tu favorita, ¿cierto?

Incluso yo sabía que a Luca no le gustaba la cerveza de raíz y había sido su novia por un corto mes. Lo insté a no decir nada descortés. Pero Luca se mantuvo inexpresivo y apoyó la lata sobre una mesa.

–Tuve que buscarte en Google porque Luca te mantuvo en secreto –dijo Lillian, mientras se acurrucaba en el sofá con una copa de vino blanco en la mano–. Bastante admirable, tus padres deben de sentirse orgullosos de ti.

Mmm, *padres*. Aparentemente Luca no les había hablado demasiado de mí a estas personas.

–Gracias, pero solo somos mi papá y yo. Mi madre falleció –respondí dando un trago a mi Sherley Temple.

Ned y Lillian se mostraron afligidos. La boca de Ned se abrió y se cerró.

–Siento mucho escuchar eso, Desi. Nosotros no lo sabíamos... –su voz se fue apagando y le lanzó una mirada desconcertada y decepcionada a su hijo. En mi caso, no me sorprendía que Luca no les hubiera mencionado nada de esto. Incluso me sorprendía que siquiera supieran que yo existía.

–Gracias, pero estoy bien, ella murió cuando era muy pequeña. Soy muy cercana a mi padre, él se ocupó bastante bien de ambos roles –dije, sintiendo que, como Lillian y Ned habían sido tan abiertos y agradables conmigo, debía retribuírselo.

–Ha de ser un gran padre –afirmó Lillian con una gran sonrisa cálida.

–Lo es –respondió Luca–. Está arreglando mi auto, saben. Él es un mecánico.

–Ah, ¿en verdad? ¿Dónde está su taller? –quiso saber Ned.

–En la calle Baker, cerca de nuestra escuela –dije, y continuamos hablando de mi papá, el colegio y otros cientos de temas mientras bebíamos.

Lillian y Ned se mostraban interesados por todo: los deportes que practicaba, lo que quería estudiar en Stanford, de qué parte de Corea eran mis padres.

–Entonces, Desi, ¿qué hizo que quisieras convertirte en doctora? –me preguntó Ned mientras me servía otro Shirley Temple.

–Gracias –dije cuando me entregó el coctel–. Siempre quise ser doctora porque mi madre lo era. Una neurocirujana.

–¡Vaya! Una dama digna de admiración –dijo Ned mientras daba un sorbo a su bebida.

–Sí, definitivamente –repliqué con una risa.

–Pero Desi ama todo lo asqueroso de la biología que hay detrás de la medicina, también. ¿No es cierto, Des? –me preguntó Luca dándome un codazo.

–Tú lo sabes –revolví mi bebida con el sorbete.

–Una nerd de lo *más allá* de la ciencia –dijo con una sonrisa de orgullo.

–Creo que también me gusta la idea literal de salvar vidas. –agregué–. Sé que puede sonar simple y, no lo sé, ensayado. Pero

241

soy una persona impaciente, ¿saben? Me gusta ver los resultados directos de las cosas que hago, y aunque admire a los héroes no reconocidos, jamás podría estar conforme con el... eh, *camino largo*. No creo que lo que digo tenga sentido...

–Desi, lo que dices tiene *completo* sentido. Eso es lo que me llevó de la ingeniería a especializarme en el equipamiento médico. Una impaciencia juvenil para crear el cambio.

–¡Exacto! Luca me contó que usted patentó el... bueno, él no podía recordar muy bien el nombre, pero ¿se trata de la máquina de reanimación cardiopulmonar?

–Ah, nop, es el autoresucitador externo.

–¡Lo sabía! –chasqueé mis dedos–. ¡Lo adiviné en el primer intento! ¿Lo recuerdas, Luca?

Luca estaba haciendo un gran esfuerzo en pretender que toda esta conversación no estaba sucediendo. Pero sí estaba sucediendo, y yo quería que su padre supiera que me había hablado de él.

–De todos modos, sí, Luca me contó sobre ello y estaba muy emocionado –Ned sonrió y Luca se retorció. Me aclaré la garganta–. ¿Podrían darme un tour por la casa?

Mientras Ned y Lillian me daban el tour bebí los restos de mi Sherley Temple. Partimos hacia el show luego de eso, todos en el mismo auto. El show se llevaba a cabo en una galería lujosa del centro. Habíamos llegado un poco temprano pero finalmente la gente comenzó a llegar, incluidos Fiona y Wes. Presenté a todos y me pareció cómodo, fácil y algo adorable.

En un momento, Luca me alejó de los demás mientras charlaban.

–¿Recuerdas que esta noche anunciarán al destinatario de la beca? Por correo electrónico.

–Ay, Dios mío, ¿cómo pude olvidarme? –respiré con dificultad.

–Es que te estuve distrayendo –agitó sus cejas.

–Lo has hecho –reí–. Okey, bien, ¿sabes a qué hora?

–A la medianoche.

–Dios, ¿tanto dramatismo? –dije mientras entornaba los ojos. Lo que me hizo recordar–. Oye, ¿tu madre llegará para el show de esta noche? –pregunté, intentando sonar relajada mientras sentía la preocupación. La idea de que ella estuviera en el mismo lugar que Ned y Lillian me ponía nerviosa.

–No, ella está de viaje por trabajo –Luca negó con la cabeza.

–Oh, qué pena. Hubiera sido genial conocerla –dije con una sonrisa demasiado radiante.

Y en ese momento escuché la voz alta de Wes.

–¿Y cómo se convierte uno en un blogger de moda?

–Vamos a rescatarlos –le dije a Luca con un gemido.

Pero antes de que pudiéramos, vi a Violet entrar con dos personas que supuse eran sus padres. Aunque no sabía si éramos exactamente amigas, Violet y yo habíamos reducido, indudablemente, la hostilidad entre las dos. Sabía que a veces pasaba tiempo con Luca e intentaba que eso no me molestase. Siempre y cuando supiera que no coqueteaba con él.

De repente, los padres de Violet comenzaron a caminar en línea recta hacia mí, llenándome de terror. Ay, Dios, padres coreanos. Tendría que comportarme de forma muy coreana.

–¡Desi! Ay, Dios mío, ¡mírate! ¡Estás tan grande! –gritó la madre de Violet mientras se acomodaba el chal de cachemira sobre sus hombros.

Realicé mi incómodo saludo coreano y murmuré un apresurado

"Annyeonghaseyo" mientras me doblaba ligeramente hasta la cintura.

–Guau, ¡linda y alta! –me dijo el papá de Violet dándome la típica e incómoda palmadita de padre coreano en la espalda.

–¡No tanto como Violet! –reí de forma nerviosa.

Ambos echaron sus cabezas hacia atrás y rieron como si les hubiera dicho la broma más graciosa *del mundo*.

–Es demasiado alta –dijo la madre de Violet mientras miraba a su hija con desaprobación. Violet estaba encorvada y prácticamente escondida detrás de su cabello.

Ah, la astuta evasión coreana de halagar a sus propios hijos haciéndolo pasar por crítica en su lugar.

–Violet dijo que te vas a Stanford, ¡para convertirte en doctora! –su padre bramó.

–Bueno, aún no ja, ja. Quiero decir, deben aceptarme primero –escondí mi vergüenza con una risa nerviosa.

–Ah, van a hacerlo. Violet siempre está presumiendo de lo lista que eres –su madre negó agitando la mano.

–*Eomma* –Violet estaba casi disuelta dentro de una pila de pelo y cuerpo–. *No*, yo *no hago* eso –me miró fijamente–. No creas ni por un momento que lo dicen mis padres seniles sea cierto.

Su madre enterró un nudillo en su brazo y chasqueó la lengua.

Mientras disfrutaba *plenamente* del espectáculo en el que Violet era reprendida por su madre, noté la presencia de mi papá. Estaba caminando hacia la galería. Llevaba un suéter verde oscuro puesto con prisa sobre su camisa grasienta y un pantalón caqui. ¡Solo lo mejor para su hija!

–¡Hola, Appa! –me disculpé rápidamente y corrí hacia él.

–Hola, Desi, ¿en dónde está la tuya? –sonrió de oreja a oreja inmediatamente mientras echaba un vistazo a la galería.

–Escondida en algún rincón –apunté hacia el final de la galería, mi pintura era la última del salón cerca de los sanitarios. Lo apropiado.

–Vamos a verla juntos –me dijo mientras me arrastraba hacia allí.

–De acuerdo, pero primero ¿no quieres conocer al papá de Luca y a su madrastra? –pregunté con algo de temor.

Mientras sabía que probablemente se llevarían bien, no quería que nada incómodo sucediese. No podía quitarme la molesta sensación de que todo esto podría desarmarse ante el menor tirón, la más pequeña de las maniobras.

–¿Están aquí? –preguntó mientras miraba alrededor. Cuando divisó a Luca agitó su brazo en el aire, muy alto, y con un gran movimiento expansivo.

Caminamos hacia ellos y noté que Wes y Fiona ya se habían largado.

–Ned, Lillian, este es mi padre –sonreí a todos.

–¡Hola, Padre! ¿Tiene Padre un nombre? –preguntó Ned con una sonrisa cordial mientras estiraba la mano para estrecharla con mi padre.

–No, para Desi mi nombre solo es Máquina de Comida –mi papá rio.

Todos los adultos estallaron en una risa bulliciosa. ¿De dónde salía este humor extraño de padre de televisión? Lo empujé ligeramente.

–Ja, ja.

–Mi nombre es Jae-Won, pero ¡pueden llamarme solamente Jae! –dijo con el tono alegre que utilizaba cada vez que se encontraba con gente blanca que no podía pronunciar su nombre.

–¡Un gusto conocerte, Jae! Adoramos a tu pequeña. Desi es la mejor –exclamó Ned enviándome un guiño en mi dirección–. ¡Luca tiene suerte de que ella se haya fijado en él!

Demasiadas bromas de padres. Hice un gesto a Luca y él puso los ojos bizcos.

Caminamos todos juntos por la galería para ver las demás obras. Algunas eran buenas, como la de Violet. La suya era una pintura oscura (qué sorpresa) y abstracta llena de manchas de pintura y siluetas sombreadas. Sí, la podía ver en la sala de alguna persona rica.

Y luego estaba mi pintura.

–¡*Ta-Dah!* –grité–. ¡Contemplad el dominio de la pintura rudimentaria!

–Aquí vamos otra vez con el número autocrítica –Luca suspiró. Miró a nuestros padres–. ¡Ella es buena! Solo necesita más práctica.

–Sí, definitivamente no puedo esperar por obtener más práctica –asentí–. Sin embargo, tuve mucha ayuda de Luca, gracias a Dios. Si no fuera por él, estarían viendo una mancha verde sobre un palo marrón.

–Sí, ¡es bastante bueno, Desi! Nunca antes te había visto pintar, así que ¡buen trabajo! –exclamó mi papá luego de mirarlo detenidamente.

Y luego pasamos a la pieza de Luca, la cual tenía su espacio apartado en la galería. Los Beach Boys sonaban de fondo en la oscuridad, las cuatro paredes de la sala estaban iluminadas por imágenes proyectadas. Imágenes con los grafitis que Luca había pintado. Estaban proyectadas de una forma que hacían que esas paredes lucieran verdaderamente pintadas.

Las imágenes cambiaban cada pocos segundos para coincidir con ciertos ritmos de la música de ensueño que flotaba de fondo. Había un letrero en la entrada que explicaba el concepto de su proyecto.

–Guau –Lillian se maravilló mientras giraba lentamente sobre sus pies–. Esto es *impresionante*.

–¿Estuviste haciendo *pintadas*? –preguntó Ned luego de guardar silencio mientras asimilaba todo.

Ay, maldición.

–Algo así. Todo esto ya existía, yo solo agregué cosas –respondió y se encogió de hombros.

–Primero tu arresto, luego el incidente en el zoológico, que podría haber terminado en arresto si el guardia de seguridad hubiera sido un oficial. ¿No has aprendido *nada*? Tienes libertad provisional, ¿cómo puedes ser tan negligente? –Ned apretó la mandíbula.

Algo se apagó en el rostro de Luca y lo cubrió con una máscara de imperturbabilidad que no había visto desde los primeros días de haberlo conocido. Una máscara de aburrimiento, de supervivencia.

–Eh, Ned, no son precisamente pintadas. Como él dijo, el grafiti ya estaba allí, la idea completa es convertir el vandalismo en arte.

Mi padre me lanzó una mirada afilada, dándome señales que decían "no te metas".

–Sí, creo que entiendo el concepto –Ned se quedó quieto por un momento antes de que su expresión se relajara. Pude ver que

247

hacía un gran esfuerzo por no perder la compostura–. No me tiene que gustar *cómo* llegaste a eso…

–¡Nadie te pidió tu opinión! –estalló Luca.

Ned se puso rojo y vi a Lillian quedarse inmóvil. Y lo entendí: la dinámica de la vida de Luca. Yendo en puntitas de pie cerca de Sr. Gruñón Adolescente hasta que uno de los dos estallara. Aun si las cosas entre ellos habían mejorado, su historia siempre estaba en ebullición bajo la superficie, esperando por las razones para explotar.

–*Luca* –susurró Ned con fiereza-. Este no es el momento.

–¡No hay un *momento*, papá! ¿Cuándo quieres que hablemos? ¿En casa? Si ni siquiera *hablamos*.

El rostro de Lillian palideció, me miró y le lancé una mirada cargada de impotencia como respuesta.

–¿Siempre se trata de *mi* culpa? ¿Cuándo dejaré de pagar por este divorcio? ¡Lo he intentado durante cinco años, Luca! –la voz de Ned reverberó a través de los muros, mezclándose con la voz de Brian Wilson que cantaba *Don't Worry Baby* de fondo. La escena era completamente surrealista.

–Ese es el problema, ¡tú crees que todo se arregla con dinero! Tirándonos una pensión alimenticia mientras dices "Bueno, eso es todo" –dijo Luca simulando voz de cretino para agregar efecto.

–¿Es una broma? ¿Que te mudes conmigo significa que te arroje dinero? ¡Fue tu madre la que te mantuvo alejado todo este tiempo! –exclamó mientras lanzaba sus brazos al aire.

Uh-Uh.

–Detente. No habrá forma de que puedas convencerme de que todo esto es culpa de mamá, y que *tú* no la engañaste.

Maldición. Pude notar la cara enrojecida de Lillian, incluso en la oscuridad.

–Tal vez debamos salir un momento –me dijo mi padre en voz baja, una vez que se acercó lentamente hasta mí.

Pero no podía irme ahora.

–Y solo me trajiste aquí porque querías controlarme –continuó Luca.

–No, no, en eso es en lo que te equivocas –la voz de Ned volvió a un volumen normal–. Sí, cuando ocurrió lo del arresto, me pregunté si necesitabas más supervisión. Pero solo fue… una excusa. Había estado buscando una excusa para que tu madre te permitiera vivir conmigo. El arresto solo fue la que lo logró.

Luca hizo un ruido descortés, algo entre un ronquido y una risotada.

–¿Necesitas más disciplina? Sí. ¿Ya es muy tarde? Tal vez –continuó Ned, luego de ignorar a Luca–. Sin embargo, aún quería *intentarlo* y poder conocerte antes de que ingresaras a la universidad. Sabía que jamás tendría una oportunidad de verte luego de ello –dijo con la voz quebrada–. No quería perderme *todas* las cosas importantes.

Todo el mundo estaba en silencio, menos mi padre que se aclaró la garganta. Lo codeé.

Luca seguía con la mirada fijada al suelo, sus manos dentro de sus bolsillos. Aunque mi corazón estaba con él, tuve que resistirme al instinto de acercármele.

–Luca, solo quiero decirte que… tienes razón –Ned agitó sus manos señalando las paredes que nos rodeaban–. Debería interesarme por esto porque a *ti* te interesa. Y es *grandioso*, estoy impresionado. Y me alegra mucho que tuve la oportunidad de compartir este momento. Por esto era que quería que te mudaras aquí. Para poder conocerte mejor. ¿Y todo esto? Hace que te entienda un poco más. Me siento orgulloso.

Aguanté la respiración. Luca aún seguía con la vista en el suelo.

–Incluso si, quizá, quebrantaste la ley –el tono juguetón en la voz de Ned pareció derribar algo y Luca levantó la mirada. No sonreía, pero ya no parecía estar enojado.

–Gracias.

Y justo a tiempo *Good Vibrations* se escuchó a través de los parlantes mientras un grupo de personas ingresaba y comenzaba a charlar bulliciosamente con exclamaciones de asombro y admiración. Mi padre se acercó a Ned y Lillian, Luca vino hacia mí.

Le di un leve golpecito con mi hombro. Me miró avergonzado y me lo devolvió.

–Ey.

–Ey, disculpa por lo de recién –dijo y sonrió un poco. Un pequeño rayo de sol se abría paso entre las nubes.

–No te disculpes. Yo me disculpo en nombre de *todos* por habernos quedado aquí y hacerlo más incómodo –le di un beso ligero en la mejilla, luego de echar un vistazo alrededor para asegurarme de que mi papá no nos estaba mirando.

–¿Entonces? ¿Qué opinas *tú* de la pieza? –preguntó luego de reír y acomodar un mechón de mi cabello.

–Está bien, creo –dije mirando alrededor con expresión indiferente.

–Ah, ¿sí?

–Sí. Podrías haber usado un poco más de… no sé, *púrpura*.

–Indudablemente.

–Sí, no es un árbol de sicomoro.

–No, definitivamente no es un árbol –me besó la oreja.

Miré el reloj.

Des no proyectes tu ansiedad en el futuro de Luca.

Tic, tac. Mis ojos se movían del reloj al ejemplar destrozado de *Beowulf* que intentaba leer. Me acomodé mejor entre mis almohadas y enterré mis pies en el cobertor. *Relájate. Solo lee. Luca te enviará un mensaje en cuanto tenga novedades.*

11:42

11:43

11:45

Mi teléfono vibró. Ni siquiera tuve que tomarlo ya que estaba apoyado sobre la punta de mis rodillas, detrás de mi libro. Arrojé el libro sobre la cama y leí el mensaje de Luca:

Estoy afuera.

Me levanté a trompicones hasta mi ventana y moví la cortina a un lado para ver a Luca parado en la entrada del auto, sentado en el capó del BMW.

Mi padre ya estaba dormido, así que pasé por su puerta en puntas de pie, y luego corrí escaleras abajo, tomé la manta del sofá y me la puse sobre los hombros. Cerré la puerta del frente con cuidado y salí afuera en piyamas y descalza.

Revisé mi lista de la heroína adorable de los dramas coreanos. Coleta: okey pero no es lo ideal, sin maquillaje pero ninguna marca de acné en el rostro: listo. Tenía los dientes recién cepillados, así que aliento fresco en orden. Hubiera deseado tener un par de gafas para completar el atuendo.

–¿Qué estás haciendo aquí? –le susurré. Luca estaba viendo su teléfono cuando me acerqué.

–Quería estar contigo cuando llegara la noticia –susurró él también–. Espera, ¿por qué susurramos?

Di un salto para sentarme junto a él sobre el capó del auto y Luca me hizo un lugar.

–No lo sé. Siento como que estos vecinos ven y oyen *todo*. Estas casas, es como si tuvieran *ojos*.

Miré alrededor, a todas las casas con las luces apagadas, la calle vacía, silenciosa y cubierta por una capa brumosa del océano, iluminada por la farola de la calle.

–Bueno, los vecinos tendrán algo de lo que hablar cuando no obtenga mi beca y me encienda en llamas en el medio de su cul-de-sac –tiró de las esquinas de mi manta y puso uno de los extremos sobre sus hombros, acercándome hacia él.

–Ja, ja. Ni te atrevas a bromear con eso. Vas a atraer la mala suerte.

–¡Tú y tus supersticiones!

–Y no hay nada de madera para tocar –miré a todos lados y pellizqué mi trasero. Capté la expresión de Luca–. ¿Qué? Se supone que debes pellizcar tu trasero cuando no hay madera al alcance.

–¿Qué pervertido te enseñó eso? –me preguntó con una amplia

sonrisa, sus ojos se arrugaron de ese modo en que solo lo hacían cuando lo sorprendía con una faceta nueva y bizarra de mí.

–Fue mi amiga del sexto año, Amy Monroe, muchas gracias –resoplé.

–Creo que Amy Monroe estaba jugando contigo.

–Bueno, aún no me ha sucedido ningún desastre luego de haberme pellizcado el trasero, así que…

–Debe funcionar. Ciencia –negó con la cabeza. Me reí y le di un empujón en la rodilla con la mía.

Luego nos quedamos en silencio por un momento, dejando que nuestro aliento saliera como caladas en el aire frío de la noche. Totalmente conscientes de los minutos que pasaban.

Y de repente... Un pequeño tono en su celular, y luego en el mío. Me miró.

–También puse una alarma –me encogí de hombros.

–Mmm –sonrió por un segundo y miró su teléfono con nerviosismo.

–¿Bueno? ¡Luca! ¡Abre tu casilla de correo! –exclamé luego de mirar su teléfono y luego a él.

–Vaya, entonces. Todo depende de esto. Este momento determinará los próximos cuatro años de mi vida. ¿No es completamente demente si lo piensas? –parpadeó, su mano aún acunaba el móvil.

Lo demente era que no estaba chequeando el maldito e-mail en ese *preciso momento*.

–Sí, ¡pero esto es lo que todos esperamos! Ese sobre, esa admisión. Cualquier chico de la preparatoria pasa por esto, Luca. Estará todo bien, sea cual sea el resultado.

–Sí, sí, de acuerdo –asintió Luca–. Quiero decir, claro que todo se reduce a esto. Pero ahora que estoy *en el momento*, se siente extraño. Surrealista.

–Okey, en el peor de los escenarios: no recibes la beca –resistí la urgencia de arrancarle el teléfono de las manos–. Aún puedes postularte para otras becas a último momento, o incluso… ¿hablar con tu padre al respecto?

–Puf –hizo una mueca–. Sin embargo, ¿sabes qué? Creo que después de lo de hoy, él tal vez haya cambiado de opinión sobre la escuela de arte.

–Espera, ¿en serio?

–Sí –se encogió de hombros–. Pero aún quiero esta beca. Para probarme a mí mismo. Significaría demasiado.

–Lo entiendo, amigo –asentí y luego miré a su teléfono–. Okey, por favor abre ese e-mail antes de que moje mis pantalones.

Se alejó de mí y golpeé su brazo. Luca respiró hondo y me miró con sus ojos grandes llenos de incertidumbre. Le apreté el brazo y sonreí, intentando transmitirle seguridad. Alcancé los rincones profundos de mi cerebro para obtener el resultado que deseaba. *Concéntrate en lo que quieres.*

Desbloqueó su teléfono con un rápido deslizamiento y lo observé mientras tocaba el ícono de bandeja de entrada en la pantalla. Se abrió y allí, arriba de todo, estaba el e-mail del Comité de Becas de Bellas Artes de California. Levantó la vista hacia mí y nos quedamos viéndonos por un segundo antes de que tocara sobre el e-mail.

En el último segundo, desvié la mirada. Aunque estuviese allí, ese era un momento privado para Luca. Además, realmente creía que podría mojar mis pantalones. Miré hacia la calle y vi a un gato color durazno y blanco lanzándose entre unos arbustos. Era Señor, siempre merodeando durante la noche y a los arañazos con los mapaches del vecindario. Y déjenme decirles, los mapaches aquí eran despiadados. Señor debía ser una especie de gato ninja o…

–Des.

–¿Sí? –mi ensimismamiento acerca de los gatos se evaporó.

Su cabeza estaba inclinada hacia abajo y no podía ver su rostro, solo el gorro de lana gris.

–Lo logré.

–Espera, ¿qué cosa? –no podía registrar lo que me decía sin poder ver su expresión.

–Lo logré –me miró con una sonrisa gigante, la más grande que había podido ver en ese hermoso rostro.

Me cubrí la boca con mis manos y ahogué un chillido, mientras daba patadas en el aire. Luca comenzó a reír y arrojé mis brazos sobre él, la manta se cayó de mis hombros y quedó sobre el capó.

–¡Ahhh! –salté del auto y comencé a brincar–. ¡Lo sabía! ¡Lo sabía!

Todavía estaba riendo cuando lo tomé por las manos y lo jalé fuera del capó del auto para que se me uniera en la celebración. Y lo hizo, mientras nos tomábamos de las manos, saltando arriba y abajo en medio de la entrada del garage, a la medianoche.

De repente ya no saltábamos más, nos convertimos en un montón de besos. Me levantó sobre el capó del automóvil y puso sus manos entre mi cabello mientras yo envolvía su cintura con mis piernas. Cuando parecía que el BMW se prendería fuego, Luca se apartó y apoyó su frente sobre la mía.

—Guau —respiró.

—Ajá —dije mientras pestañeaba, mis ojos se estaban adaptando a la luz de la farola detrás de la cabeza de Luca. Respiré profundo—. Entonces... será la EDRI. Rhode Island. La costa este.

—Sííí, Stanford. La costa oeste —asintió.

—Podríamos ser como raperos rivales.

—Totalmente, las boinas contra los vasos de precipitado —replicó con una risa ronca por su propio chiste.

Nos quedamos en silencio por un segundo, dándole tiempo a nuestros latidos para que retomaran su ritmo normal. Pero luego me atrajo hacia él de nuevo y apoyó su frente sobre la mía.

—Menos mal que siempre podremos hablar por FaceTime, desnudos.

—Ja, ja, en tus sueños —dije mientras golpeaba suavemente su frente—. Bueno, podemos planear visitarnos ¿cada dos meses o algo así? Quiero decir, será costoso, pero tengo pensado trabajar y tal vez tu papá te traiga hasta aquí. También podemos asegurarnos de hablar todas las noches, pero debemos saber que no estamos obligados... —la mano de Luca se posó sobre mi boca.

—Desi, aún no pensemos en eso.

—¿Aún? *No* falta demasiado, ¡estamos casi al final del curso!

—Des, todavía estamos en febrero, tenemos *meses* por delante para pensar en ello.

Había tanto que quería decir, planear. Pero este era un momento alegre para Luca y no quería arruinarlo.

—¿Estás listo para usar ese gorro por verdadera necesidad? Va a estar frío en Rhode Island —le dije mientras jalaba su gorro. Mis dedos rozaron su cabello grueso, mientras me maravillaba por la extraña sensación de posesividad que sentía sobre esa melena. Como si dijera "Oye mundo: esta cabellera es *mía*".

–Sabes, con toda mi pasión por conseguir esta beca, no había tenido, en verdad, el tiempo para pensar en todo lo que significa. Como por ejemplo: mudarme a la otra punta del país en donde hay… nieve y esas cosas –se encogió de hombros.

–Suena a todo lo que habías estado esperando, ¿cierto? –le pregunté con un tono más optimista de lo que me sentía.

Recogió la manta y la apoyó otra vez sobre nuestros hombros.

–Sí, quiero decir, sí. Pero ahora… –su mirada se desplazó de la calle para posarse en mí, una pequeña sonrisa se formó en sus labios.

–Sé lo que intentas decir –mi sonrisa era de tristeza, desbordada de dudas… algo a lo que no estaba acostumbrada.

Nos quedamos un rato largo sentados ahí, nuestros traseros se enfriaron sobre el capó del auto, mientras veíamos a la bruma que se levantaba de la calle y luego, inevitablemente, al cielo.

~~Realiza un sacrificio~~
~~extremo para demostrar~~
~~tu amor~~

CAPÍTULO 19

Todavía excitada por las buenas noticias sobre la beca de Luca, una semana después me enfrenté a mi entrevista con Stanford como Desi Intensidad al Máximo Lee. Esto quiere decir que, pocos días antes de la entrevista del sábado, yo:

- Corté mi cabello
- Memoricé la lista de *Preguntas frecuentes en las entrevistas* que estaba disponible en www.ligaIvyolaruina.com (aun cuando Stanford ni siquiera formaba parte de la Liga Ivy).
- Practiqué la pronunciación de todos los nombres propios relacionados a Stanford.
- Blanqueé mis dientes.
- Incrementé mi entrenamiento, por lo que estaba haciendo lagartijas cada noche. Un cuerpo sano es una mente sana, siempre lo dije (de acuerdo, en verdad no, pero se ajustaba a la situación).
- Releí cada una de las palabras en los folletos de Stanford y su sitio web.

259

✴ Usé mascarillas faciales coreanas cada noche mientras veía dramas con mi papá, lo que siempre lo escandalizaba.

✴ Dejé todos mis vestidos impecables.

✴ Descargué pistas de meditación en mi teléfono porque se supone que uno se puede relajar con este tipo de cosas. Sin embargo, aún no las había escuchado.

Cuando el gran día llegó, Fiona y Wes vinieron para ver los atuendos elegidos y ofrecerme su apoyo de último momento. Mi padre estaba en el trabajo, pero vendría antes para llevarme a la entrevista.

Saqué tres conjuntos diferentes en sus propias bolsas.

—Okey, estaba pensando en tres estilos distintos —dije mientras abría el cierre—. Uno de ellos es un traje de sastre estilo nada-de-tonterías —Fiona fingió tener nauseas cuando vio el blazer y los pantalones negros. Los arrojé sobre la cama—. *Bien*, el segundo es un estilo modesto y femenino —levanté el atuendo de camisa con cuello babero, cárdigan y falda—. Fiona hizo una "X" con sus brazos mientras Wes asentía con la cabeza y me ponía sus pulgares arriba—. El tercero es fresco y liviano, como: soy lo suficientemente respetuosa, pero no me arrodillaré para impresionarte —concluí mientras les mostraba un suéter negro holgado y pantalones pitillo cortados con patrón bicolor de pata de gallo.

—Ese es el indicado, Desi —dijo Fiona luego de dar un silbido.

—No, ese es tan… poco serio —Wes negó con la cabeza—. ¡Ella será una *doctora*!

—¡Qué! ¿Acaso los doctores se visten como maestros de jardín de niños de los años cincuenta? —se burló Fiona.

—Solo porque tú te vistes como un extra de *Mad Max*, no significa que el resto de las chicas quieran hacerlo —dijo Wes mirando afiladamente la sudadera blanca con agujeros, y los pantalones de ejército gastados repletos de parches de neón–. Además, Des, recuérdamelo de nuevo, ¿por qué no le has contado a Luca sobre tu entrevista?

–Ya te lo dije, no quiero quitarle el protagonismo a su beca –respondí mientras rebuscaba calcetines en el cajón.

Les mostré un par verde menta.

–No a los calcetines y no a quitarle el protagonismo a tu hombre –Fiona negó con la cabeza–. Luca es genial, no se sentirá de esa forma. Solo díselo; es raro que se lo estés ocultando.

–¡No oculto nada! Es solo que estoy súpernerviosa y preferiría primero superar la entrevista y *luego* contárselo, cuando deje de ser un caso de estrés.

La entrevista era a las cinco de la tarde, en la casa de una exalumna. Se suponía que me reuniría con la familia de la mujer y cenaríamos juntos. Cuando ella lo había sugerido, lo celebré porque sabía que era *la mejor* en las cenas.

–Así que Fi, ¿no estás nerviosa por recibir la respuesta de Berkeley? –cambié de tema porque Wes y Fiona aún seguían viéndose poco convencidos.

Me decidí por el atuendo del suéter negro. Le dije a Wes que se volteara y comencé a ponérmelo. Las admisiones de las universidades de California se enviarían por correo al comienzo de marzo. La elección de Fiona era Berkeley, con área de especialización aún sin declarar, por supuesto. No tenía dudas de que la aceptarían.

–La verdad es que no estoy nerviosa, aunque dependa de la beca. Espero que mi ensayo me la asegure –dijo mientras se encogía de hombros.

—Debes destacar tu historia sobre cómo saliste del clóset para realzar su valor.

El ensayo de Fiona estaba basado en el momento en que le había hablado de su sexualidad a su familia, dos años atrás. Su abuela se había desmayado y cuando su padre se apresuró para atraparla, cayó encima de una silla y se rompió la pierna. Yo estaba allí en el rol de apoyo moral, pero terminé cuidando de los heridos mientras esperábamos por la ambulancia. Por fortuna, todos estaban relativamente bien. Su familia logró recuperarse, aunque aún no estaban totalmente emocionados por su activa vida amorosa. Sin embargo, estoy bastante segura de que eso habría aplicado a los novios también.

—Chicas, ¿qué harían sin mí? —preguntó Wes que aún estaba dado vuelta. Su primera elección era Princeton, él también se había postulado como "no declarado" dado que no estaba seguro de si quería ser el próximo Mark Zuckerberg o el nuevo Stephen Hawkins. Típico de Wes. Fiona lo barrió de un abrazo y Wes protestó mientras ella lo empujaba sobre la cama y revolvía su cabello.

—Haremos que vengas al norte de California lo más que puedas —dije un poco triste ante la perspectiva—. No puedo creer que vamos a ser gente de *California del Norte, puaj*.

—Sí, más vale que no comiencen a usar el *súper* o voy a darles una *súper* patada en el trasero —replicó Wes, echado sobre la cama y con la cabeza colgando del borde, cerca de mi mesa de noche. Estiró el cuello para ver algo que había enterrado entre algunos libros.

—Desi, ¿eso es el cuaderno de los dramas coreanos? —se rodó y lo tomó.

–Ah, sí –le eché un vistazo–. He intentado deshacerme de él, pero estoy como encariñada. Además, me divierto releyéndolo, como una especie de estudio antropológico.

–Pusiste bastante detalle en la sección de notas –Wes comenzó a hojear el cuaderno–. Yo lo habría quemado –concluyó mientras me miraba. Su teléfono vibró justo en ese momento.

–Mierda, esa es Violet... –miró a la pantalla–. Fi, llegamos tarde.

–¿A dónde van ustedes? –quise saber mientras ponía los conjuntos descalificados dentro del clóset.

–La nueva película de Spider-Man –respondió Fiona con un batir de cejas–. Voy de chaperona.

Había comenzado. Violet y Wes habían estado pasando tiempo juntos desde el día de la fogata. El amor estaba floreciendo frente a nuestros ojos. O, al menos, el besuqueo.

–Buena suerte, Des. *Acaba* con ellos –Wes me cubrió con un abrazo firme que casi me sofoca.

–¡Ya lo tienes, Desi! –Fiona también se acercó para abrazarme y pellizcar mis mejillas cuando se apartó.

Los vi cuando se iban en Penny, que me saludó con dos bocinazos. Mi entrevista no sería hasta dentro de unas horas así que tomé mi computadora portátil y abrí el documento en donde estaba mi cuestionario de preparación.

Mi teléfono zumbó desde un rincón de mi cama. Lo tomé y vi que tenía un mensaje de Luca:

> ¿¿Dónde estás??

Le respondí:

¡En casa!

Luca me llamó al instante y su voz temblaba cuando atendí.

—Des, estoy asustado... Mi madre está en algún hospital de Los Ángeles. ¿Puedes venir conmigo?

—¡Ay, no! ¿Está bien? ¿Qué pasó? —mis cejas se arrugaron por la confusión.

—No estoy seguro, todo lo que sé es que ella iba de visita a lo de unos amigos antes de que esto sucediera. La persona que me llamó desde el hospital no me lo dijo... solo habló de una emergencia y de que mi mamá le pidió que me llamara. Debo ir para saber qué es lo que sucedió. Por favor, ¿puedes venir conmigo?

Ay, Dios. No había forma de que pudiera faltar a esa entrevista.

—¿Qué hay de tu padre?

—Él salió con Lillian a alguna parte. Además, mi madre no querría verlo. Por favor, Des. Estoy aterrado. Te necesito —su voz se hizo pequeña, casi un susurro.

—Claro —apenas estaba pensando cuando le respondí—. Estoy lista cuando quieras —Luca dijo que me recogería de inmediato.

Miré la hora en mi teléfono. Bien, tenía dos horas y media. Los Ángeles estaba a cuarenta y cinco minutos si manejábamos con prisa. Podría ir y asegurarme de que todo estaba bien para luego de tomar inmediatamente un taxi de vuelta. Podría lograrlo. Mis manos temblaban cuando cerré mi portátil. Eché un vistazo a mi conjunto para la entrevista. Afortunadamente, no era demasiado formal como para que Luca lo encontrara extraño.

Entré al auto ni bien se detuvo. Una vez dentro, Luca me abrazó.

–¿Estás bien? –froté su espalda.

–No… no lo estoy. ¡Desearía saber qué está pasando! Su voz se oía áspera y sus ojos estaban rojos y llenos de preocupación.

–Estoy segura de que está bien –dije con calma–. ¿Quieres que yo maneje? –sus manos temblaban mucho más que las mías. Sus ojos ya oscuros se vieron casi negros cuando echó un vistazo alrededor del auto, incapaz de enfocarse en algo.

Dudó unos segundos y luego asintió ligeramente en respuesta. Cambiamos de asientos y Luca puso el navegador en su teléfono mientras nos dirigíamos hacia la autopista.

–Gracias por haber venido, Des –se estiró y acomodó un mechón de pelo detrás de mi oreja–. Pensé que me volvería loco… –había un rastro de vergüenza en su voz.

–Por supuesto que vendría –estiré mi mano para sostener la suya, como él había hecho tantas veces mientras conducía.

Mientras absorbía la ansiedad de Luca, miré los minutos en el reloj del tablero. Okey, en el peor de los casos, llegaría un poco tarde. Pero estaba segura de que podrían comprender si tenía una emergencia. Ver a Luca así de derrotado era realmente perturbador.

No hablamos mucho durante el viaje. Luca permaneció acurrucado cerca de la ventana, contemplando en silencio. Incluso la música sonaba inapropiada, así que la apagué. Más o menos cerca de media hora de manejo después, mi teléfono vibró desde el bolsillo de mi chaqueta. Tenía que ignorarlo porque manejaba, pero luego vibró unas cinco veces más.

–¿Es tu teléfono? –Luca miró hacia mi lado.

–Eh, sí, pero no importa.

–¿Quieres que vea por ti? –sus manos se dirigían a mi bolsillo.

–¡No! No es necesario, probablemente sea Fiona hablando sobre Spider-Man y lo sexy que es Mary Jane.

–Genial –dijo Luca con una sonrisa. Me reí y apreté su mano con más fuerza de la que esperaba. La retiró con una pequeña mueca de dolor, y mientras él volvía su atención fuera de la ventana, aproveché la oportunidad de tomar mi teléfono y verlo rápidamente.

Mi padre. Maldición.

–Debo usar el sanitario, ¿podemos estacionar aquí? –le pregunté mientras me salía de la autovía hacia una salida con una gasolinera.

–Sí, claro.

–¡Ya vuelvo! –exclamé luego de estacionar y salir corriendo hacia los sanitarios.

Cuando llegué, tomé mi teléfono y vi varios mensajes de mi padre en los que me preguntaba en dónde estaba. Le respondí:

> Luca tuvo una emergencia. Su mamá está en el hospital, tuve que traerlo. Llegaré a tiempo, ¡no te preocupes!

Mi padre estaba llamándome. Mierda.

–Hola, Appa.

–¿Luca está bien? ¿Qué sucedió?

–No lo sé, lo llamaron desde este hospital en Los Ángeles, pero no le dijeron qué sucedió.

–¿Los Ángeles? Pero… pero ¿no podía ir solo o con su padre? ¿Por qué acudió a ti cuando sabía que tenías la entrevista? –preguntó confuso, sin enojarse… aún.

–Él no sabía que la entrevista era hoy, y yo no quise contarle. Quería que *yo* fuera con él, no su padre. Tampoco estaba en un buen estado como para conducir. Me necesitaba a *mí* –dije mientras apoyaba mi cabeza sobre la pared azulejada de ese baño desagradable.

–*Desi.*

–Lo sé, por favor no te enojes. Además, creo que podré hacer todo a tiempo –una excusa pobre incluso para mí.

Escuché un suspiro que jamás había escuchado desde el otro lado de la línea. Era un suspiro de decepción.

–Esto es un grave error, Desi. Si Luca supiera, no querría que estuvieras haciendo esto. ¿Qué si tu admisión se ve afectada porque llegas tarde?

Mis palmas comenzaron a sudar. Tenía razón y lo sabía.

–Bueno, ya es tarde, ¿cierto? Estamos casi allí y tenía que estar con él ahora –mi voz adquirió un tono histérico.

–Estoy realmente… Esto que hiciste es algo muy, *muy* estúpido –no cedió con su decepción.

Las lágrimas me escocieron los ojos. El arrepentimiento me inundó formando una piedra dura y pesada en el pecho. La decepción de mi padre me aplastó. Todos los días de mi vida me había esforzado para nunca escuchar aquello en su voz. Me oprimió un odio a mí misma. Sin embargo, ¿qué podía hacer ahora? Ya estaba hecho, y Luca estaba ahí en el auto, esperándome y preocupado como un loco por su mamá.

–Ve a ayudar a Luca. No pienses en Stanford mientras conduces. Pero llámame *en cuanto te enteres de algo.* ¿De acuerdo? –preguntó con su voz cansada luego de haber permanecido en silencio.

–Gracias, Appa –dije mientras asentía, con las lágrimas aún en los ojos.

–Te amo.

–También te amo.

Ni bien colgó, respiré profundo y caminé hasta el lavabo para mojarme el rostro con agua. Cuando tomé una toalla de papel para secarme, el reflejo me devolvió una mirada tan escéptica como yo.

Había tráfico. Siempre había tráfico en la 5. En qué estaba pensando.

Si tan solo estuviéramos en un drama coreano de verdad, podría haber conducido salvajemente durante la hora pico, con las ruedas chillando mientras realizaba maniobras locas, sin importarme el rastro de accidentes que pudiera dejar al paso.

Desafortunadamente, eso era algo imposible de hacer sin importar la cantidad de impertinencia de heroína de drama que pudiera invocar. Quería gritar.

Eran las cuatro y cuarto cuando llegamos al hospital, tenía cuarenta y cinco minutos para regresar a Monte Vista. Lo que jamás haría: ya había visto todo el flujo opuesto de tráfico que me esperaba en el camino de vuelta. Cuando Luca me tomó de la mano ni bien salimos del auto, supe que era demasiado tarde. Stanford se desvaneció a la distancia, atascado en ese tráfico detrás de mí.

Corrimos hacia el hospital, tomados de la mano, y las imágenes de los dramas vinieron a mi mente, porque no existe drama coreano en el universo que no tenga, por lo menos, una sola escena de hospital. Llegamos a la recepción casi sin aliento.

–Hola, mi mamá es un paciente aquí. Rebecca Jennings. ¿Podría decirme qué le ocurrió, por favor? –le preguntó al enfermero joven que estaba detrás del escritorio.

–Lo siento, no tengo autorizado brindar esa información sin su permiso –respondió el joven de ojos azules cálidos mientras nos daba una sonrisa compasiva.

–¿¡Qué!? Ella dio permiso –dijo Luca de manera brusca.

Por su expresión podía ver que estaba a punto de enojarse bastante con este enfermero. Puse mi mano sobre su hombro y miré la identificación con su nombre antes de hablar.

–Hola, Benjamin. La cuestión es que él recibió un llamado de alguien de aquí, por lo que claramente ella habrá dado alguna clase de permiso, ¿o cómo cree que lo habrían llamado?

El enfermero se veía escéptico.

–¿Cuál es su nombre? –preguntó luego de buscar algo en su computadora con algunas pulsaciones de teclas.

–Luca Drakos.

–Lo lamento. Ella lo puso en la lista como pariente cercano y dio permiso de brindarle información a usted. Esperaba a alguien mayor –dijo mientras leía de la pantalla de la computadora–. Como sea, ella padeció una ruptura del apéndice, pero los doctores pudieron realizar una cirugía –Luca exhaló con alivio–. Sip, ella estará bien, pero usted querrá hablar con el doctor. Déjeme llamarlo. Puede esperarlo por allí –señaló a unas sillas verdes del área de espera.

Entonces me di cuenta: apendicitis. Ay, Dios mío, ¿por *eso* había perdido mi entrevista? Intenté no desmayarme mientras nos dirigíamos hacia la sala de espera.

–Ruptura de apéndice. No parece tan grave, ¿cierto?

Asentí, aún incapaz de emitir palabra.

–Para nada –aclaré mi garganta luego de unos segundos–. Una afección bastante común. De seguro han hecho miles de millones de operaciones como esas aquí –el alivio de Luca era palpable y lo envidiaba por ello.

Mi teléfono volvió a vibrar. Luca estaba inmerso en sus pensamientos así que lo saqué de mi bolsillo. Mi papá.

> ¿Llegaste al hospital ya?

> Sí acabo de llegar. Su mamá tuvo ruptura de apéndice, pero estará bien. Ya salió de su cirugía. Estamos esperando por el doctor.

Pasó un rato largo con los puntos suspensivos de la burbuja de texto hasta que apareció la respuesta de mi padre:

> Me alegra que ella se encuentre bien. Pero creo que perderás la entrevista. Aunque te vayas ahora.

Tuve que sentarme para responderle, mis piernas estaban en peligro de colapsar.

> Lo sé. Llamaré a la entrevistadora y le diré que tuve una emergencia.

Mi padre respondió:

> No, no te encuentras bien. Quédate
> con Luca. Yo la llamaré y veremos si
> podemos reprogramarla.

Le envié la información de contacto.

> Gracias, Appa. Te llamaré
> cuando vayamos a casa.

> Dile a Luca que pienso en él. Adiós.

Sujeté mi teléfono. Vi a un médico de mediana edad con ropa quirúrgica que se nos acercaba. Luca se levantó de su silla con nerviosismo y yo hice lo mismo para poder sostener su mano.

–¿Es usted el hijo de la señorita Jennings? –preguntó el doctor mirando a Luca. Luca asintió y pude sentir que su corazón se desbocaba en mi palma.

–Soy el doctor Swift –extendió su mano para saludar a Luca–. Su madre tuvo una cirugía para remover la parte dañada de su apéndice y está recuperándose muy bien en este momento. ¿Sí? –sonrió con amabilidad. Luca se relajó visiblemente–. Sin embargo, su apéndice estalló, lo que siempre es un poco serio. Cuando esto sucede, el material infeccioso se vuelca en la cavidad abdominal, por lo que le administramos antibióticos fuertes –asentí mientras lo escuchaba con atención–. Se debería poder levantar y moverse en alrededor de un día. Luego debería ir a casa.

–Está todo bien –le dije reconfirmando cuando Luca me miró.

—Está débil ahora, pero consciente, así que pueden ir a verla. Habitación 1004. Iré a darles más detalles luego —el doctor nos sonrió.

—Muchas gracias, doctor Swift —respondió Luca mientras asentía.

El doctor asintió como respuesta y se alejó. Luca y yo nos miramos.

—Gracias, jovencita —dijo con una sonrisa.

—Desde luego —lo tomé de la mano—. Oye ¿no crees que deberías llamar a tu papá y contarle lo que pasó?

—¿Por qué? —preguntó frunciendo el ceño.

—Bueno, ella es tu mamá, estuvieron casados una vez. ¿No querría saber si algo sucedió?

—Dudo que le importe.

—Luca… claro que le importará —le dije mientras negaba con la cabeza.

—Bien, pero primero vayamos a verla —dijo luego de quedarse en silencio por un momento.

—Eh, ¿los dos? Yo… yo pensaba que tal vez podía esperarte por ahí, y darles algo de privacidad —tartamudeé—. La conoceré en otro momento, cuando se sienta mejor.

—No necesitamos privacidad. Quiero que te conozca. Tú salvaste el día —habló entre mi cabello luego de abrazarme con fuerza.

Ay, Dios.

—Okey, entonces, eh, ¿por qué no vas tú primero? Y chequeas si ella está de acuerdo. Llamaré a tu padre por ti mientras tú haces eso. Y si quieres que entre, lo haré.

—Okey, tienes razón. Gracias —me besó la frente.

–De nada –respondí sobre su cuello.

Busqué su mano y la apreté de nuevo. Luca sonrió ampliamente y se marchó con un pequeño salto en su paso. Mientras llamaba a su padre, mis manos comenzaron a temblar.

PASO 20:
~~No tienes permitido~~
~~ser feliz hasta el~~
~~último minuto posible~~
CAPÍTULO 20

La mamá de Luca era la paciente de apendicectomía más exigente que había visto.

–Ven aquí cariño, así puedo ver a la chica que me robó a mi Luca.

Eh, no se oía como una broma. Caminé hasta la cama de hospital, con la loción que ella había pedido en la mano. Había conducido a tres farmacias diferentes antes de encontrarla.

–Lamento que debamos conocernos bajo estas circunstancias –dije mientras sonreía–. ¿Cómo se siente?

–Lo mejor que puedo, supongo –dijo con una pequeña risa. Sus ojos centellearon.

Puse la loción natural y libre de parabenos en la mesa al lado de su cama. Luca estaba sentado a sus pies, mientras sostenía su mano.

La mamá de Luca era hermosa, lo que no me sorprendía. Su cabello grueso y oscuro flotaba sobre sus hombros, tenía unos penetrantes ojos azules y una boca amplia estilo Julia Roberts. Aun luego de haberle estallado un órgano, se veía bien.

Además, era algo irritante. Aparte del excéntrico pedido de la loción, le había pedido a Luca que consiguiera un cambio de habitación porque no le gustaba el feng shui de esta. Y luego se había quejado de lo *simplemente horribles* que eran las sábanas de hospital. *Probablemente llena de químicos* (una baja cantidad de hilos, en realidad).

—Luca me contó todo sobre ti, Desi. ¿Cómo puede alguien ser tan perfecto?

Todas las palabras que salían de la boca de esta mujer eran halagos con doble intención. Le eché un vistazo a Luca, pero él solo sonreía y estaba completamente ajeno. Su tono era agradable, pero sus ojos eran fríos y evaluadores.

—Ah, bueno, estoy segura de que él estaba exagerando —no sabía cómo responder.

—*Okey*, Des —Luca puso los ojos en blanco—. Mamá, Desi se graduará con las mejores calificaciones e irá a Stanford —mi corazón se contrajo—. ¿Quién hubiera imaginado que me enamoraría de alguien tan nerd?

—¿Qué dijiste que hacía tu padre? ¿Plomería? —los ojos de su madre se fijaron en mí más que nunca.

Aunque ya no estuviera siguiendo más los pasos, invoqué la fortaleza de mi catálogo mental de dramas coreanos. Pensé en Ji-Eun de *Casa llena*, y cómo ella logró romper el hielo y hacerse querer por la familia rígida de Young-Jae cantándoles una canción. *Sopórtalo, no dejes que te hiera el orgullo, Des.*

—Nop, él es mecánico —respondí con una sonrisa, radiante y agradable.

—Qué adorable —la voz de Rebecca indicaba todo menos eso.

Comenzó a quejarse de sus sábanas otra vez y Luca se levantó para ajustarlas.

Heroína angelical o no, aún tenía ganas de golpearla en el rostro.

Mis pensamientos se vieron interrumpidos por un golpe suave en la puerta. Era Ned. Prácticamente corrí aliviada hacia él.

—Gracias a Dios que estás aquí —susurré mientras le daba un abrazo.

—Te oigo, hermana —me respondió susurrando.

—¿Ned? —la voz de Rebecca era afilada—. ¿Qué diablos estás haciendo aquí?

Ned caminó hasta la mesa de noche y apoyó un ramillete de peonías fucsías.

—Me alegra ver que tu espíritu aún no ha sido pisoteado, Becca —dijo con tono seco.

—¿Tú lo llamaste? —frunció el ceño y miró a Luca.

—Sí, Desi pensó que sería una buena idea hacerle saber lo que había sucedido —Luca me miró con nerviosismo—. Pero no sabía que él vendría —le dio una sonrisa a su padre, una muy pequeña, pero tanto Ned como yo pudimos percibirla.

Rebecca comenzó a quejarse y Ned se quitó los lentes y restregó sus ojos.

Me encogí e hice contacto visual con Luca, que estaba prácticamente rodeando de forma protectora a su madre. Intenté comunicarme telepáticamente: *vámonos de aquí*. Luca captó el mensaje.

—Vamos a buscar algo de comer así ustedes pueden comenzar con el griterío o lo que sea —dijo mientras me pisaba los talones. Una vez que estuvimos fuera del alcance del oído, Luca dejó escapar un suspiro enorme, como si antes hubiera estado aguantando la respiración–. Sé que es bueno tener a papá aquí, pero… son tan irritantes cuando están juntos.

–Lo siento, tampoco pensé que vendría… ¿Otra cosa para agregar a la pila de estrés? –no podía imaginar lo que sería tener dos padres que se odiaran tan abiertamente.

–No, me alegro de que haya venido. También me alegra que tú estés aquí –dijo mientras apoyaba su brazo sobre mis hombros. Luego de unos segundos, agregó–: Los hospitales son lo peor.

–Déjame adivinar, ¿piensas que vas a pescarte lo que sea que tenga la gente que está aquí? –bromeé. Cuanto más conocía a Luca, más de sus sutiles neurosis comenzaban a revelarse.

–Bueno, sí –arrugó la nariz–. En serio, ¿esto te parece una erupción? –levantó su manga para mostrarme un sector normal de su piel que había rascado hace un momento.

–Aléjate de mí. Eres como la peor pesadilla de cada doctor –respondí mientras empujaba su brazo.

–Supongo que tendré que acostumbrarme a los hospitales, dado que mi novia será una doctora algún día.

Generalmente me habría sentido emocionada por escuchar eso: los planes a futuro, lo que esa oración significaba. En cambio sentí que mi garganta se cerraba. Stanford sobrevolaba sobre mí y con el paso de cada segundo, la gravedad de lo que había hecho pesaba más sobre mis hombros. *Podría no tener mi entrevista con Stanford.* Dieciocho años de trabajo ininterrumpido. No era solo yo, mi padre también. Mi papá, quien me traía comida a la medianoche cuando no dormía, quien me llevaba a todas mis clases de examen de admisión, quien remendaba mis zapatos de fútbol cuando los dedos de mis pies los rompían.

–Entonces… tu mamá… –necesitaba alejar mis pensamientos de Stanford, así que escarbé en territorio complicado.

Llegamos al elevador y Luca me miró con cautela mientras presionaba el botón del ascensor.

–Lo sé, es irritante.

–¿¡Qué!? –casi me tropiezo con las puertas cerradas del elevador–. Lo que quiero decir es que eres muy unido a ella.

–Nunca dije que fuera perfecta. Pero es mi madre, y soy leal a ella –se encogió de hombros.

Quería decir un millón de cosas como "¡Ella no merece tu lealtad!", pero mantuve mi boca cerrada, ya que todos tenían sus propias dinámicas familiares. ¿Quién era yo para juzgarlo?

Ni bien llegamos a la cafetería mi teléfono vibró con un mensaje de mi papá:

> Logré ponerme en contacto con la entrevistadora. Dijo que llamemos a las Admisiones de Stanford a primera hora del lunes.

DESPERTÉ EL LUNES POR LA MAÑANA CHILLANDO, CON AGUA FRÍA goteando por mi rostro.

–¡Buenos días!

–¡*Appa!* –grité mientras usaba mis sábanas para secar el agua. Mi papá estaba a los pies de mi cama con una botella con difusor que utilizaba para regar nuestras plantas.

–¿Qué? Son casi las siete y necesitas estar lista para llamar a Stanford justo cuando su oficina comience a atender a las ocho y treinta.

–Pero Appa, ¡eso es dentro de una hora y media!

–¿Cómo? ¿No te gustaba estar preparada?

Touché, Appa. Tenía la razón, pero no entendía su tono.

Cuando mi papá había llamado a la entrevistadora, ella había dicho que nosotros debíamos chequear con Stanford si podría reprogramar la entrevista. A pesar del terror que había estado flotando sobre mí desde que mi padre me dijo eso, me mantuve bastante optimista de que todo se solucionaría. Me había pasado el fin de semana limpiando la casa de arriba abajo para distraerme. Las canaletas estaban listas para una lluvia torrencial y las herramientas de mi padre ahora estaban organizadas por medida, color y uso.

–Hazme saber cómo va –dijo mi padre con severidad. Bueno, tan severamente como alguien podría sonar mientras viste una sudadera de Mickey Mouse y pantalones cortos de baloncesto. Dejó mi habitación con esa nota amenazante.

A las ocho y treinta estaba en el primer período de clases: Matemática.

–¿Puedo ir al sanitario? –levanté la mano en medio de la lección de funciones derivadas del señor Ferhadi cuando mi teléfono vibró con la alarma que había puesto.

El profesor asintió con la cabeza, tomé mi teléfono y salí corriendo de la clase mientras echaba un rápido vistazo a Fiona, que me miró con curiosidad. Luca me había llevado a la escuela, por lo que no había tenido tiempo de contarle a mi amiga acerca de la entrevista.

Caminé hacia el patio, el día estaba nublado y frío. Ya había configurado mi teléfono para el número de admisiones así que solo presioné la pantalla mientras caminaba por el sendero de grava entre las hierbas de color verde y púrpura (festuca: hierbas nativas tolerantes a la sequía, que había convencido el año pasado a la escuela para que las plantaran cuando rediseñaron el paisaje).

La línea sonó y me respondió un operador. Luego de varias transferencias pude, por fin, dar con la persona correcta.

–Hola, señor Lipman. Le habla Desi Lee. Tenía una entrevista programada para el sábado con Sandra Munoz, pero tuve una urgencia imprevista y necesitaría reprogramarla. La señorita Munoz me dijo que me contactara con usted para poder realizarlo. Mantuve mi voz con tono ascendente mientras presionaba el teléfono sobre mi hombro y ponía mis manos a cada lado de mi cadera, en la pose que me hacía sentir la Mujer Maravilla. Había leído en una oportunidad que *realmente* se llamaba la postura Mujer Maravilla y te hacía ver segura aun si no te sentías de esa forma.

–Ah, sí, señorita Lee. ¿Está todo en orden? La señorita Munoz nos envió un e-mail contándonos que usted había tenido una emergencia.

–Sí, gracias. La madre de mi novio tuvo una cirugía de emergencia y tuve que conducir hasta Los Ángeles con él –maldición, la palabra *novio* se me escapó antes de que pudiera detenerme. Viniendo de la boca de una joven adolescente esa palabra sonaba endeble e incriminadora. Hubo un lapso de silencio y me apresuré a rellenarlo–. Ella se encuentra bien ahora, y estoy feliz de poder reprogramar la entrevista.

De nuevo, más silencio.

–Lamento anunciarle, señorita Lee, que no podremos reprogramarla.

Mi corazón se detuvo. Solo. Se detuvo.

–Como usted sabe, realizamos las entrevistas durante el transcurso de un mes, y usted tenía uno de los últimos turnos. De hecho, su cita era el último día de entrevistas. Lo siento.

–Pero ¡podría hacer la entrevista hoy! –negué con la cabeza, el teléfono estaba incrustado en mi oreja–. Ella vive a quince minutos, estoy segura de que podría llamarla…

–Señorita Lee… se acabó el tiempo. Reitero: lo lamento. Pero ya sabe que las entrevistas no son obligatorias.

Ya no podía comprender las palabras que provenían de mi teléfono. Me deshice de mi postura de Mujer Maravilla y me dejé caer sobre la grava.

–¿Señorita Lee?

–Eh… pero ¿esto podría afectar mi solicitud?

Otro lapso más de silencio.

–Bueno, esto no significa que usted esté *descalificada* como opción a considerar –el señor Lipman respondió con optimismo.

–Fantástico, ¡qué alivio! –me reí, un sonido brusco y espeluznante. Abandoné todo tipo de cortesía al saber que podía tener una resta de puntos a mi solicitud de Stanford.

–No estoy seguro de qué aconsejarle más allá de esto –la voz del señor Lipman cambió del tono falso de simpatía a uno cortante.

–¿Podría hablar con su supervisor? –intenté sonar calma.

–No creo que eso pueda hacer alguna diferencia –replicó con tono firme.

–Por favor, transfiérame la llamada con su supervisor.

–Bien.

Escuché el *clic* mientras la llamada era transferida a otra línea. El tono de llamada se detuvo y me respondió un correo de voz. *Maldición.* Dejé un mensaje entrecortado y urgente, y luego finalicé la llamada.

Me quedé en silencio, mirando fijo el patio cubierto de hierba. Las nubes comenzaron a tronar ruidosamente. Miré hacia arriba y una gota de lluvia cayó sobre mi rostro. Todo el peso de la humedad y la decepción llenó mis pulmones.

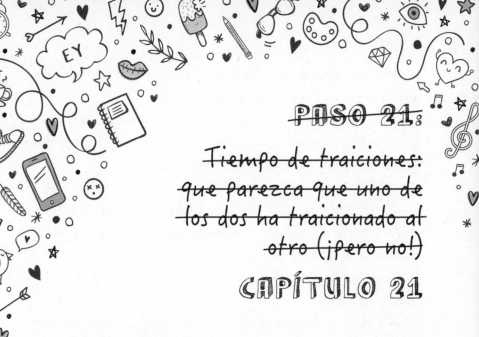

~~Tiempo de traiciones: que parezca que uno de los dos ha traicionado al otro (¡pero no!)~~

CAPÍTULO 21

Es una sensación extraña cuando todo tu futuro se borra en pocos segundos. Es como el espacio: una enormidad de vacío. Luego de la negación y la voluntad de pelear, no hay… nada. Porque al final de todo, en donde estaba tu futuro, ahora hay un agujero negro.

—¿No crees que estás exagerando? —me increpó Fiona unos días después, mientras le daba vueltas al asunto en su auto de camino a la escuela.

Le eché una mirada asesina, casi tan potente como las de ella.

—¿Exagerando? Si no ingreso a Stanford, estaré real y extremadamente acabada. Y todo por mi culpa.

—A eso, Desi, es a lo que llamo exageración. ¿Por qué demonios estarías acabada? Podrías entrar en todas las demás opciones de universidades y serías una doctora sin importar qué.

—¡Porque siempre se trató de Stanford, Fi!

Fiona frenó el auto de manera dramática y chirrió hasta detenerse por completo mientras estacionaba a Penny. Se volteó para mirarme con una expresión seria, poco propia de ella.

—Desi. De eso se trata. ¿*Por qué* te importa tanto ir a Stanford? Sé que tu mamá fue ahí, pero eso no es… —su voz se fue apagando, insegura de cómo expresar lo que quería decir.

—¿Qué? ¿Importante? —exigí saber—. ¿No es una razón suficiente?

—Exacto, sin intención de ser una completa perra sobre esto —Fiona encogió sus hombros, su rostro estaba rojo—. ¿Ir a Stanford va a traerte a tu madre de vuelta?

Me encogí de dolor. Fiona estaba en lo cierto. Stanford no traería de vuelta a mi madre.

—No, no lo hará —me incliné sobre mi asiento y miré hacia el techo del auto—. Pero Fi, no se trata de eso. Quiero que mi padre sepa que puedo ser la mejor, como lo era mi madre. Stanford es…

—Simbólico —Fiona completó mi frase mientras se recostaba su asiento.

—Sí, simbólico.

—Sobre el buen trabajo que ha hecho tu padre criándote.

Asentí.

—Desi, todo el mundo saber que tu papá hizo un gran trabajo. *Él* lo sabe —su voz se suavizó.

—Solo quiero que… quiero que él siempre se sienta orgulloso. Que nunca se preocupe —la compasión de mi mejor amiga rompió algo en mi interior y sentí que se me llenaban los ojos de lágrimas.

—Des —se rio con ternura—. Los padres siempre se preocupan sin importar qué. No podrás protegerlo siempre por más perfecta que intentes ser.

–Lo sé. Pero siempre me convenzo de que puedo hacerlo –dije mientras me frotaba las lágrimas de los ojos.

–¿Cuál fue su reacción? Si algo sé de Appa es que nunca te castigó por haberlo decepcionado.

–No, claro que no –me reí–. Estaba deprimido al principio, pero luego era el que intentaba animarme diciendo que no era un problema y que aún tenía chances. Luego hicimos maratón de un drama completo.

–¡Lo ves! Ni se te ocurra preocuparte. Ahora, con lo de Appa solucionado, ¿cuándo piensas contarle a Luca sobre todo esto? –me preguntó luego de poner en marcha el auto.

Luca. Lo había evitado los últimos días que pasaron con la excusa de estar ocupándome en los asuntos del gobierno estudiantil. No me sentía lista para contarle lo de Stanford y no quería que me viera deprimida. Sabía que me sentiría culpable, pero no quería traer más emociones a mi vida. Tampoco quería que se sintiera culpable por mi propia decisión estúpida.

–No estoy segura. Pero pronto.

Fiona me devolvió una mirada poco convencida mientras nos deteníamos en el estacionamiento de la escuela.

–Pronto, claro que sí –dijo con firmeza.

Cuando llegué a mi casillero, ahí estaba él. Apoyado como esos novios guapos de los años cincuenta.

–Hola, extraña –me dijo sonriendo.

–Lo sé, es que todo ha sido una locura últimamente. Lo siento –me disculpé luego de abrazarlo.

–No te preocupes. ¿Podemos salir esta noche? –dio un paso atrás cuando abrí mi casillero y encogió los hombros.

Mi instinto decía que intentara evadirlo, pero sabía que Fiona tenía razón. Tendría que decírselo pronto.

–¡Claro! –sujeté mis libros y cerré el casillero al mismo tiempo que sonaba la campana–. Tengo una reunión con el Club de Francés durante el almuerzo y fútbol después de clases, así que ¿lo vemos más tarde?

–Delo por hecho, señorita –respondió y me dio un beso en la frente.

Pero cuando Luca me envió un mensaje esa tarde, ya estaba en modalidad perezosa y ya había perdido toda motivación de hacer algo. Mi padre había salido a cenar con unos amigos. Estaba sola en casa, tumbada en el sofá viendo *Kill Me, Heal Me*.

Su mensaje de texto decía:

> ¿Nos vemos en Boba Palace?

Tenía puestos unos leggins, la camiseta de básquet de mi padre y mi cabello lucía como una montaña de frizz. No estaba para presentarme en público. Y por primera vez desde que estábamos saliendo, no me dieron ganas de hacer mi mejor esfuerzo. O sonreír y soportarlo. O el cliché que encajara. Solo quería holgazanear.

> Lo siento Luca, no creo que me sienta con ganas de ver a la mitad de la población de Monte Vista esta noche ☹

> ¿Estás bien?

Me carcomía la culpa. Pero, con sinceridad, me sentía, por primera vez en un largo tiempo… solo sin ganas de hacer nada.

> Estoy bien, lo siento. Solo que me siento un poco *meh*.

Me arrepentí en cuanto envié ese mensaje. Mierda. ¿Quién querría salir con una aguafiestas?

Me respondió:

> Lo siento 🙁 ¿Necesitas algo?

Si Luca venía no sería capaz de ocultar mi melancolía, así que le respondí algo que *sabía* que lo mantendría alejado:

> Ya he tomado un montón de medicamento para el estómago, creo que contraje gastroenteritis, lo mejor sería que no vengas 🤢

Como lo había anticipado, hubo una pausa antes de que Luca respondiera:

> ¡Ah! Okey mejórate, D. Te extraño, besos.

Me sentía aliviada, pero al mismo tiempo decepcionada de mí

misma. ¡Ay! Solo que aún no estaba lista para contárselo. Mi papá envió un mensaje al rato para decirme que se quedaría un poco más con sus amigos, así que tendría toda una noche de pura holgazanería por delante.

Una vez en mi habitación, miré tristemente mi suéter y mi camiseta de Stanford, luego los puse dentro de una bolsa para donar en beneficencia. Todos los folletos de Stanford fueron a parar al cesto de reciclaje.

Comí un tarro completo de pepinillos.

La campana de la puerta sonó cuando estaba en la mitad del episodio final de *Kill Me, Heal Me*. Me sobresalté. ¿Qué demonios fue eso? Decidí ignorarlo, dado que lucía y me sentía un completo desastre.

Pero continuaba sonando y luego se escuchó un golpe con indecisión. *Puff*. Me arrastré fuera del sofá y espié por la mirilla. ¡Ah!

Nooo. ¡Era Luca!

¿Por qué estaba aquí? No tenía tiempo de cambiarme de ropa, o arreglar mi cabello, mi rostro… todo. Abrí la puerta luego de dar un suspiro gigante.

–Luca al rescate con el remedio para la gastroenteritis –exclamó con un manojo de plátanos y un cartón de yogurt en sus manos.

–¿Yogurt y plátanos? –a pesar de mi fastidio no pude evitar reírme.

–Los plátanos detienen *tú-ya-sabes-qué*. Y de acuerdo con algunas búsquedas desagradables en Google, descubrí que el yogurt ayuda a repoblar la flora intestinal.

Flora intestinal.

Y así como si nada, lo comprendí: podía ser yo misma con Luca.

Luca, el que podía sentir que me sentía horrible y necesitaba estar con alguien, el que venía a mi casa si estaba enferma, el que odiaba estar cerca de las personas enfermas, el que se preocupaba por *mí*.

Las semanas y los meses llenos de ansiedad se deshicieron, capa por capa.

Le gustaba en serio. *Realmente* lo había conseguido.

Mientras llevaba esta revelación como una llave que revoloteaba en mi pecho, prácticamente floté en el aire cuando lo seguí hasta la cocina. Lo observé mientras servía el yogurt en un tazón y cortaba los plátanos en rodajas. Se negó a que lo ayudara y me hizo sentar en la encimera.

–¿Tienes miel? –preguntó mientras deslizaba los plátanos en el tazón de yogurt.

–Sip –intenté parecer normal y no como una persona que había tenido un descubrimiento emocional de proporciones épicas. Realicé un movimiento para tomar la miel de la alacena.

–No, no. La paciente debe descansar. Solo dime en donde está –dijo con la mano levantada.

–En aquella alacena a tu derecha –le indiqué apenas moviendo los labios mientras me quedaba inmóvil en una pose cómica.

Luca tomó la botella de plástico con forma de oso y la estrujó para que la miel cayera dentro del cuenco.

–Vaya madre, eso es muchísima miel, doctor Drakos –dije mientras agrandaba mis ojos.

–Dulces para mi dulzura –dijo con un tono agudo.

Me reí y tomé el cuenco cuando me lo alcanzó con un gesto teatral. Luca se sentó en la encimera opuesta.

–¿No quiere sentarse a mi lado y compartir? –bromeé mientras levantaba una cucharada de yogurt en su dirección.

–Eh, sé que eres mi novia pero no sé qué tan romántico sería pasar la noche juntos en el baño –se escapó.

–¿Quién imaginaría que iba a salir con tal germofóbico? –pregunté mientras negaba con la cabeza.

Se inclinó hacia atrás como respuesta, la imagen de la comodidad, y sonrió con su risita petulante. Como sucedía siempre, no pude evitar sonreír yo también: era la respuesta de mi cuerpo cada vez que me miraba de esa forma. Luego de este snack le contaría sobre Stanford.

Otra vez, el alivio me inundó y me sentí más liviana a medida que pasaban los minutos.

Luego de acabar mi yogurt (me contuve de decirle que esa cantidad de yogurt no tenía las unidades de bacteria suficientes como para ayudar a repoblar los microbios), me deslicé de la encimera y comencé a lavar los platos.

–¡No! Vine a atenderla con lo que sea que necesite, señorita –exclamó Luca luego de acercase a trompicones y quitarme el grifo extensible.

–Luca, deja que haga esto. Has sido muy tierno y todo, el novio *perfecto*, en serio.

Esto ya era ridículo. ¡Ni siquiera estaba enferma!

–Uuh, el novio perfecto –estalló de la risa.

–Sí, ¡un título prestigioso! –forcejeamos con el grifo–. Ahora déjame que… –de repente, el grifo extensible se resbaló de mis manos y roció de agua a Luca. Lo dejé caer y me tapé la boca con las manos, ahogando mi risa chillona.

Levantó la mirada lentamente, para verme a través de sus mechones de pelo empapados.

–Estás muerta –sujetó el grifo, cambió la intensidad al máximo y me echó agua.

–¡Estoy *enferma*! –aullé mientras me echaba a correr hacia el otro lado de la cocina.

Un momento de duda hasta que un chorro de agua me golpeó directo en el trasero.

–¡Ay, Dios mío! –grité antes de correr hacia Luca en busca de venganza. Soltó el grifo en el fregadero y salió corriendo de la cocina, muerto de la risa.

–¡Incluso estando enferma soy más rápida que tú! –exclamé siguiéndolo escaleras arriba.

Huyó hacia mi habitación y se encerró con un portazo. Giré el picaporte pero me había dejado afuera.

–¡Luca!

–¡No entrarás hasta que no me pidas una tregua! –gritó desde el otro lado de la puerta

–¿*Tregua*? Solo te mojé una vez y fue un accidente. Tú me mojaste como ¡tres veces! Si jugaras deportes sabrías que eso se llama competencia desleal.

Silencio.

–¿Qué estás haciendo ahí? –golpeé la puerta.

Oí el sonido distintivo de un cuerpo dejándose caer sobre mi cama.

–Solo me estoy poniendo cómodo –gritó.

Mi cama estaba sin hacer y toda mi ropa de cama necesitaría probablemente una buena lavada. *Dios.*

293

–¡Luca! Vamos, déjame pasar.

–Cuando llegue el momento justo, novia –dijo y lo escuché caminar por la habitación–. Primero, voy a husmear tu ropa interior. He tenido curiosidad desde ese primer día en que dejaste caer tus pantalones frente a mí.

–¿¡Qué!? ¡Eso fue un accidente!

–Clarooo –escuché un sonido como si estuviera buscando entre papeles o libros. Okey, esperaba que no hubiera encontrado mi álbum de recortes de árboles. Nunca oiría el final.

–Si estás buscando mi álbum de recortes de árboles, espero que seas cuidadoso y ¡no dejes que las hojas prensadas se salgan! –esperé por su respuesta de sabelotodo, pero no escuché nada–. ¿Luca? –seguí escuchando más sonidos de papeles.

–¿Qué es un drama coreano?

¿Qué? Cada parte de mi cuerpo se congeló: cada cabello, cada órgano, cada centímetro de piel. Giré el picaporte nuevamente.

–¡Luca, déjame pasar!

–Espera, ¿son esas novelas coreanas que tu padre ve todo el tiempo? ¿Las has estado estudiando? Des, tu ñoñez no conoce de barreras.

No, no, NO. Continué girando el pomo de la puerta, como si pudiera abrir la puerta al hacerlo.

–Lo digo en serio, Luca, por favor déjame entrar. Deja de leer, ¡es privado! –no me respondió. Y con cada segundo de silencio que pasaba, sentía que me moría. De repente la puerta se abrió y me tropecé hacia delante.

Cuando levanté la mirada, Luca sostenía la lista de los pasos de los dramas. Me miraba con una expresión que me dejó sin aliento.

Me estiré para tomar el cuaderno, pero Luca lo movió de mi alcance. Acercó el cuaderno a su rostro y comenzó a leer.

–Lleva a Wes a la fiesta de Gwen Parker y haz que Won Bin se ponga celoso… –estaba leyendo las notas del octavo paso: *Queda atrapada en un típico triángulo amoroso*. Su voz se agitó mientras continuaba leyendo–. Dile a Won Bin que te lleve a casa, causa un accidente automovilístico menor.

–Luca…

–Déjame adivinar, soy Won Bin –dijo luego de quedarse mirando las notas en silencio por lo que pareció una eternidad.

–¡No! Quiero decir, sí, pero… –tomé una bocanada de aire.

Comenzó a caminar por la habitación mientras continuaba leyendo y tiraba pequeñas dagas a mi corazón con cada palabra.

–Demuestra que eres diferente a todas las otras mujeres EN EL MUNDO ENTERO. Nota al margen: tú eres la única persona que puede probar que su concepción hastiada de las relaciones amorosas está completamente mal. Que tú, de alma y corazón puros, eres la excepción a la regla de que todas las mujeres son criaturas odiosas y deshonestas –lanzó un bufido burlón, luego siguió caminando mientras leía y murmuraba. Una vez que terminó, volvió a verme–. ¿Quién *eres*?

–Luca, por favor, no sigas leyendo eso. Es estúpido, ya no importa…

–Ah, no, sí que importa –se detuvo y agitó las notas con violencia–. Importa mucho. Tú planeaste todo esto –su voz se agitó. Su postura se desplomó, todos los rastros de habitual arrogancia desaparecieron. Verlo tan derrotado y deshecho me paralizó de la culpa.

–No, espera. No entiendes –negué con la cabeza–. Fue porque me gustabas…

–¿Entonces seguiste estos pasos para conseguir un novio? ¿Esto es algo que hiciste?

–No, no. No un novio. *Tú*. Luca, fue por ti –continué sacudiendo mi cabeza, incapaz de mover otra parte de mi cuerpo.

El sonido brusco y burlón que hizo fue como una bofeteada en el rostro. No fue su risa ronca, esa que hacía con todo su cuerpo, la que hizo cuando corregí el menú en un local de sushi o cuando le hice cambiar de estacionamiento porque estábamos a centímetro del bordillo rojo. No, esta era una risa diferente.

–¿Esto fue por mí? Vaya, esto suena jodidamente familiar.

Emily. Dios mío, él me comparaba con Emily.

–¡No! No, Luca, por favor, escúchame. ¡Sé que parece una locura!

–¿Parece una locura? –Luca me apuntó con el dedo–. ¡Esto *es* una locura, Desi! Esto *va más allá*. Sabía que sueles irte por la borda, pero siempre pensé que era inofensivo. Incluso adorable. No pensé que fuera algo manipulador, como algún ardid… como Emily.

Sus ojos ardieron, el reconocimiento encajó.

–Eres igual a ella.

Me dolía el pecho, el rostro. Todo.

Se enderezó, controlado con una precisión tirante, lo que me causaba más pánico que sus gritos.

–Excepto que, en realidad, tú no eres como ella, ¿cierto? Tú eres peor –su voz tenía un tono calmado, medido.

Se me llenaron los ojos de lágrimas y ahogué un sollozo. Me vio llorar con la misma expresión imperturbable que le había visto cuando hablaba de su padre.

–¿Y sabes por qué eres peor? –se giró lentamente hacia la estantería que había en mi habitación–. Porque contigo, solo soy un trofeo más en esos estantes, otro logro que puedes tachar de tu lista. *Nada* de esto fue real.

–No, Luca. Lo que sentí por ti, lo que aún sigo sintiendo por ti es real. ¡Por favor tienes que creerme! –intenté articular palabras entre mis sollozos.

–Eres una mentirosa. Todos a mi alrededor son unos mentirosos. Mi padre, el infiel. Mi exnovia, la manipuladora. Y tú… tu eres lo mismo –dejó caer el cuaderno al suelo.

Y ese era mi momento, el momento que necesitaba para explicarlo todo.

Excepto que no pude. Estaba paralizada en mi propia pesadilla despierta. Todo, Luca, Stanford, se desvanecía frente a mis ojos.

–Luca, por favor… –caminé hasta él y sujeté su manga.

–No –me apartó lejos de él. Me apartó.

Luego caminó hacia la puerta, escaleras abajo y fuera de mi casa.

Y yo me quedé de pie. Con el corazón partido a la mitad, los pedazos tirados a mis pies.

PASO 22: ~~En tu punto más bajo, tu vida se compone solo de recuerdos de los buenos tiempos~~

CAPÍTULO 22

SUPONGO QUE LOS SIGUIENTES MESES DE MI VIDA FUERON LAS páginas en blanco en *La historia de Desi Lee*. Pero desafortunadamente, y a diferencia de Bella Swan, yo no podía solo sentarme en una silla por meses mientras miraba a través de mi ventana. Aún debía asistir a la escuela, cumplir con las formalidades. Y mientras usaba una máscara de Desi normal frente a mi padre, me la quitaba ni bien llegaba al colegio.

Los últimos días de febrero pasaron a paso de tortuga. Pasé esos días llorando o con la esperanza ilusoria de que Luca me perdonaría. Marzo avanzó su camino hacia abril y la tristeza se volvió enojo. Odiaba a todos. Me negué a ver dramas coreanos y todo el entusiasmo del fin de año escolar se desvió hacia el campo de mi energía negativa. Fue un periodo en el que Wes me llamó *Des Vader*. Sin embargo, más tarde la ira se enfrió para convertirse en insensibilidad, brindándome una actitud nihilista que resultó *verdaderamente* divertida de llevar.

Era abril, estaba en uno de esos estados de ánimo encantadores, y me encontraba caminando por el patio para el almuerzo. El sol estaba muy brillante y el aire muy frío. Me quité las gafas de sol y me puse la capucha de mi sudadera sobre la cabeza.

Vi a Wes y Fiona en nuestra mesa de siempre pero los esquivé, aunque me vieron, mientras me encaminaba al puesto de pizza. Sus rostros preocupados hicieron que quisiera gritar. Durante las primeras semanas, ellos insistieron que todo pasaría al olvido, que Luca me perdonaría. Y si no lo hacía, Fiona lo castraría con mucho gusto. Sin embargo, ahora hasta ellos podían ver que la ruptura era un trato cerrado.

Era estremecedoramente fácil no cruzarse con Luca. Jamás nos veíamos. Desde que dejé el Club de Arte (la primera vez en mi vida que había abandonado *algo*), no tuve más razones para toparme con él. Por lo que yo sabía, estaba muerto. Solo bromeo. (Pero se sentía de esa forma).

Tres porciones gigantes de pizza grasosa se balanceaban en una pila sobre mi plato, el cual completé con algunas galletas de mantequilla de maní. ¿Vieron cómo algunas personas pierden el apetito cuando atraviesan una ruptura? BUENO, ¡YO NO! En ese momento, tenía ansias de calorías, y mientras más malas, mejor. Más grasa y mantequilla, por favor. Y mucha azúcar para terminar.

Una vez que llegué a la mesa del comedor, noté que Violet y Leslie también estaban ahí. Wes y Violet comenzaron a salir oficialmente, algo de lo que pude enterarme aun mientras vivía mi propia superproducción de *Los Miserables*. Y tampoco era sorpresa que Leslie y Fi hubieran vuelto también.

Parejas felices por todos lados. ¡Yupi!

Todos dijeron hola, pero pude sentir las ondas de preocupación y ya estaba harta de eso. Masculló mi saludo y me senté con mi comida para infartos.

–Entonces, ¿deberíamos terminar el último año con todo el resplandor de gloria y rentar una limosina para el baile de graduación? –preguntó Wes para romper el silencio incómodo.

–¿Hablas en serio? –quiso saber Fiona con su labio levantado–. Preferiría comer mierda.

Violet comenzó a ahogarse con su comida mientras reía.

La graduación. *Puff.* En mi desdicha me había olvidado por completo sobre el baile. Tiempo atrás, habíamos hecho planes para ir en grupo, lo cual incluía a Luca, claro. La idea de ir ahora me hizo sentir enferma.

–Eh, sí, no me cuenten –murmuré mientras mordía mi porción de pizza.

–Vamos, Des, ¡tienes que venir! –lloriqueó Wes mientras Violet echaba una mirada a escondidas a mi plato. Probablemente contenía la cantidad de calorías que ella consumía en un mes.

–Generalmente estaría a favor de la Desi rebelde, pero sería raro no tenerte allí, Des. Eres el rostro de nuestra clase. No estaría bien –dijo Fiona mientras llevaba una pierna a su pecho y reposaba su mentón en la rodilla.

No respondí, solo mantuve mi vista sobre mi comida. Wes lanzó un balón al aire, luego lo atrapó. Volvió a arrojarlo para atraparlo nuevamente. Mi ojo se crispó.

–No, chicos, ustedes diviértanse –respondí intentando sonreír.

–Tú te lo pierdes –replicó Wes, lanzando el balón otra vez. Pero lo dejó caer torpemente y aterrizó en mi plato de comida, tirando algunas galletas fuera de la mesa y una porción de pizza al césped. Todos se quedaron en silencio–. Lo siento, Des –dijo rápidamente, intentado levantar mi comida con torpeza y devolviendo una pizza cubierta de césped a mi plato.

Mi instinto me decía que fuera amable, que no permitiera que el enojo saliera a la luz, pero pensé en las heroínas de los dramas de inmediato y cómo solo existían bajo una nube lluviosa de miseria cada vez que enfrentaban algún desamor. Concretamente, cualquiera de los principales en los dramas *Las Cuatro Estaciones* cuando uno de ellos estaba muriendo (todos están muriéndose en algún momento).

–Da igual –sonreí débilmente a Wes.

Sentí como todos intercambiaban miradas de incomodidad. Me quité las gafas de sol y eché un vistazo alrededor.

–Okey, los amo chicos pero no puedo con las miradas de lástima en este momento –me puse de pie, arrojé mi plato al cesto de basura y me marché.

–¡Des! –escuché gritar a Fiona, pero seguí caminando.

CUANDO LLEGUÉ A CASA, ME DIRIGÍ DIRECTO A MI HABITACIÓN. Arrojé mi mochila en el suelo y me desplomé sobre mi cama. La fuerza de todo eso produjo un sonido que vino desde mi escritorio, levanté la vista y vi mi foto familiar tendida boca abajo. Qué apropiado. La foto había aterrizado sobre el borrador de mi discurso de graduación. Había estado juntando polvo allí desde la implosión Luca/Stanford.

Stanford. Tendría novedades de ellos en un par de semanas. Estaba nerviosa, sí, pero algo interesante había sucedido en el último mes: me importaba, pero no demasiado. Estaba segura de que se debía a mi estado actual de insensibilidad, aunque también se sentía como *una* pieza de mi vida. La parte de un panorama más amplio. Ya había sido aceptada en las universidades de Boston y Cornell, ambos con programas preparatorios para ingresar a la Facultad de Medicina y mejor posicionados que Stanford, debo añadir. Esto de no preocuparme se sentía aterrador y poco familiar, pero en cierta medida también era liberador.

Miré el borrador con mi discurso y me sentí culpable por unos 0.5 segundos antes de cerrar los ojos para una siesta.

Antes de que me pudiera meter entre las cobijas, mi puerta se abrió y mi padre ingresó dando pisotones.

–¡Appa! –ladré–. ¿Qué demonios, ya no golpeas más?

–¡Appa jamás golpea la puerta!

Verdad.

Se acercó y me tomó del brazo mientras me arrastraba fuera de la cama. Intenté resistirme.

–¿Qué estás haciendo? –pregunté con un aullido.

–Appa cansado y aburrido de que Desi no *haga* nada. Levántate y dame una mano afuera.

–No *quiero* –gruñí.

–¿Tú qué? –se detuvo y me miro fijo.

Mi cuerpo se enderezó de inmediato. Sabía que solo podía presionar a mi papá hasta cierto punto.

–No importa –murmuré mientras lo seguía afuera. La puerta de la cochera estaba abierta y dentro había un automóvil, elevado del suelo por algunos gatos mecánicos. No se trataba de cualquier auto, era el auto de Luca. Qué demonios. Miré a mi padre.

–Aún debo arreglarlo y pensé que podría hacerlo en casa –se encogió de hombros.

Se puso sobre la camilla de mecánico, esa plataforma chata con ruedas para ir debajo de los autos, y rodó por debajo del Civic.

–De acuerdo, tú ve al otro, prende la lámpara y mantén la caja de herramientas cerca de ti.

Suspiré pesadamente y arrastré la caja de herramientas gigante hasta el auto. Luego me recosté sobre la camilla de mecánico, y me empujé con mis pies descalzos sobre el suelo de la cochera para estar debajo del vehículo. Encendí la farola para echar un vistazo a la parte inferior del Honda.

–El aceite, los filtros de combustible y las bujías son demasiado viejos y no están nada bien. Debemos reemplazarlas o jamás pasará el examen de gases del coche –expuso mi padre–. Me ayudarás a cambiarle los filtros, ¿de acuerdo?

Sabía lo que eso implicaba así que comencé a desmontar el escudo térmico con una llave de tubo. Mientras lo hacía, mi padre me miraba con impaciencia.

–Así que Appa siempre tuvo curiosidad, ¿cómo funcionan las bujías? ¡Solo están hechas de metal!

Trabajé con el filtro, entornando los ojos para asegurarme de que no iba a hacer que nada estallara de alguna forma.

–Bueno, creo que es porque hay electricidad que hace que una chispa en el extremo de la bujía encienda la gasolina, causando la combustión.

–Ahhh, okey. Eso tiene sentido –dijo mi padre mientras hacía un gesto reflexivo. Esa era su respuesta de cortesía cada vez que no tenía idea de lo que le estaba hablando–. Ahora pásame la llave más grande.

Rodé para salir de debajo del auto y rebusqué entre la caja de herramientas hasta que la encontré. Se la di, luego me senté y dejé que él continuara con el trabajo.

–Entonces, ¿qué vas a hacer con Luca?

–¿Qué quieres decir? –pregunté sobresaltada–. Rompimos.

Aunque había intentado mantener mi tristeza al mínimo cada vez que estaba junto a mi papá, le había contado sobre la ruptura porque no habría otra explicación en cuanto notara que Luca ya no venía más.

–¿Desde cuándo te volviste una desertora? –refunfuñó mi padre.

–A veces solo tienes que aceptar la mierda que la vida te da –dije antes de darme cuenta con quién estaba hablando.

–Sí, lo sé. Lo sé muy bien, ¿sabes? –rodó y salió de debajo del auto, se limpió las manos con un trapo y permaneció echado en la camilla.

–Sé que lo sabes –respondí con la voz apagada.

Se levantó y tomó un trago de su botella de agua, luego me miró.

–¿Vas a decirme de una vez qué sucedió?

Había evitado entrar en detalles con mi papá, ya que toda la dura experiencia me avergonzaba, pero ahora estaba lista y le conté todo.

–Entonces… por eso veías tantos dramas últimamente –dijo luego de quedarse callado.

–Sí –me reí, la primera vez en semanas–. Pero también me gustan.

–Sabes, Luca debe pensar que estás muy loca.

–Sí, lo sé.

–Porque esto es algo muy loco.

Algo muy loco. Mi padre lo había resumido a la perfección, como siempre.

–Sip.

–Entonces, ¿por qué lo hiciste? ¿Por qué no hiciste que gustara de ti de la forma tradicional?

Nos sentamos uno al lado del otro en silencio por unos minutos, mi padre esperando pacientemente mientras yo intentaba reunir todo lo que le diría: el mosaico de fracasos e inseguridades provocado por no sentir el control sobre esta única cosa en mi vida.

Pero a pesar de todo, aun luego de una eternidad de confidencias a mi padre sobre las minucias de mi vida, no pude contárselo. No pude contarle que a pesar de su duro trabajo, amor y cuidado, yo era terriblemente insegura sobre esto.

–Tú me conoces, Appa. Tuve que seguir esos pasos para sentirme con confianza.

–Ja, igualita a tu mamá.

Sí. Ajá. Estoy segura de que mi madre jamás necesitó una lista.

–¿Sabes qué? Si no fuera por Appa, tú no habrías nacido –se aclaró la garganta.

Sentí vergüenza. Las sombras de nuestra charla de sexo de años atrás…

–Porque tu mamá, a veces quería renunciar a nosotros. Tuve que pelear varias veces para evitar que tirara *la manta*.

–Tirara la toalla.

–Sí, como dije. De todos modos, ella se rindió muchas veces.

En la secundaria, cuando sus padres me odiaban, me dijo que debíamos dejar de estar enamorados –sonreí por la elección de palabras de mi padre–. Cuando supo que debía mudarse aquí, ya estaba lista para decir adiós. Tuve que demostrarle que funcionaría, me mudé aquí sin saber *nada* del idioma y éramos muy pobres. Tu madre lloró muchas veces y pensó que todo era una mala idea. Pero nunca me rendí –se me acercó y sujetó con suavidad mi rostro. Sus ojos se arrugaron con una sonrisa–. No puedes controlar a quién amar, Desi, pero sí puedes controlar cuán duro lucharás, ¿de acuerdo? Sí, hiciste algo malo. Pero no *tan* malo como para no poder explicárselo e intentar que te perdone.

–Appa, confía en mí. Tengo algo de orgullo, ¿sabes? –me restregué los ojos con las mangas de mi sudadera–. No responderá mis mensajes, ¡no hay *forma* en la que me pueda explicar!

–Entonces debes hallar la forma de hacerte escuchar.

Horas después, todas esas palabras resonaron en mi cerebro mientras yacía despatarrada sobre mi cama, avanzando trabajosamente con *Un hombre de dos reinos*.

¿Cómo podría hacerme oír?

Estaba por arrojar el libro a un lado sobre una pila de cosas cerca de mi cama cuando vi el cuaderno de los dramas coreanos. *Arrgh*, ¿por qué aún no había destruido esa cosa? Lo recogí con la intención de incinerarlo en alguna forma de ritual. Luego recordé uno de los pasos. Pasé las hojas por encima hasta que me detuve en el número veintitrés.

23. Toma medidas drásticas para obtener tu final feliz.

Algo dramáticamente épico debe ocurrir para lograr reunirlos, de modo que mientras ambos intentan seguir adelante, se den cuenta de que deben estar juntos contra viento y marea. Ambos ESTÁN DESTINADOS. Pruébalo. Reitero: las experiencias que atentan contra la vida son lo mejor. Tal vez un escape de una avalancha.

Medidas drásticas.

Pensé en el momento en que tomé por primera vez su mano y corrimos calle abajo con mi vestido de encaje rojo, el momento en que Luca me puso su gorro de lana, su brazo haciendo de cinturón durante el accidente de auto, de sus manos tibias cuando sujetaron mi cuello en nuestro primer beso, su espalda encorvada mientras observaba el océano, sintiéndose triste por mí.

Literalmente, estaba teniendo una escena de *montaje romántico de recuerdos* a lo drama coreano.

Luego sentí como un frenesí familiar se apoderaba de mí: la determinación que me ayudaba a avanzar en todas las cosas de mi vida, eso que no me permitía tomar un no por respuesta. Lo que me convenció de niña de que había movido un lápiz con mi mente.

Y fue Luca el que contribuyó en todo. Las manos de Luca, su sonrisa cuando me miraba de costado, la forma en que se acomodaba el gorro, la forma en la que siempre venía a mí cuando yo lo necesitaba.

No podía predecir mi futuro con Stanford, pero sí podía hacer algo con respecto a Luca. No estaba todo perdido. Aún. Los pasos de los dramas coreanos me habían conseguido a Luca una vez; tenía que intentarlo una última vez.

Extraje mi cuaderno de Literatura de la pila. Pasé los dedos sobre el garabato del primer día en que nos conocimos. Yo con ese vestido negro. Tomé mi teléfono celular y envié un mensaje a la madrastra de Luca:

> Hola, Lillian, ¿crees que podré conseguir un vestido para el baile de graduación en dos semanas?

Al instante:

> Diablos, sí, cariño.

~~CAPÍTULO~~ PASO 23:

Toma medidas drásticas para obtener tu final feliz

—Si él no acepta, siempre tienes la opción de Max, el de primer año, como novio de repuesto —ofreció Wes amablemente desde el costado de Violet. Gruñí y me recliné sobre la tapicería de cuero de la limusina.

—Oye, solo sé honesta, ¿okey? —Fiona se escabulló de su cita, Leslie, y cojeó a través de la limusina para acuclillarse frente a mí–. Te perdonará —sujeté sus manos y me las quedé mirando por los nervios. Sus uñas deletreaban su nombre y el de Leslie en rosado.

—*Uff*, todos están enamorados —gruñí. Fiona se encogió de hombros.

—*Puaj*, ¿quién habló de amor? —preguntó Violet mientras se apartaba de Wes. Él la sujetó con la velocidad de un rayo y la sentó sobre sus piernas. Ella lo abofeteó, pero no engañaba a nadie.

—Violet, ¿estás *segura* de que Luca asistirá? —pregunté por milmillonésima vez.

—¿Cuántas veces vas a preguntar esto, Hye-Jin? Cassidy lo prometió —dijo y puso los ojos en blanco.

Habíamos convencido a Cassidy para que invitara a Luca al baile de graduación, aun cuando todo esto la ponía nerviosa. Confiaba en Cassidy y estaba agradecida por su ayuda, aunque la idea de que Luca fuera al baile con otra persona hacía que quisiera sacarme los ojos. Sin embargo, no podía evitar sospechar que probablemente ella lo disfrutaría *un poco*.

Finalmente nos estacionamos en el hotel en donde se llevaba a cabo el baile de fin de curso: un edificio con forma de castillo en lo alto de una colina con vistas al océano, todo iluminado con guirnaldas de luces. Todo el mundo salió de la limusina y aun sin haber ingresado en la propiedad pudimos escuchar la música. El baile estaba sobre jardines, un área totalmente podada con gazebos y una piscina gigante.

—¡Esperen! —exclamé en pánico cuando estuvimos a punto de ingresar. Todos se voltearon para verme—. ¿Cómo… cómo me veo? —la desesperación en mi voz no era favorecedora.

—Sexy —dijo Wes.

—Bastante bien por tratarse de ti —sentenció Violet.

—Digna de ser amada —concluyó Fiona.

Me reí y cubrí mi rostro para ocultar el enrojecimiento precoz. Cuando vi mi reflejo en el espejo del recibidor, esperé que no estuvieran siendo solo amables.

El vestido había quedado perfecto. Lillian había aparecido como un hada madrina millennial: a través de su red de moda, tuvo mi vestido listo en tiempo récord. Me calzaba como un guante: de encaje negro, sin tirantes y corto al frente. En la parte posterior tenía una falda larga y cubierta de plumas negras. Mi pelo estaba demencialmente alborotado como el de una supermodelo (Fiona tuvo que recibir un masaje luego de terminar con la tarea, mi pelo grueso no era broma) y lo tenía echado sobre un lado, exponiendo una oreja llena de aretes de plata hasta los hombros (algunos eran a presión, no estaba dispuesta a obtener perforaciones de más, ni siquiera por Luca). ¿Los toques finales? Guantes de encaje negro y un par de tacones negros asesinos.

Era el dibujo de Luca en vida.

Y en la realidad era una especie de atuendo loco.

Sin embargo, esperaba, rogaba, que él lo reconociera. Ese era el paso número uno: que recordara y se suavizara, dándome la chance de hablarle. Para mostrarle a través de *hechos* cuánto significaba para mí. Y si eso no llegaba a funcionar… bueno, lo veríamos.

Leslie fue abducida por un grupo de porristas y Fiona hizo una cara.

—Vamos a comer, muero de hambre –dijo mientras me tomaba del codo y me guiaba hacia la mesa del bufé.

Hice un escaneo del lugar en busca de Luca, pero no había señales.

—Va a venir –Fi me apretó el brazo.

Me relajé y la miré, registrando por completo lo hermosa que estaba mi mejor amiga esta noche. Su cabello había sido teñido con un efecto sutil de arcoíris: sus raíces negras naturales se convertían en tono de índigo, azul oscuro, turquesa y luego verde espuma de mar en las puntas. Caía en ondas alrededor de su rostro y en cascada a lo largo de su espalda. El cabello hacía juego con su vestido: azul hielo, con un hombro descubierto, que abrazaba cada curva de ese cuerpo explosivo. Parecía una sirena brutal.

—¿Te dije que te amo? –le dije mientras la abrazaba.

—Okey, no nos dejemos llevar —puso mala cara pero también me abrazó.

—¡Selfie! —exclamó Wes tirándose sobre nosotros junto a Violet y tomando una foto con su teléfono. Hice la señal de la paz con mis dedos.

La noche había comenzado de forma agradable, era genial ver a todos tan felices y entusiasmados. Aún no podía creer que este grupo de personas, del cual a muchas había conocido durante trece años de mi vida, estaba por separarse. Todos iríamos encaminados a nuestras travesías personales. Y a donde sea que la mía me llevara, Stanford o no, sabía que podría ser feliz allí. Eso sí, una vez que atara los cabos sueltos con Luca.

Todos tenían un humor nostálgico y sentimentaloide. Algunos se acercaron a mí para hacerme comentarios emotivos y aunque me sentía un poco abrumada, estaba innegablemente conmovida. Incluso Helen Carter, la capitana del equipo de fútbol, la chica a la que siempre me había referido como *Ella, la de una Sola Expresión Facial,* había comenzado a sollozar mientras bailábamos Rihanna.

Fue una noche tan agradable que casi me olvidé de Luca. Casi.

Entonces lo vi, al otro lado de la pista de baile, riendo de algo que había dicho un chico del Club de Arte. Me detuve en seco. Cassidy estaba parada junto a él, en cuanto me vio sus ojos se agrandaron. Articuló un "Guau" mientras me miraba de arriba abajo. Sonreí e hice una señal con mi pulgar arriba.

Y entonces… Luca volteó ligeramente su cabeza y nuestros ojos se encontraron. Tenía un traje entallado azul marino y una camisa blanca almidonada sin corbata, se veía tan devastador que casi salgo corriendo hasta él. Sentí que quedarme aquí de pie y sin moverme atentaba con todas las leyes naturales.

Pero me quedé paralizada porque había visto cómo su cara me registraba. Sus ojos pasaron sobre mí, desde los pies hasta la cabeza. Sus labios estaban apretados y sus ojos brillaron de emoción durante un segundo, hasta que volvieron a su inexpresividad. Contuve la respiración, esperando.

Luca se volteó y se marchó.

Mis piernas apenas me sostenían. Cassidy me lanzó una mirada apenada antes de salir corriendo hacia él. Wes cruzó la pista de baile hasta llegar a mí.

–¿Estás bien?

–No –respondí mientras negaba con la cabeza.

–Terco John Stamos –murmuró.

–No te preocupes, Des. Solo dale tiempo. Tuvo que procesar el vestido, tu sensualidad y luego… –dijo Fiona con una expresión determinada, detrás de Wes.

–Está bien, chicos –respiré profundo–. Tengo un plan B.

Intercambiaron miradas.

–¿Qué quieres decir? –quiso saber Fiona, su voz estaba cansada.

Lo que quería decir era que cambiaría mi papel de heroína atrevida a otro completamente diferente: la indefensa damisela en apuros. Siguiendo los pasos de las farsantes más famosas. Jan-Di de *Chicos antes que flores*, con su última jugada desesperada en la fiesta durante el último episodio.

–Ya verán –eché un vistazo al baile hasta que lo localicé, sentado en una mesa con Cassidy. Ella le estaba hablando y gesticulaba mientras movía sus brazos enérgicamente. Él lucía *molesto*.

315

Luca no estaba tan lejos. En el sentido físico, al menos. Caminé hasta el extremo más profundo de la piscina y miré hacia el agua. Esto era. Me balanceé en mis tacones y dejé escapar un pequeño grito.

Un pequeño resbalón, un chapuzón torpe, una salpicadura gigante: parecía bastante básico.

Los pliegues de encaje de mi vestido negro flotaban en el agua a mi alrededor y pude ver mi ropa interior con patrones de sushi. Maldición, no había pensado en eso cuando me estaba preparando. Bueno, no se puede ser sexy todo el tiempo.

Esperé un momento, incluso hice una voltereta bajo el agua hasta que comencé a nadar hacia la superficie. Mis movimientos se volvieron erráticos mientras más avanzaba en el agua. Pateé con mis piernas espasmódicamente y agité mis brazos, creando un alboroto de olas agitadas sobre mí.

Una vez que salí a la superficie, escuché fragmentos de música dance que flotaban por el aire de la noche, todo mezclado con el sonido de risas de la gente. Cuando abrí los ojos, el agua entró en ellos, pero pude ver a algunos señalándome... pero ¿*él* me había visto? Miré hacia la mesa, y allí estaba, viendo en mi dirección, aunque no creo que supiera lo que estaba viendo todavía.

Era ahora o nunca. Como nunca de los nuncas. Levanté mis brazos en el aire y comencé a pedir ayuda a los gritos. Hubo un lapso de silencio. Y si es que el silencio podría oírse sospechoso, este era el silencio más sospechoso en el mundo. Dejé que mi cabeza se sumergiera en el agua por un segundo y llené mi boca con agua con cloro antes de emerger de nuevo fuera del agua.

–¡*Ayuda!* ¡Por favor! –grité de manera ahogada mientras escupía el agua. Pude ver a Luca mientras luchaba por sobrevivir en el agua.

Estaba abriéndose paso entre la multitud. Corriendo.

Volví a meter mi cabeza en el agua para esconder mi sonrisa, esperando a que salte dentro del agua de manera heroica. Pero en lugar de hacer eso, Luca corrió hasta el muro junto a la piscina y tomó un recogedor de hojas por su barra de madera.

¿Qué demonios?

Con el recogedor de hojas en la mano, Luca corrió al extremo de la piscina, se arrodilló y lo acercó a mí.

–¡Sujétalo! –gritó. El extremo con la red estaba a unos pocos centímetros de mí.

Por el amor de Dios.

Chapoteé un poco más, esta vez un poco desanimada hasta que alcancé la red. Una vez que la sujeté, decidí agregar un poco de actuación: me moví hacia atrás para que mi cabeza volviera a estar bajo el agua. Pero al hacerlo, jalé demasiado y escuché un salpicón fuerte.

Uh-uh.

Abrí mis ojos bajo el agua y vi como el cuerpo de Luca se hundía. Bueno, okey, esto no era exactamente lo que había previsto, pero estaba genial, ahora él podría sacarme del agua.

Luego noté algo. Algo extraño, algo que estaba mal.

Maldito. Sea. Todo. El. *INFIERNO*.

Luca no sabía nadar.

PASO 24:

Obtén tu final feliz

¿Cómo diablos era posible que Luca no supiera nadar? Su padre tenía un barco, ¡por el amor de Dios!

Luca se hundía rápidamente hacia el fondo de la piscina. Nadé hasta él, mis brazos cortaban con habilidad el agua, mis piernas estaban perfectamente rectas a pesar del peso de mi vestido enredado entre ellas.

Alcancé su cuerpo, que se retorcía bajo el agua, pero cuando intenté sujetarlo, él nos empujó hacia abajo. Tenía los ojos muy abiertos y podía notar en su estado de pánico que estaba tragando cantidades masivas de agua.

Mierda, mierda, *mierda*. Me estaba quedando sin aire, así que nadé hasta la superficie y tomé una bocanada profunda. Por un breve segundo pude escuchar los gritos de la gente y a un par de personas (creo que uno de ellos era Wes) saltando al agua. Había retrocedido de nuevo para tomar el brazo de Luca y me di cuenta de manera alarmante que ya no se movía. Sus ojos estaban cerrados. *No.*

Con su cuerpo inmóvil fui capaz de arrastrarlo hasta el extremo menos profundo, en donde salimos a la superficie. La gente comenzó a rodearnos de inmediato y unas manos me arrancaron a Luca de mis brazos para llevarlo fuera del agua. Wes y Fiona corrieron hasta mi lado.

–¿Estás bien?

–¡Estoy bien! ¡Tengo que ayudar a Luca! –mi vestido parecía un traje de hierro y me arrastraba hacia abajo mientras luchaba para salir de la piscina. Wes y Fiona me dieron un empujón para que pudiera salir más rápido del agua, el vestido estaba pegado a mi cuerpo. Violet y Cassidy estaban en el borde para jalarme hacia arriba.

–¡Está allí! –Violet señaló al césped que estaba al lado de la piscina. Algunas personas estaban rodeando el cuerpo de Luca. Los aparté y me dejé caer de rodillas a su lado.

–¡Luca! –grité mientras buscaba su pulso. Fruncí el ceño cuando sentí el ritmo débil bajo mis dedos.

–¿Sabes hacer RCP? –preguntó Violet mientras se retorcía las manos, había venido corriendo hasta nosotros.

Desde el jardín de infantes. Coloqué el borde mi mano izquierda sobre el centro de su pecho y luego coloqué mi mano derecha por encima. Rápidamente presioné y repetí el mismo movimiento cada pocos segundos. Pero aún no reaccionaba y comencé a sentir pánico. Maldición, lo maté. Maté a mi exnovio.

Estaba a punto de inclinar su cabeza hacia atrás para hacerle respiración boca a boca cuando abrió los ojos y comenzó a toser agua.

Un grito de júbilo se elevó entre la multitud. Luca rodó inmediatamente y vomitó más agua sobre la hierba. Los vítores vacilaron un poco.

–¡*Puaj!* –murmuró alguien.

–¿Estás bien? –le pregunté mientras golpeaba suavemente su espalda y él escupía el resto de agua.

–¿Qué… qué pasó? –quiso saber, cuando terminó de toser.

–¡Casi te ahogas! –gritó alguien.

Miró a la piscina y pareció darse cuenta de lo que pasaba.

–¿Estás bien? ¿Alguien te ayudó a salir? –se giró rápidamente y sujetó mis brazos mientras escaneaba mi rostro.

–Estoy bien… yo pensé que… –aún seguía intentando entender todo.

–Desi te *salvó* –respondió alguien–. Ella es como una especie de guardavidas entrenado.

–¡*Hijo de…!* –escuché el gruñido de Fiona detrás de mí.

–¿Qué? –me miró, su cabello enmarañado, el agua caía dentro de sus ojos–. Tú te caíste, te estabas ahogando.

Me quedé en silencio. Su confusión fue reemplazada por pura furia.

–¿*Estás bromeando? ¿Fingiste eso?*

El espacio hueco en donde solía estar mi corazón se contrajo.

–Yo… yo… ¡no sabía que no podías nadar!

Un murmullo recorrió la multitud. Luca se puso de pie, tomó su cabello con ambas manos, como un personaje atormentado de Shakespeare.

–¿*Estás bromeando?* –volvió a gritar–. ¡Lo fingiste!

Y ahí estaba. La Ira. En toda su gloria.

Me puse de pie y las emociones de las últimas semanas comenzaron a brotar a través de mí.

–¿Quién diablos no sabe nadar? ¡Tú eres de *California*!

–¡*Odio* el agua!

–Tu padre tiene un barco…

–¿Me has visto alguna vez cerca del agua? ¿Por qué crees que odio tanto al estúpido Carpe Diem?

–¡Creí que solo era parte de tus problemas con papi!

–¡Silencio! ¡*Cállate*! –exclamó mientras me apuntaba con el dedo–. ¿Qué clase de persona desquiciada hace esto? ¿No aprendiste *nada*? ¿Cuál es tu *problema*?

Me quedé sin aire y sentí como dos cuerpos venían a mi lado de manera defensiva.

–Ustedes son unos cómplices. ¿Qué? ¿Acaso la ayudaron con todo esto? –Luca los fulminó con la mirada.

–Eh, en realidad no teníamos la mínima idea de que haría esto. De haberlo sabido… –Wes se aclaró la garganta.

–*De haberlo sabido*, hubiéramos ayudado, tú pequeño ingrato –lo interrumpió Fiona.

Entonces sentí la derrota verdadera. Un vacío que mis amigos no podían llenar.

–Gracias, pero… está bien, chicos. Fui solo yo… Siempre se trató de mi –dije vencida y débil.

–Entonces, repito, ¿qué clase de manipulador demente hace esta clase de cosas? ¿Por qué? –Luca se calmó y me miró, sus ojos ardían.

–¡Por ti! Tú, estúpido idiota. De alguna forma podría aprobar un examen con los ojos cerrados, pero ¡no puedo hablar con un chico sin que se me caigan los pantalones!

Se oyeron risitas a mí alrededor.

–Vamos cierren la boca, como si todos ustedes fueran perfectos

–miré de nuevo a Luca–. ¿No ves que si no fuera por los pasos, si no hubiera hecho esas cosas absurdas como esta, tú no te habrías fijado en mí? Yo solo... supuse que si podía controlar el *cómo* lograr que te guste, ¡no lo arruinaría!

–¿Hablas en serio? ¿Piensas que me gustas porque montaste un accidente automovilístico?

Fue entonces cuando fui consciente de *toooodas* las personas que nos rodeaban. Ay, Dios. No solo había desnudado mi alma a Luca, sino que a todos los estudiantes del último año de la Preparatoria Monte Vista. Aun estando mojada ardí desde las orejas hasta las puntas de mis pies. De repente mi mágico vestido negro se sintió como un disfraz barato de bruja. Uno mojado. Comprendí la locura de esta última artimaña con el peso de una tonelada de ladrillos. Quería hundirme en un charco y morir.

Luego la música, en la peor elección del momento oportuno hecha por el DJ, pasó de bailable a una balada. La multitud se dispersó y regresó a la pista de baile, aburrida de Luca y de mí. Y ahí estábamos, mirándonos mientras las demás parejas bailaban con Adele y su balada del lamento de un amante.

Sus ojos reflejaron la traición y el dolor una vez más antes de largarse a correr en la dirección contraria.

–¡Luca!

Siguió corriendo hasta que se convirtió en una figura difusa en la distancia. Luca, quien nunca huía.

Fui hundiéndome de a poco en el césped, mi vestido se volcó a mí alrededor como si fuera líquido. Estaba rodeada por las voces indescifrables de mis amigos.

¿Qué acababa de hacer?

Cerré los ojos y comencé a sentir el *final* de todo. Cada hueso de mi cuerpo sentía la fatiga. Estaba preparada para rendirme.

Entonces escuché la voz que me había ayudado durante toda mi vida. *Siempre puedes controlar la intensidad con la que luchas.*

Mis ojos se abrieron de repente. Me paré, sujeté mi vestido empapado y corrí. Fiona y Wes comenzaron a seguirme.

–¡Yo me encargo de esto! –les grité.

Se quedaron detrás de mí mientras yo corría por el césped verde e inmaculado con el océano brillante de fondo.

–¡*Hwaiting!* –escuché que Wes me gritaba.

No me detuve hasta que divisé a Luca sentado en un montón de rocas negras escarpadas viendo al océano. Caminé hasta él lentamente, mientras intentaba recuperar el aliento.

–¿Quieres acabar con neumonía neumocócica?

–¿Desi? –se volteó sobresaltado.

–Ya me escuchó, *Señor Problemas de Salud* –respondí. Mi corazón latía, pero el sonido se ahogaba por el rugir del océano.

–¿Por qué estás aquí? –se puso de pie y pasó la mano entre su cabello húmedo.

–Porque necesito explicarme, de una vez por todas. Sin audiencia –repliqué con las manos sobre mis caderas. La pose de Mujer Maravilla.

–Creo que no podré creer nada de lo que me digas, Desi –el enojo de antes fue reemplazado por cansancio. Luca se veía agotado.

–Lo sé. Y lo entiendo. Lamento mucho casi haberte matado hoy. De verdad. Pero este es el asunto: no estoy aquí porque tenerte de novio valida algo para mí, o porque rellena otro casillero más para ser perfecta, o lo que sea –me temblaban las piernas, pero mantuve la pose. Su expresión era indescifrable. Tomé impulso–. Estoy aquí porque… me *gustas*, y es una parte de mi *ser* ahora, algo que está fuera de mi control. Pero *elijo* hacerlo aun sabiendo que puedes rechazarme, que puedes romper mi corazón otra vez. Es algo de lo que yo… yo no tengo control. Y voy a rendirme. Voluntariamente.

–¿Por qué? –preguntó. Algo cambió en su expresión, una especie de dulzura llenó su rostro de inmediato.

–¡Porque te amo! –agité mis brazos en el aire de la frustración. La pose de Mujer Maravilla se fue al océano.

Dejé que esa declaración flotara entre los dos, lo que me había conducido a la locura esos últimos meses.

Luca me miró, solo se movió para quitarse apresuradamente el agua de su rostro. Nuestros ojos se encontraron en lo que pareció una eternidad. Me temblaban tanto las piernas que comencé a dudar de cuánto más podría mantenerme en pie.

Y entonces…

Se me acercó con pasos largos, me tomó entre sus brazos y me besó. El beso no era tierno ni dulce; era un beso desesperado. Me lancé hacia él y respondí a su beso con mis manos enredadas entre su cabello húmedo. Lo besé con la intensidad de mi remordimiento y la promesa de ser mejor.

Y cuando nos separamos, mi corazón volvió a su sitio, latiendo furioso.

–También te amo –dijo mientras acunaba mi rostro entre sus manos.

–¿De verdad?

Las nubes de angustia se alejaron y, por primera vez en semanas, me sentí bien otra vez.

–¿Por qué es tan difícil de creer? ¿En verdad crees que todos esos trucos de los dramas coreanos habían logrado que me gustaras? –me preguntó.

Asentí como respuesta.

–A decir verdad, todos esos incidentes me parecían verdaderamente extraños. Pensaba que solo tenías *demasiada* mala suerte.

–*Tenía* mala suerte –mi risa se mezcló con resoplidos–. Con los chicos, de hecho. Luego apareciste tú y ya no quise tener más mala suerte –sacudí la cabeza–. Y entiendo por completo lo demente que fue todo lo que hice, y estoy verdaderamente apenada. En especial de poner tu vida en peligro –hice una pausa–. Tres veces.

Luca rio y dejó que se escapara ese ronquido vergonzoso que yo amaba tanto.

–Pero Luca, la cosa es que quería que sucediera sin importar lo loco que fuera ese plan. Quería que todo sucediera a partir del momento en que dibujaste este vestido.

–No me hagas hablar de este vestido –levantó una ceja.

–Lillian me ayudó, ¿sabes?

–No me sorprende –suspiró y se puso serio–. No fueron los dramas, fuiste tú. ¿Cómo no pudiste verlo? Fue tu inteligencia, tu dedicación para todo, tu risa hilarante, cómo eres con tu padre... Has hecho que me agrade el *mío*, de alguna manera.

Luca apartó un mechón de mi cabello. No era capaz de responder, sentí que cada parte de mi cuerpo se entibiaba por las palabras que salían de su boca.

–Eres tan fuerte, tan determinada en no estar triste por el bien de tu padre, para no herirlo. Eso está más allá de todo, eso es especial. No necesitas a Stanford, Des, ellos te necesitan a ti. Eres una oportunidad única en la vida.

Sentí un hormigueo en cada parte de mi cuerpo, de las pestañas a las puntas de mis pies.

–Me enteraré de Stanford la semana próxima –respondí mientras sonreía con remordimiento.

–Hablando de Stanford, ¿por qué no me dijiste que habías perdido la entrevista? ¿Por qué no me lo dijiste ese *mismo día*? –preguntó mientras negaba con la cabeza.

–¿Qué? ¿Quién te lo dijo? –quise saber sobresaltada.

–Tu papá. Cuando fui a recoger mi auto, esta mañana

¡Qué demonios! Mi papá no me había dicho nada al respecto. Pero no me sorprendía, conociendo su corazón blando y romántico.

–No quería que te culpes por eso. Fue mi decisión –dije bajando la mirada.

–Jamás hubiera dejado que lo hagas.

–Lo sé. Pero *yo* quería hacerlo.

La admiración en su expresión borró cualquier rastro de inseguridad que había en mí. Me sentí purificada. Renacida. Me tomó en sus brazos y me abrazó tan fuerte que casi me quedo sin aliento.

–Vámonos de aquí –susurró a mi oído.

–Okey –respondí contra su cuello.

Apretó mi mano mientras comenzamos a caminar de regreso al hotel. Pero luego me detuve y él se volteó a verme.

–Luca, no puedo enfrentarlos ahora mismo.

–Okey –asintió–. ¿Voy a buscar mi auto?

Asentí. Nos tomamos de la mano hasta el último segundo, desenredando nuestros dedos de mala gana. Lo vi regresar al hotel y suspiré mientras posaba mi mano sobre mi pecho. Ahí fue cuando sentí algo adherido a mi sostén sin tirantes.

Ah, *qué bien*. Retiré la lista de los dramas coreanos empapada. Deshecha y goteando tinta.

Quería hacerla trizas, meterla en mi boca y tragarla si era posible. Pero mientras más miraba a la lista con todas sus reglas y pasos ridículos, más entendía por qué amaba esos dramas. No porque fueran útiles, o porque sirvieran de herramienta para mis propósitos.

Sino porque se trataban de historias de amor sin remordimientos.

Sí, todas las excentricidades eran graciosas, los clichés algo agotadores y el drama demasiado dramático. Pero al final, se trataba de personas que se mantenían unidas en la dicha y la adversidad, aun sin saber si funcionaría. Amor verdadero: se trata de tomar riesgos y tener fe. No existen las garantías.

El auto de Luca se detuvo frente a mí. Mi corazón se estremeció al ver ese Honda Civic restaurado con amor, al que mi padre le había dado una segunda oportunidad. Estrujé la lista en una bola y la deslicé de nuevo dentro de mi vestido.

Finalmente entré al auto y miré a mi novio.

–Entonces, ¿a dónde vamos?

–No lo sé –dijo Luca mientras se encogía de hombros.

Y por primera vez en mi vida estaba conforme con eso.

EPÍLOGO

—Mueve tu cabezota.

—¿*Perdón*?

—Ya me oíste. No puedo ver la televisión —respondió papá mientras masticaba un pepinillo.

—¿*Yo* tengo cabeza grande? —chillé mientras me giraba para mirar a mi padre desde mi posición en el suelo—. Tengo una cabeza perfectamente normal porque heredé la de mamá y no la *tuya*.

De todas formas, reajusté la almohada sosteniéndome de la mesita de la sala, metí mi barbilla en mi pecho y me deslicé un poco más hacia abajo.

—Luca, dile algo. Tú sabes la verdad —dijo mi padre detrás de nosotros, mientras estiraba su pierna fuera del sofá reclinable y daba una patadita a Luca en la espalda con sus pies enfundados en calcetines blancos.

A mi lado, Luca comenzó a sacudir sus hombros mientras ahogaba su risa.

—No respondas a eso —le advertí mientras entornaba mis ojos.

–¡No dejes que te mandonee! –exclamó mi padre.

–¡Tú no seas mandón sobre yo siendo mandona! –grité como respuesta.

–No levantes la voz a tu padre –dijo Luca estirándose y dándome un golpecito con el dedo en la frente como en los dramas coreanos.

Toqué mi frente mientras mi padre se reía a carcajadas desde atrás. Un pequeño ladrido acompañó su risa.

–¡Mantente fuera de esto, Popcorn! –dije apuntando a la bola peluda que estaba sentada en el regazo de mi padre.

El cachorro de mi papá bostezó en respuesta y rodó para que él acariciara su vientre.

–¿Pueden dejar de molestar así podemos ver de una vez este episodio? –les ladré mientras presionaba el botón de *Play* en el control. Los créditos de *Descendientes del Sol* comenzaron a pasar por la pantalla.

Luca me atrajo hacia él y me acurruqué en su hombro. Sentí una patadita en mi espalda.

–¡Appa!

–*Ya.* ¿Qué estás haciendo frente a tu padre? –su pie volvió a darme en la espalda.

Luca me soltó al instante y se alejó un poco. Sin embargo, acercó su mano a la mía por debajo de la manta y las entrelazamos en el espacio entre los dos.

–¿Crees que el capitán Yoo confesará sus sentimientos en este episodio? ¿O algún otro desastre natural volverá a interrumpirlos? Juro por Dios que asesinaré a alguien si no se besan en este episodio –susurró Luca.

–¿Piensas que se confesará ahora? –negué con mi cabeza con tristeza–. En tus sueños, amigo. Aún no hemos sido torturados lo suficiente.

–*Dios* mío. Si tengo que verlos salvar otra vida de algún huérfano… –Luca se cubrió los ojos con su gorro y echó la cabeza hacia atrás.

–¡Silencio! –gritó Appa.

–¡Son solo los créditos! –repliqué con enojo.

–¡Y qué! Además, nada de contestaciones, Desi. Castigo por el rechazo de Stanford –mi padre mordisqueó otro pepinillo.

Puff. La carta de rechazo de Stanford había llegado dos días después del baile de fin de curso y aunque había sido un gran golpe, de alguna manera había estado preparada. Ahora, tres meses después de la graduación, solo era un pinchazo que se desvanecía.

Cuando me paré en el podio de la graduación para dar mi discurso de despedida, miré a la multitud de gorras con borlas y togas de poliéster baratas, con el sol cegándome. La brisa del océano azotó el escenario en ese momento y levanté mi mano para sujetar mi gorra.

–Las cosas inesperadas suceden –dije frente al micrófono–. Pero lo que realmente nos define es cómo reaccionamos a ellas, cómo aprendemos y evolucionamos.

Una vez que terminé con el resto de mi discurso, todos tiraron sus gorras, gritaron sus vítores y los miré con una sonrisa enorme, sabiendo que mi carta de rechazo de Stanford estaba sobre mi escritorio, enmarcada, para recordarme ese mensaje todos los días. Era en lo que pensaba cuando contenía las lágrimas mientras ayudaba a Wes a almacenar sus cómics en cajas antes de partir hacia Nueva Jersey. En lo que pensaba cuando corrí junto a Penny mientras Fiona conducía a Berkeley, con el interior repleto de cajas. Era en lo que pensaría los primeros días de instalarme en mi habitación en la Universidad de Boston.

Y era en lo que pensé al pasar los últimos días del verano junto a Luca y mi papá. La tristeza aplastante que me invadía cuando pensaba en dejar a mi padre, se atenuaba al saber que estaría a una hora de tren de Luca. (Había creado una agenda para todo el año para que podamos vernos al menos dos veces al mes). Y en cuanto a dejar solo a mi padre, bueno, Popcorn y su negativa al entrenamiento para ir al baño lo mantendrían ocupado. Eso y el perfil en línea para citas que había creado para él (escalofríos).

El drama comenzó con el joven capitán Yoo y la belleza de la doctora Kang emborrachándose en la cocina, a solas. Una balada romántica de fondo; ambos se miran a los ojos, se acercan, centímetro a centímetro. ¡Se besan! Después… ella escapa.

–¿*Estás bromenado*? –gritó Luca mientras mandaba a volar la manta que nos cubría.

Mi padre y yo lanzamos unas risotadas. Adorábamos torturar a Luca con los dramas; este era el tercero que veía junto a nosotros durante el verano.

–No te preocupes, uno de los dos será herido severamente pronto, luego tendrán que admitir que se gustan. ¡Espero que se trate de otra mina terrestre! –dije con entusiasmo.

–Me encanta como es que hay minas terrestres ocultas en cada rincón de esta base militar. Es tan aleatorio. Además, no sabía que se necesitara presencia de la milicia surcoreana en el Mediterráneo –se burló Luca.

Aparté un mechón de pelo de sus ojos y acomodé su gorro.

–Si tomas por el camino de la incredulidad, te perderás por siempre, novio –dije–. Solo siéntate y cree, es mucho más divertido de esa forma.

LA GUÍA FUNDAMENTAL DE LOS DRAMAS COREANOS PARA PRINCIPIANTES

Traída a ustedes por Desi y Dramabeans.com

PARA TODOS LOS NUEVOS QUE NO TIENEN IDEA DE POR DÓNDE comenzar, ¡no teman más! Hay un drama coreano ahí afuera para todos. El único requisito para esta guía es que te debe gustar el romance.

¡Comencemos! Primero lo primero: ¿quieren ver un **romance dramático o una comedia romántica**?

ROMANCE DRAMÁTICO

Okey, ¿ambientación **histórica** o **contemporánea**?

¡Histórica!

Echen un vistazo a *El hombre de la princesa*.

¿Quieren algo que toque temas históricos con cambio de género? Por supuesto, *Escándalo de Sungkyunkwan* es lo que están buscando.

¿Qué tal un poco de historia con elementos de fantasía? Vean *La Luna abrazando el Sol*. **¿Viajes en el tiempo?** Ustedes están buscando *Faith*.

¡Contemporáneo!

Bueno amigos, ¿por dónde empezar?

¿Qué les parece algo de acción? Hay demasiados buenos, si les gustan los agentes secretos, vean *Cazador de la ciudad* y *Sanador*. **¿Acción pero con armas y tanques?** Pónganse al corriente con *Descendientes del Sol*. **Pero si quieren algo de realidad alternativa...** eso significa que quieren *Rey 2 Corazones*.

Volvamos a la escuela. DIOS MIO, ¿por qué? Pero si deben hacerlo, entonces vean *Herederos*. **¿Qué hay de la Universidad?** Prueben un clásico: *Feeling*.

Algo más adulto... ¿qué les parece una saga épica política? Solamente hay una: la grandiosa *Sandglass*.

¿Qué tal un cuento de Cenicienta? El clásico fundamental es *Estrella en mi corazón*.

¿De amigos a amantes? Consíganse *Propose* y *Productor*.

Eh, ¿intercambio de cuerpos? Sip, está *Jardín Secreto*.

Y, ¿qué hay de lo más romántico de todo: melodramas con enfermedades terminales? No busquen más que las emotivas series de las Cuatro Estaciones: *Otoño en mi corazón*, *Sonata de invierno*, *Aroma de verano* y *Vals de Primavera*.

¡HORA DE LA COMEDIA ROMÁNTICA!

Pónganse derechos y vean *Necesito un romance*. **Genial, pero también amo el K-pop.** Entonces chequeen *Para ti, hermosa* y *Sueña en grande (#1)*. **Hablando de preparatoria...** el más escandaloso es *Chicos antes que flores*, pero en el otro extremo está **la imagen realista de la vida:** *Contéstame 1997* y sus secuelas *Contéstame 1994* y *Respuesta 1988*.

Vamos a dar una probadita de fantasía. Me entusiasma mucho compartir *Oigo tu Voz, Mi novia es una Gumiho* y *Mi amor de las estrellas*. **¿Alguna que tenga posesión corporal?** Claro que sí: *Ay, mis fantasmas*.

¿Qué hay de algo menos extremo, como cambio de género? Prepárense para obsesionarse con *Coffee Prince (#1)*.

¿Hay algo como una comedia romántica de moda? En lo que respecta a los dramas coreanos, sí. Y la original es *Jealousy*.

¡Apuesto a que no puedes encontrar una sobre personalidades múltiples! Ja, ja, gente de poca fe. Echen un vistazo a *Kill Me, Heal Me*.

¿Qué hay de esa vieja historia de relaciones con contratos? Tendrás un compromiso de largo plazo con *Casa Llena* y *Mi adorable Sam-Soon*.

Ahora, ¡vuélvete loco por los dramas! Y si esta no fue suficiente información para ti, asegúrate de visitar dramabeans.com ☺

Besos
Desi, javabeans y girlfriday.

AGRADECIMIENTOS

LA TRAVESÍA DE ESTA NOVELA FUE DEBIDAMENTE LARGA Y DRAMÁTICA (por desgracia, con pocas escenas en las que se sujetaban las muñecas y pocas persecuciones de autos). Una gran cantidad de horas de otras personas fueron invertidas en mi libro divertido.

Primero, quiero agradecer a Judy Hansen, la más ruda y mejor de todas.

Gracias a mi adorable editora, Margaret Ferguson, por su sabiduría, paciencia y por hacerme pensar mucho, mucho más. ¡También por recordarme que le dé un perro a Appa! A Jamine Ye por su experiencia en los dramas coreanos y sus comentarios analíticos. Muchas, muchas gracias a Elizabeth Clark (¡esa falda!), Melisa Warten, Chandra Wohleber y Andrea Nelkin.

Como mi padre diría: "Lo creas o no…", tuve que realizar una gran cantidad de búsqueda aleatoria para este libro. Muchas gracias a Chris Ban por la charla de tenis (Q.E.P.D el tenis), Toby Cheng por hacer de Desi la nerd de autos más fiable, Emma Goo por las clases de arte, Sharon Kim por la ayuda con la policía, Desi Stewart por su nombre y por responder a mis preguntas sobre abuelas y comida, David Zorn por educarme acerca de los barcos, Susie Ghahremani por presentarme a los amables amigos de EDRI: Robert Brinkerhoff, Lucy King y Bonnie Wojcik.

Gracias a Found, Dinosaur, y el Semi-Tropic por proveerme de espacio, cafeína y buenas vibras.

고맙습니다, a los mejores escritores de romance en el mundo: los escritores de dramas coreanos. A la banda sonora de Sanador. A Sanador ♥

Mis eonnies: Lydia Kang por los Gchats que me mantuvieron cuerda y por ser la Dra. Lydia; Ellen Oh, por tu apoyo inquebrantable y por todo We Need More Diverse Books .

Gracias a todos los maravillosos y alentadores primeros lectores de este libro: Natalie Afshar, Alison Cherry, Maya Elson, Cindy Hu, Nicole McInnes, Kara Thomas y Amy Tintera. Gracias a los Lucky 13, quienes estuvieron conmigo desde el comienzo de este asunto de ser autora. A El Bog, 🍸 🗡. Gracias a Celeste Pewter y Kaila Waybright por ayudar a que esta autora siga adelante.

Gracias infinitas a Sarah Chung (javabeans) y Jennifer Chung (girlfriday) de Dramabeans por brindarme los consejos más expertos sobre los dramas. Y gracias por crear el sitio web y la comunidad más alucinante de dramas coreanos.

A mis chicas escritoras de Los Ángeles, las que son más esenciales que la cafeína: Robin Benway, Brandy Colbert, Kristen Kittscher, Amy Spalding y Elissa Sussman. Hemos escrito tanto, nos hemos enviado tantas fotos de mascotas, y hemos bebido tanto vino. Las amo ♥ inconmensurablemente chicas, gracias.

A Oliver: tú fuiste el mejor compañero de escritura. A Poppy, quien lo mantuvo extraño.

A los Appelhans, Appelwats y Peterhans que fueron mi segunda familia. Gracias por convertir a esta chica de ciudad en alguien obsesionado por los árboles. A todos los integrantes de las familias Goo-Lee-Chun y Choi-Hong-Han-Seo-Kim, por hacer que todo siempre sea real y coreano.

A Halmoni, quien me enseñó a ser una mujer independiente con buenos modales y buena manicura. Realmente te extraño.

A mi hermana, Christine, por todas las cosas de hermanas (como verme para comprar en Panda Express cuando era necesario y por permitirme hacer compras en línea para liberar el estrés). A mis padres, por todo, pero más importante, por hacerme conocer los dramas coreanos todos esos años atrás, ¿quién habría imaginado que todos esos viajes a la tienda de videos tendrían su recompensa? Gracias por reírse siempre de mis comentarios en vivo.

Y por último, a mi esposo, Chris Appelhans. Por todas esas sesiones de ideas durante la noche, por insistir en una historia de amor verdadero, por impulsarme para superarme, siempre, por creer en mí más que nadie. Gracias, chico original y artista.

ROMA

¿Y si Ana Bolena y el rey Enrique se conocieran en pleno siglo XXI?

ANNE & HENRY - *Dawn Ius*

¿Y si el villano se enamora de su presa...?

FIRELIGHT - *Sophie Jordan*

Dos jóvenes que desafían las reglas...

Personajes con poderes especiales

SKY - *Joss Stirling*

NIGHT OWLS - *Jenn Bennett*

NCE

Deja que el amor te ilumine

BRILLARÁS -
Anna K, Franco

Un amor que nace durante las fiestas

NOCHE DE LUZ -
Jay Asher

Un romance que se impone a los prejuicios de su época

LA GUÍA DEL CABALLERO
PARA EL VICIO Y LA
VIRTUD - *Mackenzi Lee*

JUNTOS A MEDIANOCHE -
Jennifer Castle

STRUCK -
Joss Stirling.

Un misterio que acrecienta la pasión...

¡QUEREMOS SABER QUÉ TE PARECIÓ LA NOVELA!

Nos puedes escribir a vrya@vreditoras.com

con el título de esta novela en el asunto.

Encuéntranos en